富士伸太
イラスト 黒井ススム
人間不信の冒険者たちが世界を救うようです
5
～修羅の巻の願い鏡編～

「……今のを避けたか。
追放されてからも
鍛錬は積んでいるようだな」
「……アルガス!」
四十か五十に見える、老いが見え始めた顔つき。
手にはひどく巨大な両手剣が握られている。
しかしその武装よりも目立つのは、素の肉体の方
が危険と思わせる鍛え抜かれた体であった。
ただそこに立っているだけで、ここが戦場ではな
いかと感じさせる、古式ゆかしき闘士の気配。

「意気軒昂。危機への反応もよし。腕を上げましたねティアーナ」
「あ、あなたは……」
ティアーナは、男の顔と声を確認し、愕然とした。
その男の正体はティアーナが敬愛してやまない、そして今どうしているかとずっと心配していた人物その人であった。

「あなたには懸賞金が掛けられています」
燃えるような赤い髪の美人が断定的に言った。狼狽える女将が、今までの流れからは想像できない物騒な言葉にびくりと震える。
「わけがわからないわ。あなた、誰なの」

contents

ディネーズ冒険者信用金庫

『あなたへの貸付可能額はゼロだ。取引には応じられない』

その言葉に、若者は愕然《がくぜん》とした表情を浮かべた。

「……そ、そうか。そうだよな。俺なんかには、貸せる金はねえよな」

草木も眠る静かな真夜中。補修工事がずっと延期されたままの橋の下にある、水道設備業者用の出入り口近くに、みすぼらしい祭壇がある。

そこで、若者が祭壇に向かって話しかけていた。

そこには若者以外誰もいない。だが彼は酒や悪い薬に酔って幻覚を見ているわけでもない。

若者ではない誰かの声が、確かにそこに響いている。

まるで祭壇が意思を持っているかのように。

『そもそも、あなたの願いは「自分の店を立ち上げたい」とか「吟遊詩人《アイドル》デビューしたい」という夢の話ではないだろう。まともでいるという自己の研鑽のみ。そこに資金調達は不要のはずだ』

「そ、そんなことはねえ。このままじゃ駄目なんだ」

『だが客観的な話として、すでにあなたはまともな精神の持ち主だ。バラックの炊き出しを手伝い、地力で食事のできない者には食事の介助もしている。行き倒れの埋葬も手伝ったね』

「な……なんで知ってるんだ？」

すべてを見通すような言葉に、若者が恐れるように後ずさった。

『この街で起きていることは、できる限り目に映すようにしている。そうでなくてはこんな仕事などできないさ』

若者はその言葉に冷や汗を流しながら頷《うなず》く。

「そ、そうか……けど、それならわかるだろ。単なるなりゆきなんだ」

「善意はなかった？」

「俺……博打《ばくち》にハマって、経営してた酒場を潰しちまったんだ。店のためにってことで彼女から借りた金もカジノに突っ込んだ。……色々あって借金をチャラにしてもらったけど、こんな俺を料理人として雇ってくれる店なんてなくってよ。結局、金に困って橋の下で生活して……なんとなく炊き出しを手伝っただけで……。いいことをしようとか思ったわけじゃぇねし、できてもいねぇ」

若者は、そこから祭壇にまくしてた。

自分が未熟で愚かであること。バラックにいる人を救うには金も食材も何もかも足りていないこと。せめて粗末な食材であっても人を喜ばせられる料理を作りたいこと。そういうことができたなら、また自分は料理人として生きていけるんじゃないか、まともに戻れるんじゃないかと思っていること。

そんなことを、大の大人が半べそをかきながら、みっともなく、そしてひたむきに。

「俺は俺のことを信用できないんだ。絶対にいつか、目先の損得とか気持ちのいいことに流されちまうんだ。貸してもらえる金がゼロディナにふさわしい男なんだ」

『……とことん無自覚な男だな。自分のクズさにも、自分の善性にも』

「は、はあ……」

若者はその皮肉を今ひとつ理解できず、曖昧に頷いた。

『……まあよい。あなたは夢を抱く前に、夢を抱くに足る自分でありたいということだ。ならば道を示そう。週の頭に橋の下にやってくる少女を頼れ。あなたと似たようなことをしているが、彼女はあなたなどよりも遥《はる》かに腕もあり、金もあり、人徳もある。彼女に平伏して教えを乞うのだ』

「弟子入りしろって？　けど俺なんかが……」

『弟子入りというのは入るときよりも、その中で続けられるかどうかが肝要なのだ。店を経営していたならわかるだろう』

その言葉で、若者は納得がいった様子だった。

小さく礼をして、祭壇の前から去っていく。

「……頭取にしては珍しい。稼げなそうな人間を手助けするとは」

そこに、別の声が届いた。

祭壇の声とは違って、確固たる体がある。純粋な技量によって気配を隠していただけだった。

『そういうこともあるさ』

祭壇の声は、驚きもせずに言葉を返した。

「吟遊詩人《アイドル》を目指す少女に三千万ディナを貸し、コネクションも何もない苦学生に1億ディナを貸し、見事に回収したあなたにしては妙に甘い」

『人聞きの悪いことを言うな。私は無理な投資も貸し剝《かは》がしもしていない。それに……すべてはこのときのためだ。ずっとこの瞬間に備え、多くの人々に、白仮面の誘惑に相反するように、種を撒《ま》いてきた。来なければよいと思いながら、心のどこかで待ち焦がれていたよ』

その声には、今までの冷静さとはかけ離れた情念がこもっている。

『……あの子が天涯孤独となったときに、道を示すのは私でありたかった。リチャードとロビンの望むように、愛してあげたかった。だがそれはできなかった。彼が苦悩し、苛まれているときも、ただ傍観しているだけだった。私はそういう存在だ』

「自分を卑下するものではありませんよ」

『……慎重に見極めなければいけないのだよ。一手間違えたら、すべて水泡に帰す。奪われてきた者たちが、すべてを取り戻すときを逃してはならない』

そう告げると、祭壇から人の気配が唐突に消えた。

同時に、声の主もそこから影のように消えていく。

そこにあるのはただ老朽化して寂しげな佇《たたず》まいをしている、祭壇と橋があるだけだった。

荒ぶる犬どもの街

そこは、暗くじめじめとした地下室であった。

部屋の四方のどこにも窓はなく、太陽の光は届かない。部屋と部屋を繋《つな》ぐ通路に置かれた小さな燭台《しょくだい》の光が、鉄格子の隙間から漏れ入ってくるだけだ。

粗末なベッドには、かび臭いシーツと一枚だけの毛布。

床は冷たく、素足で踏み続ければ体温が失われる。

ここに押し込められた人間はベッドの上にいるしかない。だがベッドも薄板を貼り合わせた粗末なもので温かさの欠片《かけら》もなく、そもそも狭いために寝返りを打てば壁にキスをするか、石の床に叩《たた》きつけられる。天井も低く、暗さと圧迫感がそこに住まう者を追い詰める。

まさしく牢獄《ろうごく》だが、ここに収容される人間は厳密には犯罪者ではない。

今は、まだ。

それゆえにわかりやすい懲罰が振るわれることはないが、かといって丁重に扱われる理由も収容者にはない。牢獄ではないはずの部屋は、まさに滞在し続けることが一種の刑罰であった。

迷宮都市テラネ東部。正式名称、太陽騎士団イーストエンド遵法保安センター。

百年近く昔、迷宮都市テラネの復興の最中に建てられた伝統ある施設だ。

設立当時の迷宮都市は領主の力も悪漢どもに及ばない無法地帯で、遠方から派遣された騎士が迷宮都市の治安維持の難しさに絶望して愚連隊《ぐれんたい》となったり、あるいは手っ取り早く飢えを凌《しの》ぐために山賊となってしまった冒険者が続出した。

だが都市の規模が大きくなるにつれ、賊や愚連隊など反社会的勢力よりも、大義名分を持った領主、そして領主を支える市議の勢力が拡大していく。そして領主勢力は太陽騎士団と連携し、山賊団から調略して騎士に引き入れたり、秩序を確立するために賊に恩赦を出して市民権を与え、山賊団や愚連隊の内部分裂や解体を図った。

その過程で、一時的に山賊団や愚連隊の裏切り者……つまり迷宮都市側に味方する者を保護するために建てた砦《とりで》を「遵法保安センター」と名付けた。

もっとも実情を知る者は「コウモリの巣」、「犬小屋」、「臆病者育成センター」などと蔑みを込めて呼んだ。

領主と正面切って戦えるほどの山賊団や愚連隊が壊滅した今現在でも役割はあまり変わっておらず、迷宮都市で発生した事件の被疑者や事件関係者、あるいは司法取引を交わした内通者などの安全を確保するために使われている。

流石《さすが》に今も臆病者育成センターなどと蔑む者は減ったが、ここの施設に厄介になる人々は「遵法保安センター」などという長ったらしい正式名称で呼んだりはしない。

ごく単純に「留置場」とか「ブタ箱」などと呼んでいる。

そんな留置場の中でも、イーストエンド遵法保安センターに収容される人間は少しばかり特別だ。

一定基準以上の暴力事件や魔術的なテロリズムへの関与など、重大犯罪者であることが多い。

ここにいる人々は誰しも、いずれ「被疑者」から「犯人」になるのが確定していると言えた。

収容されたばかりの青年も、決して例外ではない。

だが青年は動じることなく、粗末なベッドに横たわって静かに時を待っていた。

「がっはっは！　まさかお前がお隣になるとはな！　面白くってしょうがねえぜ！」

「うるせえ」

隣室の男が高笑いを上げ、青年は端的な罵声を返した。

さも面白そうに、そして嬉《うれ》しそうに、ここへ収容された新入りを喜び祝う声であった。

狭い部屋に反響した声が廊下を伝い、ぐわんぐわんと各部屋へと届く。

誰かが興味深そうに耳をそばだて、誰かがうざったそうに毛布をかぶった。

「どうした、機嫌が悪いのかぁ？」

「悪いに決まってんだろうが。黙れ」

青年は、ひどく荒《すさ》んでいた。

黒髪の、引き締まった体をしており、収容者に渡される粗末なシャツとズボンが妙に似合っている。暗く沈んで何かを恨めしそうに見る強い視線と相まって、まさに凶悪犯罪者の様相であった。

隣人はそれを慰めるのか笑うのか、それとも両方なのか、気楽な態度で話しかけ続けた。

「最近お隣の奴《やつ》が出ていっちまって暇だったんだ。こういう場所では孤独に慣れねえ方がいいぜ」

「……慣れたらどうなるってんだ」

「鏡に向かって、独り言をぶつぶつと呟《つぶや》くようになる」

「娑婆《しゃば》でも珍しかねえよ。それに、鏡なんざねえだろうが」

「申請すれば一日一回まで貸してもらえる。自殺防止のために鉄格子の外に置かれる形だがな」

「……そんな状態で、鏡に話しかけるってのか？」

「一種の自己暗示として、『あと一ヶ月だから頑張れ』と自分自身に語りかけるのを朝のルーチンにしてる奴もいる。ま、それだけならいいんだが……たまに、鏡の声に耳を傾けちまう奴もいてな。鏡が話しかけるだけじゃなくて、自分の問いかけに答えて対話が成立したら精神が危うくなってる証拠だ。ニック、お前はそうなるなよ」

「……鏡か」

その言葉に、ニックと呼ばれた青年は妙な引っ掛かりを覚えた。

一人になると呼びかけに答えてくれる誰かが、昔、自分にもいたような、そんな郷愁を感じた。

隣人の忠告の中にあるはずの薄気味悪さを、青年は不思議と感じなかった。

「なんだお前、心当たりでもあるんじゃないだろうな？」

「……そろそろ黙れ。声がでかくなってるぞ」

青年が隣人に注意を促した。

だが、声を潜めることには失敗していた。青年の部屋を出て外に繋がる方向から、がははと笑い、大きな足音を立てながら、図体《ずうたい》のでかい牢番が三人ほど楽しげにやってきた。

「いいや、黙らんでいいぞ、レオン！　ご歓談を続けてくれ！　続けられるならな！」

「けけけ！　骨のあるやつは久しぶりだな！」

そして牢番たちは、青年とレオンと呼ばれた隣人の牢の前に並んで立ち、いかにも凶悪そうな金属棒を携えながら微笑《ほほえ》みを浮かべた。

「くそ、マジかよ」

青年は冷や汗を流した。

留置場では、そこの職員から露骨な暴力は受けることはない。迷宮都市テラネは冒険者のように暴力を生業とする人間が大手を振って歩く街ではあるが、法治主義は根付いている。

実質的に有罪が確定している人間ばかりが収容されたイーストエンド遵法保安センターといえども、一方的に金属棒で殴打するほどの暴力が認められるはずもない。嫌がらせ程度の暴力は、どこにでもはびこっているとしても。

「行くぞ！」

「おう！」

牢番たちは、牢を開けることなくその場で金属棒を振り上げた。黒髪の青年はてっきり牢番たちが鍵を開けて殴り飛ばしてくるかと思っていたのか、いぶかしげな表情を浮かべた。

だが、青年の顔はすぐに理解と苦痛へと変わった。

「おうりゃ！」

がぁん！　という金属と金属のぶつかる不愉快な音が響き渡った。

「うっ……うるせえ……！」

青年はとっさに耳を押さえた。

「これがイーストエンド遵法保安センター名物、ジェイルドラミングだ。囚人共をビビらせるのと、囚人同士のコミュニケーションってのを嫌がってんだよ」

レオンと呼ばれた隣人も耳を塞ぎつつ、だが面白そうに青年に語りかける。

「まだお喋《しゃべ》りする元気があるようだな！　もっとうるさくしてやる！」

「鳴らせ鳴らせ！　どうせ取り調べもこれからだ！」

「笛も銅鑼《どら》も持ってこい！　歌え！　踊れ！」

がぁん、がぁんと鳴り響く。もはや音というよりは威力を伴った振動であり攻撃だ。鼓膜を割らんばかりに牢番は牢を叩きまくる。青年の困惑をよそに、ボルテージはどんどん高まってく。

「がっはっは！　お前も楽しんどけよ！　どうせしばらくの辛抱だ！」

隣人の虎人族が青年のいる方向の壁を蹴りつける。

「楽しめるかバカ野郎が！」

そして青年はいきりたって壁を蹴り返した。

「踊れ踊れ！　貴様らができるのはそれだけだ！」

騎士どもは相変わらず鉄格子を叩きまくっている。

他の収容者たちの反応も十人十色だ。勘弁してくれとばかりに毛布をかぶって耳を押さえる者。負けじと騒ぎ、壁を叩き、歌い始める者。この喧騒《けんそう》の最中で心を無にして静かに寝ている練達の囚人。

原初の音楽。古来、闘争と音楽は境界線のない熱狂であった。享楽と興奮が満ち満ちていく。

あまりにもあんまりな馬鹿馬鹿しい空気に誰かがげらげらと笑い始める。

食事に興奮剤か妙な薬でも混ぜられたのではないか、と黒髪の青年——ニックが思い始めたそのとき、熱狂を超える冷たい大音声が響き渡った。

「やめろ！　滅俸にするぞ！」

その声で騎士どもがぴたりと動きを止めた。

レオンも状況が変わったことを察して大人しくベッドの上であぐらをかく。

「アリス」

「久しぶりだね。居心地はどうかな？」

そして青年は、苛立《いらだ》ちを隠すことなく声の主の名前を呼んだ。

かつん、かつんと床を鳴らしながら、アリスと呼ばれた女性は青年の牢の前までやってくる。

白いマントがよく似合う、すらりとした青髪の美女であった。

「素敵なホテルだ。音楽家のルームサービスもある。シャワー浴びてきていいか？」

「それはキミの態度次第さ。よい子にするならご褒美をあげる」

アリスと呼ばれた女性は、青年の冗談をさらりとかわす。

「収容番号５４９８８番、ニック。取り調べだよ」

アリスが指を弾《はじ》くと、牢番は牢の鍵を開けた。

ニックと呼ばれた青年は首と肩を軽く回し、関節をもみほぐしながら立ち上がる。

焦りのない――いや、焦りを表に出さない、悠々とした態度をアリスは素直に褒《ほ》め称《たた》えた。

「案外タフだね。色々と大変だっただろうに」

「大変なのはこれからだ。行こうぜ」

「収容者に急《せ》かされたのは初めてだ。こっちだよ」

こうしてニックはアリスに連れられて歩き出した。

「また顔を見せに来いよ」

「来ねえよ」

「いいや。予感がするぜ。お前はまた俺と出会う。何が始まってるのかは知らねえが、何も終わっちゃいねえことだけはわかるさ」

レオンの不吉な言葉を受け、しかしニックは振り返らなかった。


迷宮都市テラネが属するディネーズ聖王国の歴史はそれなりに古い。

古代文明が魔神との戦争で滅んだ後、生き残った人々が国を立て直したことに端を発する。超常的な魔術や技術の多くを失いながらも、再び人々の営みを復活させようと多くの人が尽力してきた。

復興できたものの多くは、直接的な軍事技術や戦争と関わらないものであった。魔神は当然、軍事に関するものは徹底的に攻撃したからだ。

魔神たちが目をつけることなく生き残ったものを挙げると、一つは音楽。

魔道具や魔力を利用しない楽器が数多く生き残った。

それどころか、迷宮都市において様々な魔力楽器や魔力音源が当世風にリメイクされ、音楽家たちはこぞって新たな音楽を作り出そうと日々活動している。

もう一つは食文化。発酵食品、酒や酢といった長期保存可能な食品やパッケージングされた保存食の類いは残されており、人々はそうした食品を再現するために様々な料理を研究した。

また農業や牧畜などの技術は豊穣神《ほうじょうしん》ベーアの神殿が保護、伝承してきたために再現はそう難しいものではなかった。もっとも植生や気候が変化したり、魔物の生息域……迷宮が増加したために、完全な再現が難しく当世風にアレンジされたものも多いが、文化としては確かに生き残っている。

そのように失伝からの再生や変化を余儀なくされた文化の中で、古代文明の時代とほとんど形を変えずに残っているものがある。

それは、法律。

あるいは、法律の文言が想定している人々の倫理観や善悪の概念。

「我はつまるところ彼らに救出されたのじゃ。冒険者ギルドが所蔵する魔道具であるという見方は、我の自己決定権をないがしろにするものであり到底容認できぬ！　の！　じゃ！」

ここはイーストエンド遵法保安センターの一室だが、牢とは打って変わって清潔で、天井も高く圧迫感はない。

木の天板を白く塗った無機質なテーブルに、数人の男女が腰掛けている。

部屋の奥側に座るのはアリスを中心とした騎士たちだ。アリスだけが微笑をたたえ、他の数名の騎士は感情を露《あら》わにすることなく静かに佇《たたず》んでいる。

扉側に並ぶ椅子の中央には、ニックがいた。

足を組み、背もたれに体重をかけ、囚人めいた服装の割には挑戦的でリラックスした態度だ。

だが、ニックの左右に座る人間たちはどこか刺々《とげとげ》しい態度を取っている。

もっとも鼻息を荒くしているのは、ニックの隣に座る銀髪の少年だ。

机を叩きながら叫んだ後も、唾を飛ばさんばかりに激しく主張を繰り返している。

「まあ落ち着け、キズナ」

「落ち着いておられるわけがなかろうがい！」

銀髪の少年——キズナは、今度はニックに向かって叫んだ。

その怒りの顔には、どこかニックの面影がある。五、六歳下の弟と言われてもおかしくない程度には似通った目鼻立ちであった。

それを見て、やれやれとアリスが肩をすくめつつ話を始めた。

「話を整理しようか。まず【サバイバーズ】には、冒険者ギルドの依頼であった『聖剣の回収』を無視して、聖剣のような古代文明の兵装を所持、隠匿した疑いがあるんだよ。しかしキミは、その解釈はおかしいと主張しているわけだね？」

「うむ。我、『絆の剣《きずな》』は救助を要請した。正当な権利を持たぬ冒険者ギルドの資産として扱われる謂《いわ》れはないからの。依頼に粛々と従うことこそ、法的にも道義的にも過ちというものじゃ」

アリスの問いかけに、キズナはしかと頷《うなず》く。

キズナの見た目はどこからどう見ても少年の姿ではあるが、彼こそ《合体《ユニオン》》という現代では失われた超魔術を実行する古代文明が鍛造した超兵器、『絆の剣』であった。

「だがそれを黙って贋作《がんさく》を納めたのはまずかったんじゃないかな？」

過去にニックたち……冒険者パーティー【サバイバーズ】は、冒険者ギルドから「聖剣『絆の剣』の探索」という依頼を請け負い、迷宮の探索をした。

そのときに初めてキズナと出会ったが、キズナは「自分を閉じ込めた冒険者ギルドに納められるなどまっぴらごめんじゃ」と言って【サバイバーズ】に半ば無理やり加入していた。

またそのとき【サバイバーズ】は冒険者ギルドの眼《め》を誤魔化《ごまか》すために、『絆の剣』とまったく姿形が同じ剣を渡した……という経緯があった。

当然、贋作の剣の力は本物には遠く及ばない。詐欺を働いたと糾弾されると、言い返しにくいところはあったが、キズナは自信たっぷりにふふんと笑う。

「贋作ではない。れっきとした我の同型機じゃ。数多《あまた》ある別バージョンではなく我が欲しいというのであれば、製造時のシリアルＩＤやバージョンを告げるなりしない方が悪い」

「他のメンバーも、特に罰される謂れはないと思っている？」

アリスが、同じ部屋の中にいる別の面々の顔を順に眺めた。

そのうちの一人、金髪の小柄な女性が皮肉げに肩をすくめた。

「私たちはこの子の境遇が大変だって話だから助けてあげただけよ。どこからどう見ても人間なわけだし。まさか冒険者ギルドが求めているのが、この子だなんて思ってもみなかったわ」

その隣にいる、栗色《くりいろ》の髪の青年が静かに頷いた。

「ええ。あのような場所に取り残された少年を匿《かくま》うのは人として当たり前のこと。特別な善行でさえありません。普遍的な良識、とでも申しましょうか」

「ふむ。ティアーナくんもゼムくんも、彼が聖剣だと思っていなかったと？　剣に変身するのに？」

アリスの質問に、ティアーナと呼ばれた少女は微笑みを絶やさずに答える。

「人に変身する剣、あるいは剣に変身する人。どっちも学校でお勉強するような魔術じゃ到底不可能なことよ。理解を超えてるの。ただ身よりもなく身分証も持たない子供が生きるには冒険者をやるくらいしかないわけだし？」

そしてゼムと呼ばれた青年も、ティアーナと同じように微笑みを浮かべる。

「冒険者というリスキーな仕事を迂闊《うかつ》に勧めるべきではない……というお話であれば、我々も粛々と責めは負うべきでしょうね。しかし彼を金銭と交換のできる物品や戦利品として扱わなかった、という点で責められるのは話がおかしい。そうは思いませんか？」

「キミたちにとって、『絆の剣』は徹頭徹尾パーティーメンバーというわけだ。もう一人のメンバーにも聞いておきたかったところだけど……そこは信じようか」

その言葉に、ニックたちの表情に翳《かげ》りが差した。

【サバイバーズ】は五人で構成される冒険者パーティーだ。

軽戦士、剣士、魔術師、治癒術士。そしてもう一人、竜人族の戦士……竜戦士の少女がいる。

ただ、この場に来られない理由があった。

「そうだ、仲間だ。深い理由なんてねえよ」

ニックの端的な言葉に、アリスは静かに頷く。

「『絆の剣』についてはわかった。でも『進化の剣』は？」

アリスの問いかけに、ニックたちは内心苦悩した。

ニックたちが今までに関わった聖剣は四振り存在している。

一振りはここにいるキズナだ。

そして二振りは、それぞれここ迷宮都市の市民として大手を振って活動している。

だが、問題は最後の一振りの方であった。

「そこからは専門的なお話になるわね。あたしとキズナちゃんが説明することになるけど、いい？」

ここにいない竜戦士の代わりに「あたしも仲間ですけど？」みたいな顔をして、ニックたちの側に座っている美女が答えた。

スーツ姿で、天秤《てんびん》の意匠のバッジを襟につけている。これはディネーズ聖王国で公式に認められた弁護士であることを意味する。

弁護士レッド。ゼムの行きつけのバーでチーママをしている男であった。

まさしく美女としかいえない姿ではあるが、男であった。

「いい？　精霊級以上のアーティファクトの保管については、保管場所を『大陸規模の災害に耐え、かつ、恒常性維持機能を有した建築物』と指定されているわ。更にニックちゃんたちは儀式魔術を使用して封印を施しているし、テラネ領主へ直《じか》に申し出ているの。精霊級以上のアーティファクトには秘匿義務もあるから、領主筋から他の機関に情報が流れるかは保証できない」

「行政処理や文書の話をここでしても結論は出ないよ。けれど、『進化の剣』が再び破壊活動をするリスクがあるならばそうも言っていられない」

「『進化の剣』は自主的に封印を受け入れているし、これもまた財貨としての引き渡しはできないわ。法的な問題はクリアしているわけ。書類管理基準を満たしているかどうかの問題もあるから、ちゃんと用意してきたわよ。アーティファクト所蔵の監査って、監査される方だけじゃなくて監査する方も大変だけど大丈夫かしら？」

レッドは丁寧にバインダーで閉じられた書類を几帳面《きちょうめん》に机に並べていく。

それだけではない。ティアーナとゼムが手伝って、段ボール箱を机に並べていく。膨大な量の書類がどんどん積み上がっていった。

「……チーママやってる弁護士の知り合いがいるって本当だったんだね」

アリスが呆《あき》れつつも、ニックを恨めしげに見る。

「俺もレッドが弁護士だってことは半信半疑だった」

「ちょっと！　そういうこと言われるの心外なんだけど！」

ニックの少々失礼な発言に、ぎろりとレッドが睨《にら》み返《かえ》した。

「だってお前、店で酒作ってることの方が多いじゃねえか！」

「ちゃんと仕事も勉強もしてるわよ。客の相手しながら」

「それはどうなんだ」

何気ない軽口を交わしつつ、ニックはボロが出ないようそれ以上の言葉を発さなかった。「テラネ領主に『進化の剣』の封印を申し出ている」という部分は、辻褄《つじつま》合わせの部分が大きいからだ。

ニックが太陽騎士団に捕らえられたときに、ティアーナたちはすぐに対策を講じていた。弁護士のレッドと、そして仕事の依頼主であり吟遊詩人《アイドル》のダイヤモンドに頼み込んだ。

そして急遽《きゅうきょ》、【サバイバーズ】ニック弁護団が結成された。今この場にいるのはレッドだけだが、ダイヤモンド子飼いの弁護士、そして領主筋の事務職員などがニックの解放のために尽力していた。

その過程で『進化の剣』の扱いが法的にグレーであると判明したのだった。

『進化の剣』は、レオンが所有し、レオンと共に都市内で破壊活動を行っていた。ニックたちはそれを食い止め、そしてとある場所に封印した。

犯罪者を私刑にした、あるいは聖遺物を盗んだと捉えられてもやむを得ない状況だった。

もちろん『絆の剣』――キズナには言い分がある。同じ聖剣の暴走を食い止めることは義務に近く、むしろ見過ごす方がキズナにインストールされた倫理規程に照らして大いに問題がある。

ただ、キズナの倫理規定の中には今のディネーズ聖王国や迷宮都市テラネ領主、あるいは太陽騎士団などに嘘偽《うそ》りなく報告する義務がないだけだ。

そこで【サバイバーズ】ニック弁護団は急遽、書類の辻褄合わせに走ることとなった。

なぜキズナは冒険者ギルドへ納められることを拒否したのか。

なぜ『進化の剣』と戦ったのか。

『進化の剣』は安全に保管されているのか。売買して利益を得たり、反社会的な活動をしていないという根拠はあるのか。

レッドたちはすべてを万端に整えて、今こうしてニックの解放を願い出ている。

「キミを手放すことになるのはつらいよ。いつでも泊まりにおいで。鍵は開けておくから」

「ルームサービスが三つ星ホテル並に充実してたらな」

アリスの口説くような皮肉に、ニックは苦々しげに答える。

そこにレッドが口を挟んだ。

「でもどうせわかってたんでしょ？　長引かせる気はない。違う？」

「む……」

「だって、本気でしょっぴくなら関係者全員を部屋に入れて一斉に事情を聞く……なんてやるわけないじゃない。少なくとも今は、ニックちゃんを捕らえ続けようとは思っていない」

「ああ。キミが消耗しすぎてしまっても、それはそれで困るしね」

アリスの意味深な言葉に、ニックの表情が陰る。

「本番はここからだ、ってわけだ」

「行くがいいよ、ニック。けれどレオンの言っていた言葉は正しい。キミとわたしたちは再会する運命にある。狙うべき相手は同じだからね」

ニックがここに閉じ込められることになった事件。

首謀者の一人はニックの古巣の冒険者パーティー、【武芸百般】のガロッソ。ニックの兄弟子であり、冒険者としての先輩でもある。

その正体は、魔神崇拝者に雇われた暗殺者であった。

ガロッソが怪しい動きをしているのと同時期に、【武芸百般】のリーダーのアルガス、そして他のメンバーはまるで煙のごとく迷宮都市から姿を消していた。ガロッソと同様、魔神崇拝者と関係していると考えるのが自然な成り行きであった。

そもそもニックは、冒険者ギルドに出向いてアルガスに対して賞金を懸けようとしたところでアリスに捕らえられ、ここに連れてこられたのだった。

「オレはアルガスを捕まえるつもりだ。賞金だって懸けるつもりだったしな」

「浪費を止めてあげたんだ。すでに手配はされる予定だったんだからね。国が賞金を出してくれるんだから、わざわざキミの懐を痛める必要はない。背景を調べて、真実を突き止め、魔神崇拝者を確保する。利害は一致してるんだから」

「そりゃどーも。けど目的はそこじゃねえんだよ」

「目的?」

「……仲間をなんとかしたいだけだ。それ以外の事情はどうでもいい」

ニックの言葉に、アリスは厳しい表情を浮かべた。

「味方を傷つけられて歩みが止まるようなら、このあたりが引き際だ。相手は目的を達成するためならば人を弄び、呪いを振りまくことも厭《いと》わない。ぬるい覚悟で戦われるのは邪魔だな」

その言葉にニックは一瞬怒りを覚え、だが、心のどこかで納得してしまった。

このままで敵に勝てるのか、と言われれば、否だ。

なにかが足りない。

「……ぬるい覚悟で戦われるのが邪魔。そうなんでしょうね。袖の下をもらって日銭を稼ぐだけで精一杯の人ばかりの職場は大変だと思うわ」

賄賂を受け取って悪事を見逃す太陽騎士団の団員はさほど珍しくはない。

ティアーナの挑発的な言葉に、アリスは表情一つ変えなかった。

「そうだね。これからきっと、振るい落とされていく。どこに所属していようが、剣を持ち、あるいは魔術を唱え、戦うことを生業とする人々はね。覚悟を決めておくことだ」

蛮声飛び交う牢獄は実のところそこに住まう人間を威圧すること以上に、更なる悪意から人々を守り、死や堕落から遠ざけることを目的としている。

その外にはこうして仲間たちがいる一方で、闇に潜む修羅も待ち受けている。


ここは病院ではない。

病院の機能こそ持ってはいるが、病院として建てられた建物ではない。

だがそこには患者を治療する神官や薬師、その補佐たちが常駐し、怪我《けが》や病気の具合を診ている。

ここにいる患者は外に顔を出しにくい人間ばかりだ。ストーキングに悩まされる吟遊詩人《アイドル》や、あるいは機密性の高い仕事に従事し迂闊に外の病院に行けない者などだ。

そんな者たちを守るべく建てられた病院は、ライブ会場「スターマインホール」の地下にあった。

「こっちだよ」

桃色の髪をした少女がニックたちを出迎え、挨拶もそこそこに中へ案内を始めた。

ジャージ姿の、どこかの気楽な学生のような姿ではあるが、その所作は驚くほど軽やかで、そして隙がない。

「すまん。助かった」

「ふふん。このトップ吟遊詩人《アイドル》、ダイヤモンドを振り回すだなんて、罪な男だね」

少女はそう言いながら、くるりとその場で回った。

この人こそスターマインホールを建てた吟遊詩人《アイドル》事務所「ジュエリープロダクション」のトップ吟遊詩人《アイドル》であると同時に、事務所の影の支配者。

同時に、数百年を生きた聖剣、『響の剣』。ヒビキ＝ダイヤモンドであった。

「……振り回したのはそっちだろ。娑婆に出してくれたことはともかく、振り回したとか、今のなりゆきとか、そういうことに関しちゃ……恨んでる」

ニックはここに来るまでに、カランが何を考え、どう行動していたのかをティアーナたちから聞かされていた。

ガロッソが襲ってくるポイントを正確に予測し、そこからニックをあえて遠ざけたこと。

そしてダイヤモンドが同意してカランに惜しみなく助力したこと。

「ボクだけなら好きなだけ恨むといい。それもボクの役割だから」

「……そういうわけにはいかねえ。お前がどんな提案をカランにしたとしても、カランは立派な冒険者で、オレたちの仲間だ。結果の責任は、自分自身とリーダーが負うもんだ」

ニックの手が強く握られる。

自分自身に言い聞かせるように。

「甘えたって、いいと思うけどね」

「カランがか？」

「きみの話だよ」

そこで会話が途切れ、足音だけが時計の針のように規則正しく刻まれていく。

そしてダイヤモンドに連れられていった先は、簡素でありながらも清潔な部屋であった。

地下であるために窓はないが、魔道具の照明が灯《とも》されている。部屋の壁に接するように、不思議な箱のようなものと白いパイプのベッドがあった。

ベッドには、白い入院着を来た赤髪の少女が寝かされていた。

少女は上体を起こし、少し嬉しそうに口角を上げた。

「悪いな、カラン。今まで来られなくて」

「まったくだゾ。リーダーがブタ箱に入るなんてシャレにならなイ」

少女がけらけらと笑う。

だが、視線はニックの方を向いてはいない。

隔意やわだかまりではない。純粋に、その目にはニックの姿がよく見えていなかった。

光り輝く瞳は濁り、そして体も一回り痩せている。物をはっきりと見て捉える力も、ベッドから抜け出て元気に歩く力も、少女にはない。

ほんの少し前までは、誰よりも元気に、【サバイバーズ】の前衛として他の冒険者も目を見張るような活躍をしていた。

その少女――カランの今の状態にニックは心を痛め、だがそれが表に出ないよう封じ込める。

「そういえばカラン。髪、切ったんだな」

「変カ?」

「いや、似合ってるよ」

「へへ」

「オレの方は、髪は切られなかったな。丸坊主にされるかと思ってたんだが」

「そのニックは見たかったナ」

「勘弁してくれ。隣の部屋がレオンでうるさくてしょうがないし、最悪だった」

「そういうところでちょっとくらい頭冷やした方がいイ」

「反省してるよ」

「ちょっと信用できなイ」

カランがぷいと顔を横に向け、参ったな、とニックが困り顔で笑った。

それにつられて、カランがくすりと笑みをこぼす。

「……今、こんなだけど、すぐに治ル」

それは明るく、朗らかで、いつものカランだった。

誰がどう見ても、いつものカランであろうとしている、カランの姿だった。

「ちょっと休むだけダ。気にするナ」

ニックはそれを見て、心に降り積もったものがついに決壊した。

「ちょっとじゃない。お前は、ここにいろ」

「ニック……」

「その体がすぐに治るわけがないだろう。引退を考えろ」

「ヤダ」

「やだじゃない。オレが前にお前とスイセンさんに言った言葉、忘れたとは言わせねえぞ」

ニックの言葉に、カランは沈黙した。

カランだけではない。誰もが言葉を発せずにいた。

「……どうして、あのとき言ってくれなかったんだ」

「それは……そノ……」

「お前はわかっていたんだ。エイシュウを囮《おとり》にして、直接狙ってくるってことが。エイシュウやガロッソ、魔神崇拝者なんかより、お前の方がすげえよ。負けた。完敗だよ。そんなお前から見たオレは、ガロッソに勝てない。そう思ったんだな？」

びくり、とカランが震える。

「ニック、それ以上は……」

ティアーナが弱々しく手を伸ばす。

だがその手は、ニックの頑《かたく》なな背中に届くことなく空を切った。

「あいつに同情したオレが返り討ちにされると思った？」

「ご、ごめ……」

「お前が謝るんじゃねえよ！　オレが弱かったって責めろよ！」

「そうじゃないイ！　ワタシは……ニックに、傷ついてほしくなくテ……」

「そんなのはお前だってそうだろうが！　お前が犠牲になって、オレたちが喜ぶと思ってんのか！

お前にはスイセンさんだって、甥《おい》っ子《こ》だっているだろう！　故郷には家族がいる！　オレとは違うだろ！」

「違わなイ！　ワ、ワタシは……！」

カランがベッドから身を乗り出そうとする。

だがそこで、力が尽きた。

心がどれだけ反論しようとしても、そのカランの肉体はすべてを叶《かな》えることができない。

「あ、バカ……！」

ニックが思わず抱きとめ、ぞくりとした寒気を覚えた。

明らかに体重が軽くなっている。カランの身に起きた出来事をまざまざと思い知り、ニックは自分がどれだけカランを傷つけたのか直視せざるを得なかった。

「……悪い。言いすぎた。すまなかった」

「違ウ……言っていいんダ。ワタシだって、正しかったなんて思ってなイ……」

カランが、静かに泣いた。

「許してくれ。オレが悪いんだ。オレが、何もできなかったんだ。お前が幸せじゃないのはイヤなんだ」

ニックの手を振りほどく力もなく、ただ、泣くことしかできない幼子のように。

もはやまともな喧嘩《けんか》さえもできない事実が、ニックたちの心に重くのしかかった。

ゼムも、ティアーナも、キズナも、ニックを責めることさえしなかった。

カランが欠けて今まで通りにはいかないという事実の前に、皆が打ちのめされていた。

そしてニックたちは、死刑宣告を受けるような気持ちで別の部屋に案内された。

カランの主治医の部屋だ。

「魔術による治癒も、薬による治療も、まるで効果が出ません。今すぐ致命的な状態になることはないとは思いますが……回復も見えません」

四十絡みの女性の神官が、徒労感を滲《にじ》ませながら告げた。

ニックは、それを噛《か》みしめるように聞く。

「……そうか」

「彼女の生活が行き届くように介助することはできても、治療はできないと思ってください。呪いというものは私も初めてですので……」

「本当にそんなものがあるのですか」

ゼムが難しい顔をしながら尋ねた。

神官も半信半疑なのか、ちらりとダイヤモンドに視線を送った。

「それについては保証するよ。それに……ティアーナちゃんならわかるんじゃない？」

「そうね」

ティアーナが頷く。

「どういうことですか、ティアーナさん？」

「《魔力索敵》で魔力を探ると明らかにおかしいのよ。まるでそこに、誰もいないみたい」

「誰もいないって、どういうことだ。いるじゃねえかよ」

ニックが苛立ちを隠さずに尋ねた。

「私だってわかんないわよ！　ただ、そう感じたってだけで」

「落ち着くがよい。体を維持するための最低限の魔力が希薄という状態じゃ。それが改善すれば回復もしよう」

キズナが仲裁するように説明を始め、それにダイヤモンドが頷く。

「呪いという言葉を使っているけど、正確に言うとこれは、星の呪いというものだ」

「星の呪い……？」

その不穏な言葉をニックは口の中で繰り返した。

「古い神々……あるいは超古代人と呼ばれる人々は、この地に生まれ落ちたわけではなかった。しかし災厄が訪れたことで自分たちの故郷を失ってこの星、聖火の大地を生み出した。神話の基礎だけど、ニックくんは知ってるかい？」

「知ってるよ。超古代人が戦争かなんかで故郷を失って、ここに降り立ったんだろ。で、今信仰されてる神々が超古代人の名残と一緒に『大惜別《だいせきべつ》』で天界に去って、神々から人間の時代に移った」

「ここで大事なのは、ボクらの住むこの土地は、超古代人やその子孫に適した世界ではない……ということさ」

「適していない？」

「大気の成分。一日における時間間隔や、それによって成立する睡眠サイクル。様々なものが微妙に異なっている。重力……体にかかる重さも、超古代人が受けていたものより相当軽いはずだ。仮に超古代人が何の加護もなくこの世界に降り立ったら、その軽さによって骨に異常が出て骨粗鬆《こつそしょう》症《しょう》になったり、頭蓋や眼の圧力も変化して視力が下がったりする」

「そういう病気なら治癒魔術が……」

ニックの反論を、ゼムが悲しげに否定した。

「いえ……治癒魔術の多くは、付与される側にも魔力がある前提で成り立っています。魔力を持たざる者には効果がないか、または極めて薄くなるでしょう」

「そういうことだよ。この地に生まれた者は誰しも魔力を内在している。魔術として放出できるほどかどうかはともかくとして、自分の健康を維持する最低限の魔力や、治癒魔術を受けて回復力を引き出すための魔力があるはずなんだ」

「……その魔力が、今のカランの体には存在しないってことか」

「そう。《呪杭《カースパイル》》の効果は恐らく三つ。鋼鉄の杭《くい》を高速で射出して物理的な衝撃を与える。衝撃で倒せなかったときは、内在魔力を奪って敵を行動不能にする。最後に、魔力が奪われて起きる慢性的な失調を瞬時に無理やり引き出す。苦しみを与えることに特化した、唾棄すべき外道の魔術さ」

ダイヤモンドが淡々と、しかし無力感を滲ませながら説明した。

「……エイシュウは生きてるよな。あいつは呪いに詳しいんじゃないか？」

それは、ニックたちが捕らえた魔神崇拝者の一人だ。

ジュエリープロダクションのライブを妨害するための捨て駒にされ、死が目前に迫っていたところを、ニックとゼムが強引に治癒魔術を叩き込んで九死に一生を得ていたはずであった。

「いや……彼はあくまで護符作りの職人だ。呪いを引き起こすロジックまで熟知してるとは考えにくいし、そもそも魔術のエキスパートというわけじゃない。教えた存在がいるんじゃないかと思う。

彼が回復したらもちろん事情は聞きたいところではあるんだけど」

「結局、付与した人間を倒すのが一番近道だって話になるわけか」

「他にも手段はあるかもしれない。けど、そういうことだよ」

ダイヤモンドの言葉に、【サバイバーズ】の全員が救われたような顔を浮かべた。

だが、それが困難な道であることを誰もが薄々気付いていた。ダイヤモンドは、もし十分な可能性があるのであれば、こんな厳しい表情を浮かべたりはしない。

「他に手立てがないか検討してもらってはいるけれど……やはり根本的な解決が必要だ」

「『襷《たすき》の剣』を倒せ。そう言ったよな」

ニックが、決意を秘めてその名を告げる。

ダイヤモンドが頷く横で、キズナが驚愕《きょうがく》の表情を浮かべた。

「『襷《たすき》の剣』じゃと……？　破壊されたのではなかったのか……？」

「知ってるのか、キズナ」

ニックの問いかけに、キズナは微妙な顔で頷いた。

「表向きのカタログスペックは、一応知っておる。じゃが根深いところまではわからぬし、交流も禁じられていたゆえ、ほぼ他人じゃの」

「『襷《たすき》の剣』は魔神討伐の最終決戦のために秘匿性が重視されていたからね」

「そいつがどうしてカランに呪いなんてものを掛けたんだ」

「カランちゃんを狙ったわけじゃないよ。ボクを狙ったんだ」

「あんたに怒ってるわけじゃない。オレたちは護衛の仕事を請け負った。そしてあんたの敵から攻撃を受けた。これで依頼人を恨むのは筋違いだろうよ。……オレが怒ってるのは、黙ってたことだ」

ニックがそう言うと、その後ろのティアーナたちがぎゅっと拳を握りしめる。

【サバイバーズ】は、自分たちの無力さを噛みしめていた。

「ここからはあんたの戦いじゃない。オレたちの戦いだ。知ってることを教えてくれ」

「だめ」

「……こういう場で冗談はなしだ」

ニックが、厳しい目でダイヤモンドを睨みつける。

だがダイヤモンドはまるで怯《ひる》むことなく、涼しげな顔をしていた。

「冗談じゃないよ。きみらは冒険者。闇雲に戦う相手を探すだけならばただの無法者さ。カランちゃんは冒険者として『襷《たすき》の剣』に立ち向かい、そして倒れた。カランちゃんを治療するのはボクの義務でもある」

「それで？」

「ボクが依頼人として、きみたちに指示を出すということだよ。ボクが教えられることは教える。そしてカランちゃんは今後もボクが守る。戦いに出るのは構わない。でもちゃんと、ここに戻ってくるんだ」

それはつまり、勝手や裏切りは許さないという意味でもあり、今後も【サバイバーズ】を庇護《ひご》するという意味でもある。

「闇雲に相手を探して、猪突猛進《ちょとつもうしん》に挑みかかるのはナシだよ。それともこのへんで契約解消する？立て替えておいた弁護士代、請求していい？」

挑発的なダイヤモンドの言葉。

だがそこに嘲笑の気配はない。さも呆れたという態度の奥にあるのは、諭しだ。

怒りに任せて反論してしまいそうな自分に気付き、ニックは呼吸を整える。

「……いや、弁護士にしろ、病院の手配にしろ、助かってる。すまねえ」

「ボクには部下や労働者の不満をすくい上げる義務がある。きみはカランちゃんの話を聞いてあげて。話を聞かずに独りよがりな謝罪をしたところで傷つけるだけだよ」

罵倒さえ混じらない言葉は、それゆえにぐさりとニックを刺す。

「……けど、あいつは諦めやしない。違うか？」

カランはどんな状況であろうと立ち止まろうとはしない。

だからこそニックが止めなければならない。それをわかっていたからこそ、ティアーナも、ゼムも、そしてキズナも、口論を止めることができなかった。

「それを諭すにしても勝手に暴走するなって言ってんの！　治療する気持ちまで挫《くじ》いちゃったらどうすんのさ！」

その言葉の正しさに、ニックは言葉を返すことができず沈黙した。

「……ニックくんが、カランちゃんに傷ついてほしくないという気持ちも尊重したい。カランちゃんだって、きみの言葉をしっかりと聞くべきだった。だからあの場では止めなかった。きみらも薄々わかっていただろう？」

「わかっていたっていうか……私も、カランに頼ってもらえなかったの、正直ショックだったもの。でも別に、今のカランを追い詰めたいわけじゃない。それはみんな同じよ」

ティアーナも、がっくりと肩を落とし、全員の気持ちを代弁した。

「カランちゃんはなんとかしてみせる。だから、もう少しだけ見守ってほしい。それときみらも、あまり思いつめないように」

「しかしだな……」

ニックが反論しようと立ち上がりかけた。

だがそれを制するように、ダイヤモンドはニックの肩に手を置く。

「カランちゃんのために危険な戦いに身を投じるのは構わない。むしろお願いしたいくらいだよ。……でもきみらは、きみら自身のことまで忘れてはいけない。きみらがカランちゃんを心配してるように、カランちゃんもきみらを心配している。だからカランちゃんは立ち上がろうとしている」

「それは……そうだが……」

「面子《メンツ》や怒りのための報復ではなく、きみらは仲間のことをを思い、行動している。そこらの冒険者であれば、さっさと投げているか、無茶苦茶《むちゃくちゃ》な考えで報復を考えて今頃はより強くて悪い奴の餌食になって死んでいるさ。堕落することのないきみらは得難い資質を持っている。だからこそきみらを守りたいと思う人が、きみらの外にもいる。どうかそれを、忘れないでほしい」

「……みんな堕落はしちまってるがな」

皮肉な笑みをニックが浮かべる。

それは、今までの思い詰めた表情とは異なるものだった。

「おっと、ボクを前にして吟遊詩人《アイドル》趣味を堕落だと言うのかい？」

「いけねえな、軍曹を怒らせちまった」

ダイヤモンドとニックのやり取りで、少しばかり空気が緩んだ。

「……じゃ、話を戻そう。ボクが知っていることについて」

「頼む」

「まずは『襷《たすき》の剣』の性能についてなんだけど、まず前提として白仮面……というより聖衣についてては知ってるかな？」

「確か、凄《すさ》まじい難易度の迷宮を探索するため、耐久力と技能を与える……だったっけな」

「そう。『聖衣』には使用者のスキルや人格を保存する機能がある。『襷《たすき》の剣』も同じように使用者のスキルや人格を保存し、更にそれを《統合《インテグレイション》》することができる」

《統合《インテグレイション》》という言葉の響きに、【サバイバーズ】全員が引っ掛かりを覚えた。

「それは……《合体《ユニオン》》とは違うのか？」

「同じく古代の儀式魔術ではあるけど、性質はけっこう違うね。《統合《インテグレイション》》は、主体となる人間に力を集めるんだ。悪く言えば力を吸収する側とされる側の序列があるから制御もしやすい」

その説明にキズナがはん！　と、鼻で笑った。

「《統合《インテグレイション》》では《合体《ユニオン》》ほどの力は出ぬがの。制御しやすいと言えば聞こえは良いが、儀式参加者の魂の在り方を無視して力や技能を収奪する乱暴な魔術じゃ」

「詳しいのか、キズナ」

「実験場で、一度だけ見たことがある。『襷《たすき》の剣』を握った剣士に、十二人の力を集めて勇者となった瞬間は凄まじいものがあった。じゃが……」

言いにくそうにキズナは言葉を切り、ニックは緊張した面持ちで耳を傾けた。

「……使用者がイヤな奴じゃった」

「お前なぁ」

ニックが呆れるが、キズナは至って真面目な顔を浮かべていた。

「いや、悪口ではない。なんというか……力を得ることによる万能感や陶酔感は、恐らくは他の剣のそれよりも強かった気がするのじゃ」

その言葉に、ダイヤモンドが首をひねる。

「そうかな？『襷《たすき》の剣』は安全性も高かったはずだよ。魔神と戦う勇者ともなれば聖剣使用以外でも様々なストレスはあっただろうし、そう感じるのも仕方ないとは思うけど……」

「ふーむ、気のせいであるならば良いのじゃが……」

その二人の様子に、ティアーナが不思議そうに首をひねった。

「なんか、あなたたちの話って妙に断片的じゃない？　同じ時代に活動していたんでしょ？」

「活動はしてたけど、ボクの場合は途中で脱落しちゃったしな。真言歪曲機関《ディストーション》は破壊されちゃってボクは長く眠っていたし。まあ現代人よりは詳しいだろうけど」

「我も、ついでに『進化の剣』も、魔神討伐作戦が実行される前に地上からは隔離されてしもうた。魔神討伐の顛末《てんまつ》を把握しておるのは『襷《たすき》の剣』と……あとは『武の剣』じゃろうか」

「そういえばきみらはオリヴィアとすでに知りあってるんだよね。あいつは今どうしてるの？」

「白仮面の正体を暴くとかなんとか言って消えたが。つーかそっちも知り合いなのか」

「オリヴィアとは一応、協力関係にはある。……ただ過度な干渉はお互いに避けてるんだ。ここ最近まであいつが裏で何やってるか疑ってたし。そもそもオカルト雑誌の編集っておかしくない？」

「それはすげー頷くところではあるんだが」

ダイヤモンドの言葉に、ニックが曖昧に頷く。

「ともかく、魔神戦争で鍛造された聖剣は五振り。ボクの役目は人類側の拠点防衛として開発されて、オリヴィアのやつはサブプランや『戦後』を見据えて開発された。残る三振り……キズナくん、『進化の剣』、『襷《たすき》の剣』は魔神討伐を目的に開発されて、そして『襷《たすき》の剣』が選考された」

「そして『襷《たすき》の剣』は魔神を封じたかわりに破壊された……はずじゃった。あやつの持つ権能、《統合《インテグレイション》》によって密《ひそ》かに力を蓄積して人間に牙を向けていると考えると相当まずいぞ。吸収対象を厳選していたとしても数百人のA級やS級冒険者の力を集めておっても不思議ではない……」

キズナが、重々しい口調で告げた。

「それは……まともに対抗できる相手なの……？」

「白仮面でさえ全滅しかねない恐ろしい相手でした。想像を絶しますね……」

今まで聖剣と戦ってきたティアーナもゼムも、その事実に緊張を感じざるをえなかった。

だが、ニックは違った。

「歯が立たねえなんて、まだ誰にもわからねえだろ」

ゼムとティアーナが、はっとしてニックを見た。

「そもそも、なんでコソコソと裏で人を操って行動してんだよ。魔神を倒したとか何とか言うが、本当にそれだけ強いんだったら迷宮都市の冒険者も太陽騎士も相手にならねえはずじゃねえか？」

それは冷静な推理でもあるが、同時に仲間を救う手立てにしがみつく冒険者の姿でもあった。

ニックの言葉を、ダイヤモンドは満足げに聞き届けた。

「そう。謎がある。恐ろしいけれど、それは敵の強さじゃなく、隠すべき弱点の存在証明でもある」

「そうだ。何かを警戒してるはずだ」

ニックは力強く頷く。

「ところで、他にも謎があるね。なぜ『襷《たすき》の剣』はカリオスという名前で活動しているのか」

ダイヤモンドの言葉に、じっとりとした嫌な空気が流れた。

カリオスとは、カランを騙《だま》して彼女が大事にしてきた秘宝『竜王宝珠』を奪った、因縁の相手の名前だ。

レオンの話によれば、盗賊たちを統率する魔道具ブローカーの大物であるらしい。

「……そうか。聖剣は名前に縛られている。だから裏稼業だってのに同じ名前を使って活動しているってことね」

ティアーナの言葉に、ダイヤモンドとキズナが首肯した。

「カランちゃんが奴に襲われる瞬間、その名前を告げた。ヘクターくんに、カリオスが長命者であるという前提で歴史上の足跡を追ってもらっている。恐らくはカランちゃんを騙した冒険者と、白仮面の雇い主、『襷《たすき》の剣』は同一人物だ。彼は迷宮都市の闇に潜み、白仮面を操って魔道具を収集し、都合の悪い存在を消してきた。慎重に、そして確実に奴の目論見《もくろみ》や弱点を突き止めるんだ。カランちゃんのために」

話を咀嚼《そしゃく》し、理解する毎《ごと》にふつふつと燃え上がるような何かが湧いてくる。

「あまり怒りを表に出さないようにしているのですが……これればかりは、許せませんね」

珍しく、ゼムが怒気をこめて言葉を絞り出す。

それをニックがたしなめた。

「落ち着けよ。慎重にやれって言われたばっかだろ。だが……」

しかしニックもまた、内に秘めた熱いものを封じ込めている。

敵を倒す、その一瞬のために。

「絶対に、カランを助ける」

その言葉に、全員が頷いた。


ひとまずは情報収集の結果を待つこととなり、その場は解散した。

だがその後の十日間、進展は皆無であった。

ダイヤモンドやヘクターが裏で動き、あるいはアリスたちが何かを調査している気配はあったものの、大きな事件は何一つない。

ニックたちも冒険者ギルドに顔を出すこともなく、【サバイバーズ】は休業状態だった。

カランの見舞いに行くべきかどうか迷ったが、ダイヤモンドから「会うべきか迷ってるなら会わなくてよい」と先手を打たれ、何をするでもなく無為な十日間を過ごした。

その日の夜、空腹に耐えかねてニックはキズナと共に夜道を歩き、食事を取ることにした。

いつもであればここにカランがいた。

ニックたちが使う宿でも、カランは人気がある。力持ちで、宿の主人が建て付けの悪い扉を直すのを手伝ったり、麦袋や重いものを運ぶのを手伝ったりしていて、たまにカランと別行動をしているときは「よう。カランちゃんはどうした？」、「あんたカランちゃんの彼氏なのかい？　あの子を泣かせるんじゃないよ」、「なんだよカランちゃんじゃなくてお前らかよ」と煽《あお》られたものだ。

真実を知ればきっと彼らも悲しむだろうとニックは思った。

娑婆に解放されてからの生活がこんなに息苦しいとは、思ってもみなかった。

「のう、ニック……。なんぞ腹ごしらえでもしてから帰らぬか」

「……そうだな」

やけに寂しげなキズナの声に、ニックもかすれた声で返した。

仲間と別れた瞬間、カランが冒険者としてここにいないという現実を突きつけられた気がした。

情報がほしい。早く動きたい。今すぐにでも、飛び込むべき死地を見つけたい。

その希死念慮にも似た願いは、今この瞬間にすべて叶う。

『キズナ。剣に戻れ』

『な、なんじゃ、周囲には特に反応もないぞ。屋根にネズミか何かが……』

『馬鹿野郎急げ！』

慌ててキズナは人型から剣の姿へと変身してニックの手に収まる。と同時に、凄まじい勢いで無数の矢がニックの眼前に迫った。

「くそっ……！」

眉間と心臓を貫こうとする矢を弾《はじ》き落とした瞬間、放たれた矢のように鋭い剣撃がニックの頭上から襲いかかった。

これも絆の剣で受けた。想像以上に、軽い。見たところ大剣であるはずなのに、まるでレイピアのような軽やかさで取り扱い、そして重量は消しつつも斬撃力は決して損なわれていない。少しでも肌に触れたらその部位がはねられるという、冷ややかな実感が湧いてくる。

技巧の粋を尽くすような剣捌《さば》きに、ニックはもがくように剣を振るい対抗した。

「……今の を避《よ》けたか。追放されてからも鍛錬は積んでいるようだな」

そこにいたのは、浅黒い肌の、背の高い男であった。

四十か五十に見える、老いが見え始めた顔つき。

手にはひどく巨大な両手剣が握られている。

弓もあったようだが、すでに矢を撃ちつくしたためか用済みとばかりに地面へ投げ出されている。

しかしその威力が匂い立つような武装よりも目立つのは、そちらの方が危険ではないかと思わせる鍛え抜かれた体であった。

ただそこに立っているだけで、ここが街中であろうと宿であろうと戦場ではないかと感じさせる、古式ゆかしき闘士の気配。

「……アルガス！」

ニックは、襲撃者の名を告げた。

懸賞金を懸けてでも会おうと思っていた男が、向こうから現れた。

「久しぶりだな、ニック」

「……ガロッソは死んだ」

「そのようだな」

アルガスは、恬淡《てんたん》とした佇まいで頷いた。

それが、ニックの怒りの火に油を注いだ。

「……仲間が死んだばかりなんだぞ。オレが殺したようなもんだ。なのに、なんだよその態度は」

「今、死地にいるのはお前だ。昔の仲間の心配をする暇はない」

「あんた言ってたよな。冒険者ってのは仲間を大事にするもんだって。リーダーは仲間を守り、仲間はリーダーに忠義を尽くすってよぉ。耄碌《もうろく》して忘れたのか？」

「……剣を取ったら迷うなとも教えたはずだ」

「なぜオレを狙う。白仮面を倒して、お前の面子に泥を塗ったからか？」

「自惚《うぬぼ》れるな、ニック。その程度の腕で何かを成し遂げたと思うな」

「そうだな。『武芸百般』とかいう田舎剣法を齧《かじ》った程度じゃあ誇れるもんじゃねえや」

ニックは敵意を込めて、そして師匠と決別するつもりで言い放った。

「ああ。こんなものは誇らしげに振るうもんじゃねえ。……俺も焼きが回ったんだろうな」

アルガスは、まるで寂静感をまとわせながらニックの皮肉に頷いた。

その意外な返答に、ニックは困惑の表情を浮かべる。

「……流派『武芸百般』は、暗殺のための武術だ。冒険者が使うべきものじゃねえ。お前よりはガロッソの方が流派『武芸百般』の思想に近い」

「なんだと……？」

その言葉に、ニックは愕然とした。

心が理解を拒否し、しかし頭の冷静な部分が、それは真実だと告げている。

悪い予感はすべて当たっていると考えろと、ニックの理性が叫んでいる。

「……ガロッソ以外の仲間も、そうだったのか」

「全員、裏稼業や暗殺者、軍属の掃除屋だ。ガロッソは軍内部の人間を粛清するための暗殺者だったが、その腕を見込まれて魔神崇拝者にスカウトされた。他の連中も似たようなもんだ。……冒険者として【武芸百般】に加わったのはお前だけだ」

「……それなのに冒険者らしくしろってオレに何度も言ってたのかよ。見損なったぜ」

「気取られるわけにもいかんからな。ただの誤魔化しだ」

「誤魔化しだと……！」

さもつまらないことのように語るアルガスを、ニックはぎろりと睨みつける。

「冒険者パーティーに偽装するのに仲間がいないんじゃ話にもならねえからな。それにパーティーを作っておけば、『襷《たすき》の剣』に食わせるエサにもなる」

「……エサ？」

その言葉に、ニックはおぞましさを感じた。

意味もわからず不穏な響きだけを恐れたわけではない。その意味の本当の恐ろしさに気付き始めたがゆえにニックは恐れた。

「アルガス、お前が……『襷《たすき》の剣』の所有者なんだな……？」

先日教わったばかりの『襷《たすき》の剣』の特性を考えれば、暗殺者や冒険者の技能を複製して取り込むという行為を「エサ」、「食わせる」と卑近に表現しているのだと予想が付く。

そしてアルガスの異常な強さにもある種の説明がつく。魔術的なセンスは皆無でありながら、あらゆる武器、武芸を極め、人であろうが魔物であろうが屠《ほふ》ることのできる強さを持つ男の秘密。

もしかして『武芸百般』とは、あらゆる武芸を極めて無敵の達人になるのではなく。

一つの武芸を極めた者の力を聖剣の力で掠《かす》め取《と》った結果なのではないのだろうか。

「ああ、そうだ」

父のように尊敬していた人間は、想像以上の化け物であり、人として堕落しきった存在なのではないか。恐怖と背中合わせの怒りが、ニックの心に灯ろうとしている。

「アルガス、あんたの力は……。《統合《インテグレイション》》したもので、鍛錬して身に付けたものじゃないのか……？」

「好きに考えりゃいい。どちらにしろ、お前の命を狙うただの凶器に過ぎない。だが答え次第では命だけは助けてやる。ここからは言葉に気をつけろ。慎重に答えろ」

怒りに塗り潰されそうになるのを堪《こら》えて、ニックはキズナに頭の中で呼びかけた。

『キズナ。ティアーナを呼べ。《合体《ユニオン》》する』

『すでに呼んでおる。しかしなんなんじゃあやつ……。視覚情報も音声情報もあるというのに、反応が小さすぎて上手《うま》く認識できぬぞ……!?　ナルガーヴァのようなカラクリとも違う』

『今の今までオレもサッパリわけがわからなかったが……わかった。《軽身》だ』

『にしても静かすぎる。足音どころか屋根の軋《きし》みまで小さい』

『歩法と呼吸を極めてる。無駄な動きを極限まで削《そ》ぎ落《お》としてるから、筋肉も骨も必要なとき以外動かねえ。だが動くときは獣みてえに容赦がねえ』

『むう……幻王宝珠で魔術的に気配を消しているだけの存在よりやりにくいかもしれぬぞ』

『相手は、迷宮都市の中じゃステゴロ最強の冒険者だぞ。常識は通じないと思え』

そこに、天から地へ、すべてを東西に斬り裂くかのような唐竹割り。

避ける。

「今、《念信《テレパス》》していたな？　敵を無視しておしゃべりとは余裕だな」

だが移動先を読まれて丸太のように太い足がニックの肋骨《ろっこつ》を襲った。

「あぐっ……！」

派手に蹴り飛ばされた。だが瞬間的に《軽身》を使って勢いを利用し、そこから壁を蹴り跳ねて付近の建物の屋根に着地する。

「もう一度言う。慎重に答えろ。『鏡』はどこだ」

『鏡』？」

「お前が先生と呼ぶ存在の話だ」

純粋に意味がわからず、ニックは罵声を返した。

「何をわけのわからねえことを言ってやがる。耄碌しやがったのか」

ニックの答えを聞き、すぐにアルガスは距離を詰めた。

「だったら仕方がねえ……。お前の両親と同じ道を辿《たど》るんだな」

「え？」

問いかけがニックの口から出る前に、再びアルガスの猛攻が来た。

巨体が目にもとまらぬ速度で動き、巨剣が光のような速度で襲いかかる。

アルガスの《軽身》の熟練度はニックやガロッソをはるかに超えている。オリヴィアに担がれたときを思い出すほどの敏捷性《びんしょうせい》だ。

死の気配がひたひたと忍び寄るのをニックは痛烈に感じている。

「くっ！」

だがこの瞬間だけ、地の利はニックにある。ニックが普段利用する宿の周辺であり、体重をかけて蹴っても問題のないポイント、踏み抜くべきではないポイントを把握している。全力でニックは跳ねて逃げる。

『五秒耐えるのじゃ！　そこまで行けば……』

『わかってる！』

極めきった剣術はもはや魔術と変わらない。避けたはずの剣が伸びて皮一枚を斬る。強く踏みしめたはずの足がさらに動き、意識と視線の間隙を縫って死角に潜り込む。

体感で感じられる範囲の速度を超えており、ニックは「アルガスならばこのくらいのことはやりかねない」という勘だけで避け続け、しかし、それもやがて終わりが来る。アルガスもまた、「今のニックであればこう動く」という思考の癖を丸裸にしつつある。

そしてニックの首に刃が届くかという瞬間。

「《合体《ユニオン》》！」

間に合った。

「花よ散れ！　竜よ眠れ！　古き星の精霊よ、白秋に別れを告げる鐘の音を鳴らせ！　《氷河《アイス・エイジ》》！」

そして、雪が降る。

全力疾走したティアーナが、《合体《ユニオン》》の範囲内に辿り着いていた。そしてすぐに、一時的に厳冬を召喚する魔術を放つ。周囲数十メートルの範囲は唐突に氷点下を下回る気温となり、雪雲と風が巻き起こる。

異常に気付いた住民が外に出ようとするが、すでにどの窓も扉も凍りつき動かせない。

「「悪いな、少し我慢してくれ」」

『実際、長く持たぬぞ。どうする？』

「「近接戦闘じゃどうあがいても勝ち目はない。が、遠距離攻撃も駄目だ。こっちの目線を読んで避けるか撃ち落としてくる。《熱量簒奪《さんだつ》》で、一気にアルガスの体温を奪う」」

『全力で使えば恒温動物である限り確実に死ぬぞ……よいのじゃな？』

「「……こっちが加減してたら一瞬で死ぬ。それはわかるだろう」」

『それは確かにそうじゃが……おや？』

キズナが、奇妙なことに気付いた。

今、ニック／ティアーナの周囲はすでに常人が体調を維持できる限界を超えている。

屋内や、ニック／ティアーナから遠いところであるならばともかく、至近距離になれば呼気の水分さえも凍って肺が損傷する。以前《氷河《アイス・エイジ》》を使ったときの相手はレオンで、凄まじい回復力で寒さを凌いでいたが、アルガスは生身の人間のはずだ。

だが今、アルガスは何かを羽織っただけで、悠然と剣を構えて歩いている。

『まずいぞ。あれは……火鼠《かそ》の外套《がいとう》じゃ。あれを身に着けた者は熱や冷気を遮ることができる。瞬間的な雷撃などの攻撃系魔術も防げる』

「「嘘だろ!?」」

『落ち着け、万能の防具などではない。高威力の魔術に耐えるにしても、数秒しか持たぬ。本来は消耗品じゃ』

「「……その短い耐久時間を効率的に使ってるんだ。インパクトの瞬間にだけ使って、あとは技術で攻撃をそらす。最小限の力で最大限の効果を発揮してる」」

『……熟練者にとっては消耗品ともならぬ、万能の盾というわけじゃな』

「「けど、絡繰《からく》りがわかるなら破れる……最大出力で、蟻《あり》一匹も漏らさない範囲攻撃を放てばそれでおしまいよ！　……《氷晶界《ブライニクル》》！」」

「む……！」

ティアーナの心が勝算を見出《みいだ》し叫んだ。

『絆の剣』からリング状に輝きが生まれたかと思うと、それが大きく膨張し拡散した。

冷気が塊となり、そして風と音さえも凍らせる。

凍った街灯がさらなる冷気を浴びて、もろくも崩れた。

「「止めたければ近付くがいいわ。近付けるもんならね！」」

アルガスの動きが止まった。

火鼠の外套でさえも耐えきれない冷気が確実にアルガスにダメージを与えている。

だが、目は死んでいない。

氷よりも冷たい殺意を、ニック／ティアーナは見た。

絶対的な優位に立っているはずが、これではまずいという直感が走る。

「おおっと、アルガス。珍しくお困りのようだな。助けが必要か？」

それを妨害したのは、味方ではなかった。

一条の光のように放たれた矢が、ニック／ティアーナの首元に迫る。

「「くっ……！」」

矢が放たれた場所と声の主の居場所は、別々だった。

複数の仲間が訪れていることをニック／ティアーナはすぐに察した。

じっとりとした嫌な汗がニック／ティアーナの首を伝う。

「……余計な真似《まね》をするな」

「そう言うな。相手はなにより聖剣だ。因縁の相手がいるならそっちこそ邪魔立てをするなよ」

「お前は自分以外の聖剣になど興味あるまい」

声の主は、街道の奥から現れた。

それは涼やかな顔をした、金髪の戦士だ。

見たところ長剣使いではあるが、鞘《さや》から得物を抜いてさえいない。

まるで冒険者ギルドに向かう途中であるかのような何気なさだ。

ニック／ティアーナによって極寒となった結界の中でなければ見過ごしてたであろう、そんな気楽さや気負いのなさを感じる。

だがアルガスと交わした言葉と、そしてその後ろに護衛のように控える全身鎧《よろい》の人々が、そこにいる男が誰なのかを雄弁に告げている。

「「し、白仮面が、五人……。そいつらを連れてアルガスを助けにきたってことは……」」

そこにいたのは、倒したはずの白仮面だ。

全身を覆う漆黒の鎧に、つるりとした水晶のような白い仮面。ニックたちとオリヴィアが破壊したはずの聖位とまったく同じ形状だ。

だが、手にしている武器が異なっている。

以前の白仮面はオーラブレード型の魔剣を手にしていたが、ここにいる白仮面たちは、一人が弓矢を携え、あるいは盾と大槌《おおつち》を持ち、あるいはカタナを持っている。魔術師や神官のように杖《つえ》を持つ者もいた。恐らくは、そのどれもが特殊な力を秘めた武器には違いなかった。

『間違いない。あやつが……『襷《たすき》の剣』カリオスじゃ……！』

アルガスと邂逅《かいこう》したことを考えれば、決して不自然な成り行きではない。

それでも、この状況にニック／ティアーナ、そしてキズナは、戦慄せざるをえなかった。

「久しぶり……という程、話してもいなかったな、『絆の剣』。よい所有者を見つけたみたいじゃないか。魂が色鮮やかに輝いている。おめでとう」

『命を狙っておいて、その言い草……！　本当に堕落しきったようじゃの……！』

「そう怒らないでくれ。俺が狙ったのはあくまで所有者だ。お前まで壊すつもりはない。なんなら、新しい所有者探しだって協力してやってもいいさ」

『な……なんじゃと……』

あまりの話の通じなさにキズナが絶句する。もはや罵倒さえも出なかった。

「……その弓矢、誰のだ」

「素敵な逸品だろう。魔弓『グラスホッパーズ』。一度矢を放てば百里の草原を横断して標的を貫くことから名付けられて……」

「そういう話じゃねえ！　そこの弓使い！　それと盾持ちと……カタナ使い……！　中身は誰だ！　どいつの技術を奪いやがった！」

【武芸百般】は、ウェポンマスター・アルガスをリーダーとし、その下に軽戦士、侍、弓使い、重戦士という、合計五人で構成されるパーティーであった。

軽戦士はニックであり、そして侍とはすでに死んだガロッソのことだ。

そして今、所在不明の人間が二人いる。

一人は弓使いのディーン。

ディーンの放つ矢は下手な魔術よりも射程が長く正確で、そして迅《はや》い。

弱点を正確に射抜けるために、物理攻撃が効くならば中級迷宮の魔物でさえ単独討伐ができる。

『小鬼林《しょうきりん》』程度の迷宮であれば、一切魔物に視認されることさえなく攻略することも可能だ。

もう一人は、重戦士のベリク。

全身鎧に大盾と大槌を装備する巨漢であり、頼れる壁役だ。

ただの力一辺倒の男ではなく、ニックと同等に格闘の機微や力の勘所を理解しているため、身の丈三メートルのオーガとも素手の殴り合いで叩きのめす腕前の持ち主であった。

二人とも、ティアーナのように競竜が好きで、ティアーナとは違って賭博は弱かった。

重賞が数多く開催される冬季はよく金に困っていてニックは閉口していたが、ガロッソの女遊びに比べたら害は少なく、ごく稀《まれ》に儲《もう》かることがあるとニックに奢《おご》ることもあった。

気のいい奴らだったと、今にしては思う。

「ニック。その矢で理解できたはずだ」

「「師匠顔してるんじゃねえ！　お前は……見殺しにしたのか！　それとも嬉々《きき》として殺したのか！　鍛え上げた腕前を雑なコレクションにされて何とも思わねえのか！」」

だが、その返事が来る前に二射目と三射目と四射目と五射目の矢が来た。

首めがけて放たれた矢を逸《そ》らせば、その瞬間に眉間に二発、心臓に二発を貫通する。

「「《氷盾》！」」

魔術で盾を作り出して防ぐが、四本の矢を受け止めただけでもはや砕け散る寸前だ。

とどめとばかりに、重装馬の戦車のごとき突進が襲いかかった。

「「ぐっ……！　お前たち、もしかして……！」」

反論しかけたニック／ティアーナの首に、魔術の氷とはまた異なる冷たさが襲う。

それは人が人を確実に殺すという、殺意の冷たさだ。

「「……ぅおおおおお！」」

体勢を崩しかけたニック／ティアーナは、魔術で作り出した氷を踏み台にして無理やり姿勢をひねり、跳ね飛ぶ。《奇門遁甲《ステッピング》》を使い、全速で首を刈り取ろうとするカタナを避けた。

「「《氷柱舞《つららまい》》！」」

魔術を四方八方に飛ばすが、白仮面たちは難なく避ける。

この時点でニック／ティアーナは気付きたくもないことに気付いた。

体捌きに微妙な差異や個性はあるが、全員が《奇門遁甲《ステッピング》》を使っていると。

武器、攻撃の呼吸、使用する技術。どれ一つとっても、誰かを思い出す。

「気にするな。全員、ただの人形だ。前の白仮面みてえに中身はないし、意識レベルも面倒くさいから下げてる。自動的に戦うだけの人形だ。妙な昔話をしようなんて思わなくて大丈夫だぞ」

カリオスが呑気《のんき》な声で告げる。

「「お前には聞いてねえ！　アルガス！」」

「問いかけに答えが来るなどと思うな」

気付けばアルガスが至近距離まで迫っていた。

容赦のない拳がニック／ティアーナの腹をえぐった。

その拳の威力の正体に、そしてアルガスが異常なまでに機敏な動作をする理由に、ニック／ティアーナは遅まきながら気付いた。

以前、オリヴィアが白仮面を倒し、そしてニックを一撃で叩きのめした拳だ。

フォームそのものは基本に忠実。だがその拳には《奇門遁甲《ステッピング》》では説明がつかない力が宿る。

その仕組みの一端をニック／ティアーナは理解した。

恐らくは《重身》と《軽身》を同時に使い、それを肉体の中で思いもよらぬ速度で循環させている。鍛え上げられた体の持ち主は、まるで筋肉を移動させているかのように自在に肥大と縮小を繰り返すが、同じように、魔力、そして魔術が発動する部位を細かく切り替え、静止したままに高速のムーブメントを発生させている。

それを理解したところで痛烈なダメージがなくなるわけではない。雑念で頭を塗り潰さなければ、痛みで失神する。

「「っ……！　……ぅ、おあ……！」」

「……《合体《ユニオン》》したところで、人体の構造が変化するわけではないようだな」

胃が破られた。周辺の臓器までも大ダメージを負っている。血が吐瀉物《としゃぶつ》となってせり上がるが、呼吸さえも弱まったために肺と食道を荒らし、地獄の苦しみとなる。

生身の人間であればすぐさま絶命していただろうが、《合体《ユニオン》》による強靭《きょうじん》な体はそれさえ許してくれない。魔力によって肉体が修復されるまでの数分間、ニック／ティアーナは胃が破れて体を蝕《むしば》む酸と、肺を溺れさせようとする自らの血と戦う地獄を味わわなければならない。

だがそれを待ってくれる優しい敵などはいない。

十条の光。三本は牽制《けんせい》。六本はブラフ。そして残り一本が心臓を狙う本命。

魔術の盾は砕かれ、とっさに手で心臓を守る。手の甲が貫かれ、激痛が走る。

その激痛をそっくりそのまま与えるように、刺さったままの矢の鏃《やじり》を、いつの間にか背後に忍び寄っていたカタナ持ちの白仮面に突き立てる。

一瞬の空白をすべて破壊するかのように、大盾の突進が来る。全身に衝撃が走り、血が迸《ほとばし》る。

体の再生が追いつかないために氷で強引に出血を抑え、折れた骨を固定する。

そのうち、血が混ざった氷は身体の延長のように自由自在に操れることに気付いた。

「《白銀鎧装》！」

自分の身を包む思念鎧装と、血の混じった氷を混ぜ合わせる。

ニック／ティアーナの思念鎧装はすべてほどけて、その代わりに大きな氷の鎧、いや、身の丈五メートルはあろうかという氷の巨人に包まれていた。

巨人が動き、右手を伸ばす。

巨体にありがちな鈍重さはまるでない。むしろ鍛え上げられた格闘家の俊敏さで、大盾を持つ白仮面を摑《つか》んで渾身《こんしん》の力を込める。

「すまねえ……ベリク……！」

【武芸百般】の集団戦法の要は、ベリクであった。魔物と相対したとき、まずはベリクが守り、ニックが攪乱《かくらん》し、ディーンが後方支援。そしてメインのアタッカーはガロッソとアルガスだ。

アルガスはリーダーであると同時に、全員の師匠である。どのように冒険を遂行するかも含めてメンバーに任せ、そしてすべて終わった後に助言と指導をする。

そしてアルガスを支えるサブリーダーはニックとベリクであった。

経済的な意味でのリソースはニックが管理し、そして体力や武器防具の損耗、魔物の強さにどれだけ対抗できるかという戦力的なリソースは常にベリクが注意を払っていた。

寡黙な男だったが、たまに酒が入ると好みの竜のことを語り始める。

好きな女性のタイプも竜人族。つややかな青い鱗《うろこ》が特に好きだと語っていた。競竜のことはさほど詳しくはなかったが、ベリクのせいで何月ごろにどんなレースがあるのかを把握し、ティアーナが趣味のために休みたがるタイミングもなんとなく理解していた。

【武芸百般】の中で、ニックはベリクに一番好感を抱いていた。

がきん！　という重さと高さの入り混じった音が鳴り響いた。

金属が軋み、そして砕け散る音だ。兜《かぶと》と仮面の欠片が地面に落ちる。

その鎧の中には何もない。濃密すぎて反実体化しつつある魔力が漂っているだけだ。

ニック／ティアーナは安堵《あんど》と同時に絶望を感じる。ベリクが中身ではないということは、すでに『襷の剣』にとって用済みとなっていることの証左でもある。

カタナ使いの白仮面を見ればわかりきっていることだった。

死んだガロッソの技術もまた奪われているのだから。

生きて傀儡《かいらい》にされているか、あるいはアルガスのように自主的にニックの命を狙ってくることのどちらが救いがあるのかはまるでわからないが。

そんな感傷を吹き払うように、炎の弾丸が放たれた。

「そいつらは【ホワイトヘラン】の魔術師ジョージと神官のベラン。いや、正確にはジョージとベランを写し取った聖衣だ。戦争中はガロッソやエイシュウといい仕事をしてくれた。特殊工作部隊【ヴァイパー】って名前のチームで行動してたが、楽しかったなぁ……。即興のフォーメーションと思わず、注意して対処しろよ」

カリオスは、まるで助言をするように、恨みも敵意もなくニック／ティアーナに告げる。

「ただ、迷宮で魔物を倒すよりも初心者狩りが好きな困った連中でな。……ああ、カランを追い詰めたのはそいつらと俺だ。二人はもう死んでるって伝えたら喜ぶだろうさ」

「「お前がカランを語るな！」」

炎を弾き飛ばす。

だがその炎は矢を隠すための罠《わな》で、氷の巨人の腕に針鼠のように突き刺さる。

不思議な矢だ。錆《さ》びた鉄、銀色に輝く鉄とは異なる金属でできている。

鏃には砂浜の白砂のようなものが入った小瓶がぶら下がっている。その正体にキズナが気付いた。

『……まずいぞ、炎の魔術ではなく化学反応で火を起こすつもりじゃ！　巨人の腕を切り落とせ！』

「【錬金】」

だがそれは一歩遅かった。

魔術師の白仮面が奇妙な魔術を放った瞬間、突き刺さった矢が凄まじい勢いで爆発した。

鏃を中心に起きた爆発が、巨人の腕を大地に落とす。

「「ぐうっ……！」」

その隙を狙うように、神官の白仮面が、大盾の白仮面を回収する。

すぐさま治癒魔術によって時間を巻き戻すかのようにひび割れが補修されていく。

「「くそ……なんてやりづれえ……！」」

そして、戦列に戻った大盾の白仮面がニック／ティアーナの前に立ちはだかる。

一人一人の力は、決してニック／ティアーナに勝るものではない。

だが、完璧なコンビネーションは、数倍の強さの敵さえも仕留めることができる。仮にこれが白仮面という強靭な聖衣の持ち主ではなく、生身の人間であったとしても勝てたかどうか。

ニック／ティアーナはそれを想像し、自嘲の笑みが浮かべる。己の未熟さが嫌になると、ニックとティアーナの負の感情が一つになり、それが今の状況への反骨を生み『絆の剣』を強く握りしめる。

また、熾烈《しれつ》な猛攻が始まった。

苛烈な激痛に失神してしまいたいという欲望と戦い、目の前の敵と戦い、視界から消えた敵の攻撃に備え、そしてまた振り出しに戻る。一瞬が一時間に思えるほどの濃密な攻防。切る手札のことごとくが打ち破られ、手札が尽きた先に奇策をもって跳ね返し、だが相手もすぐさま対応してくる。

消耗の果ての終わりが見え始めた。

「おいおいお前ら、殺すなよ。面白そうだ。あれもいい素材になりそうだしな」

「この程度では死なん。仮にも聖剣の所有者だ。そもそも、俺個人の戦いにお前が介入するな」

「そうだ。相手は聖剣だぜ？　お前が弟子とだけ戦うってんならともかく、向こうには聖剣が付いてるんだ。俺に口出す権利がねえとは言えねえだろう？」

「……素材にするなら話は別だ」

アルガスがカリオスに向き直る。

敵意を隠そうともしていない。

「おーいおいおい。俺にそうやる気を出すなよ。相棒だろう？　……ま、処遇の話は後だ。ひとまず仕事に蹴りをつけよう」

カリオスが指を弾くと、白仮面たち全員が構えた。

今まで動いていなかった後衛らしい白仮面も杖を構え、こちらに矛先を向けている。

死ぬ。

あるいは、死よりも悲惨な何かが起きる。

『逃げろニック！　ティアーナ！』

「「……無茶言うな。指一本動かねえよ」」

『我が囮になる！　剣を手放せ！』

ガロッソのような剣術を操る白仮面が、ゆらりと踏み込む。

ディーンのような弓術を操る白仮面が、矢をつがえる。

ベリクのような重装の白仮面が、槌を振り上げる。

魔術師と神官の白仮面が杖に魔力を集中させる。

その瞬間を、ニック／ティアーナは呆然《ぼうぜん》と見つめていた。

「ちょ――――――っと待ったあああぁぁぁぁぁ――！」

後方の白仮面が、突如として吹き飛ばされた。

まるで子供に投げ飛ばされた玩具《がんぐ》のように力ない姿勢で飛んでいく白仮面を、ニック／ティアーナは現実味さえ感じることなく惚《ほう》けるように眺めた。

その白仮面が凍った街灯に百舌《もず》の速贄《はやにえ》のように突き刺さって絶命するのを見て、ニック／ティアーナはようやく気付いた。死ぬ間際の都合のよい幻ではないと。

「「オリヴィア!?」」

「ニックさん！　ティアーナさん！　今のうちに体勢を立て直しなさい！」

それは、黒い外套を纏《まと》った見覚えのある女だった。

魔力の生み出した流れと剣風によって元よりくたびれていた外套が飛んでいき、そして下からこれまたボロボロになった女の姿が露わになる。

その姿は、間違いなくオリヴィアであった。

服は破け、再び眼鏡《めがね》はずり落ち、体は傷だらけだ。だがその瞳は強く輝いている。

まさに、この一瞬に自身を燃やし尽くすかのように。

「「お、お前、その姿は……」」

「白仮面……というより聖衣がここと同様にバラ撒《ま》かれてるんです」

「「なんだって!?」」

「安心してください。ちょっと手こずりましたが撃破しました」

ボロボロの顔で、オリヴィアはにこりと微笑む。

任せろと言わんばかりの眩《まぶ》しい笑顔で。

「……『武の剣』だな。《並列《パラレル》》で昔とは別の姿を取っていても、その技、その気迫は誤魔化せんぞ」

「おやおや、久しぶりだというのに綺麗《きれい》になったねの一言も言えないんですか？」

アルガスは軽口に応えることなく剣を地に刺して構えた。

「さぁて、脅威度判定Sマイナー！　リミッター解除申請受理、六十秒！　さあ、流派『武芸百般』の者共よ！　本当の武の極みをご覧に入れましょうぞ！」

オリヴィアが構えたかと思うと、一陣の風のように白仮面たちに襲いかかる。

その姿に、ニック／ティアーナは状況を忘れて見蕩《みと》れてしまった。

「「……綺麗だな」」

それはまるで、流麗な舞いを見ているかのようであった。

踏み込み、掌《てのひら》を放ち、拳を撃ち、あるいは捌き、蹴り、それらが楽譜に定められた動きであるかのように完璧な動作で行われている。

ニックはオリヴィアと相対したときに、その技量の底知れなさに悔しさを覚えた。

だが、一切の余裕と稚気を捨てて本気で戦うオリヴィアの姿を目の当たりにして、丹念に丹念に積み重ねられた修練への賛辞を覚えた。

弓の白仮面が矢を放つと同時に、重装の白仮面が突進し、カタナの白仮面が跳躍した。それでもわずかに生まれる隙間を魔術師の白仮面が埋めるべく杖を構える。逃げ道などないはずの攻撃を、オリヴィアは最小限の動きだけで避けた。

「いいですかニックさん。この状態になった時点で後手に回っているのです。与えられた状況に無理に対応しようとしない。状況を作り、押し付けるのです。今のあなたに向いている戦い方を考えなさい。例えば、こう！」

大地を踏みしめて氷とその下の石畳を舞い上がらせる。《奇門遁甲《ステッピング》》を極めた動きは大地を伝って白仮面たちに物理的な衝撃を与える。たった一度に見えて、それは一秒の中で数百、数千を超える波動として届く、明確な攻撃であった。

「私の真似をしろとは申しません。むしろ私などよりも遥《はる》かに強力な一撃を放てるはず。あるがままの自分の可能性に気付けば、こんな木偶《でく》の坊《ぼう》に負けはしませんよ」

オリヴィアは教師のように語りかけ、白仮面を追い詰めていく。

そのたおやかでまっすぐな腕が、重装の白仮面の胴体を飴《あめ》細工のように貫く。手を引き抜くと、その手には白仮面の核が握られていた。

「まずコンビネーションを崩そうとしたのはよし。ですがニックさんたちはなまじ技術がある分、狙いが正確すぎますね。ときには蛮勇と剛腕を振るわなければならないときもまたあるものです」

重装の白仮面が倒れた瞬間に、治癒魔術を放とうとする神官の白仮面に狙いをつける。当然、他の白仮面がカバーに入る。だがそれさえもオリヴィアの思惑通りだ。打撃を放てば面白いように白仮面に当たる。逃げればその方向にはオリヴィアが待ち構える。あらゆる盤面を想定し、まるで鳥かごにいる鳥をなぶるが如く的確に白仮面を追い詰める。

「ふふふ、我が弟子たちよ！　これで信じてもらえましたか？　あのときは本気を出さなかったんじゃありません。出せなかったんでーす！」

あははとオリヴィアがなんてことのないように微笑む。

それは力強く、茶目《ちゃめ》っ気《け》たっぷりで、人工的な厳冬には似合わない太陽のような佇まいだった。

「「……本気出さなくちゃいけねえ状態なんてこなくていいんだよ。お前は馬鹿みてえな記事を書いて、ギルドの職員に怒られて、マニアを喜ばせときゃよかったんだ」」

オリヴィアの明るさと強さは、状況の深刻さと表裏一体であった。

ニック／ティアーナの悔しさを滲ませた言葉に、オリヴィアはあえて呵々大笑《かかたいしょう》した。

「あっはっは！　まったくもってその通り！　こんな日が来なければよいのにとは常々思っていました！　みなさん……特にニックくんはティーチングが中途半端でした。もっともっと鍛えてあげたかったところなんですけどね」

「「だから師匠面するんじゃねえよ」」

そんな憎まれ口は嘘だ。アルガスに追放され、ニックはリーダーとしてパーティーをまとめ上げた。だが心のどこかでメンターを求めていた。オリヴィアの体現する武に近付けたらという思いがあったからこそ、ガロッソと立ち会って殺されることもなかった。

もっと教えてくれ、道を諭してくれと希《こいねが》う気持ちが湧き上がる。

だが自分の力不足を認めてしまうわけにはいかなかった。

ここにいるべきは師匠と弟子ではなく、並び立つべき戦士なのだから。

「鼻っ柱が強いんですから。でもそれもまた一つの強さ。何が起きようと折られてはいけませんよ」

オリヴィアは攻めあぐねていた白仮面たちを注視しつつ、アルガスの方を向いて構えた。

だがそのとき、アルガスが思いもよらぬ行動を取った。

魔術師の白仮面の首を、大剣で刎《は》ねた。

「「なにっ……？」」

「魔力の大きさがあいつを強くする。邪魔だ」

更にアルガスの大剣が二度閃《ひらめ》き、すべての白仮面が倒れた。

どういうつもりだという疑問が湧き上がり、ほんの僅かだが、味方であってくれたらという無様な願いを抱く。だがその効果はすぐに現れた。

オリヴィアの体から湧き上がる魔力が消えつつある。

「「そうか……脅威度判定を、下げたのか」」

オリヴィアは、敵の魔力や脅威が大きければ大きいほど自身の力を発揮することができる。

だが【武芸百般】のアルガスは魔術を使うことができない。《奇門遁甲《ステッピング》》のようなごくわずかな魔力を使う裏技ならばともかく、火炎や氷を出すような大きな魔力を扱うことはない。

つまり客観的には、ただの生身の戦士に過ぎない。

生身の強さ、手にした技量が、冒険者の中で最強というだけであって。

「「いや待て、カリオスは……いねえ!?」」

ダメージが治りきっていない体で立ち上がり、カリオスの居所を探す。

「「くそっ……《魔術索敵》……！」」

「無駄だ。あいつはかつての勇者が得意とした時空魔術、《縮地》の使い手。どこにいるかなど誰にもわからん」

『あまり外で遊んでもいられないからな。こっちにも仕事があるんだ。……で、アルガス、時間を掛けるなよ。お前も巻き込まれるぞ』

「わかっている」

アルガスが構え、オリヴィアと一対一で相対した。

『……なあ、「武の剣」よ。こっちが聖衣を出して脅威度を上げてやったのに、お前一人が出てきただけで何の小細工もなかったじゃないか。「鏡」を確保したわけじゃないなら潔く諦めろ。お前に勝ち目はないんだ』

姿を消したはずのカリオスが、諭すような感情を込めて《念信《テレパス》》を飛ばす。

だが、オリヴィアは力強く反論する。

「諦める？　それはこちらの台詞《せりふ》ですよ。あなたの計画など決して実現はしません」

『俺の計画は元々、お前の使命《テーマ》だった。この地にはびこる人間もどきを磨き上げ、新たなる人間のフォーマットを策定する。神々にさえ打ち克《か》つ存在をクリエイトする。……素晴らしいよ。俺はお前のプロダクトに、純粋に感動したんだ。アルガスだってそうだったはずだ』

「やめましょうよ、そういうの。もっと楽しいこととして人生をまっとうしませんか？」

『つまらねえことを言ってるのはお前だ。提唱者であるお前が、所有者の個々の命にこだわってどうする。……最後のチャンスだ。我らの軍門に降れ』

「お断り申し上げる！　そのような高慢な思想のために武の道があるわけでなし！　他人から奪った使命《テーマ》を振りかざすあなたに勝利はない！」

『そうかい……だったらさよならだ。やれ、アルガス』

どこからともなく聞こえるカリオスの声に、アルガスが動いた。

悠然とした歩みで、アルガスはオリヴィアへ向かって歩いていく。

「さて、ニックさん。ティアーナさん。キズナくん。あなた方にお願いがあります」

「「……お願い？」」

「私の口から、すべてを申し上げることはできません。あの《縮地》は契約者や所有者を起点とすることで、本来ならば短距離テレポートに過ぎないものを広範囲な結界として扱っています。所有者や契約者を中継地点として自由自在に移動し、そして会話や視覚を傍受することができる。……ですので、多くのものを偽装し、秘密裏に事を運ばなければいけませんでした。私が『歪曲剣《わいきょくけん》』ダイヤモンドとの接触を控え、あなた方を直接的にサポートできなかった理由です」

「「お前、ダイヤモンドのことを知ってたのか？」」

「いやぁ……彼女があちらと組んでいないか、ギリギリまで疑っていました。腹を割って話せばよかったと後悔しきりですよ」

ははは、とオリヴィアがいつものように肩をすくめた。

「事ここに至っては彼女らに託すほかありません。いいですか、ニックさん。呪いを受けたカランさんを助けたいのであれば『襷《たすき》の剣』を倒しなさい。だからまず生き延びること。よいですね？」

オリヴィアは片手で抱えられる程度の布の包みをニック／ティアーナに押し付け、そして眼鏡のズレを直す。すでにフレームもガラス部分もひび割れ、そして眼鏡以上に満身創痍《まんしんそうい》の肉体が無惨な姿を晒《さら》している。

それでも、あっけらかんとした笑みだけは絶やさなかった。

「奥義、『旋《つむじ》』」

アルガスが呪文のような言葉を呟き、音もなく動き始めた。

それは、今までのような怒涛《どとう》の速度の攻撃とはまったく異なっている。あまりにも穏やかだ。

一瞬、ニック／ティアーナは肩透かしを食らったような表情を浮かべたが、すぐに異常に気付いて気を引き締めた。

アルガスが一歩踏み込む度に、地面や屋根に降り積もった雪に不思議な痕跡が残っている。まるで静かな池に落ちる水滴のように、波紋が雪の上に広がっていく。

「「な、なんだありゃ……」」

「こら、視覚に頼らない。アルガスくんの内部に、神秘性モーメントがうねりを描いています。しっかりと感覚に焼き付けて、対策をしておくように」

「「やめろよその言い方……それじゃまるで」」

「奥義、『旋《つむじ》』」

オリヴィアは何も語らず、そしてアルガスと同じ言葉を紡ぐ。

二人の距離が縮まり、まるで爆発のような掌打《しょうだ》がアルガスの手から繰り出された。

オリヴィアがそれを捌き、アルガスもまたそれを捌き、結果として最善の手が最善の手で防がれ、まるで舞いであるかのような均衡と美をもたらしている。

自身が練達の武術家と直接相対する瞬間にのみ現れる、粘りつくようなコンセントレーション。

それを、ただ見ているだけなのにニック／ティアーナは感じていた。

数百の打撃を放ち、ようやく一秒。おぞましい角度から放たれるすべての攻撃を捌き切り二秒。

五秒経《た》てばそこは純粋な動と純粋な静が完璧な均衡を保つ、理論上の世界の舞踏。

舞踏が永遠に続くかと思われた瞬間、オリヴィアの足刀がアルガスの水月に入る。そこからアルガスの防戦が増えた。避け、捌き、そして食らうしかない一撃を食らい、ダメージと引き換えに自らも撃つ。だがダメージの差は一目瞭然になりつつある。

あのアルガスが防戦に回っている姿にニック／ティアーナは震えた。

だが、それは唐突に終わった。

「……不便なもんだな。あんた程の腕前がありながら、全力を出せんとは」

唐突にオリヴィアの動きが止まり、全身から血を流す。

「ふふ……誇って良いですよ。莫大《ばくだい》な魔力を持つ存在や、魔物としての強大さにしか私は全力を出せません。あなたはただの人間で、ごく僅かな魔力しか持たず、それでもなお無双の強さを誇る」

「……誇るような技術じゃやねえ」

「寂しいこと言わないでくださいよ……」

割れた眼鏡がオリヴィアの顔からずり落ちて、からんと乾いた音を立てた。

「……流派『武芸百般』をねじ曲げたのはあんただ。至高の領域に立つための純粋な武術としてあんたが立ち上げておきながら、『襷《たすき》の剣』を殺すためだけの殺しの技にした」

「いや、まったくその通り。反論できません」

「「なんだって……？」」

「ニックよ。今オリヴィアと名乗っているこの女こそが、流派『武芸百般』の開祖だ」

アルガスが、溜《た》め息《いき》交じりに語る。

それは様々な言葉と符合する。魔神に打ち克つ存在を作り上げるとオリヴィアは過去に語り、『襷《たすき》の剣』もまた、神々にさえ打ち克つ存在をクリエイトするものだと言った。

そして今、『襷《たすき》の剣』の所有者である流派『武芸百般』アルガスは、武術を極め至高の領域に立っている。

ニック／ティアーナが混乱と納得を交互に感じている中で、オリヴィアの言葉が静かに響いた。

「……武術の目的なんてただのお題目ですよ。教わったものをどう使おうが、それは弟子の自由。大仰に捉えすぎです。ニックさんも、自由に振る舞えばよいのです」

「「オリヴィア……もう喋らなくていい！　逃げろ！」」

「あなたの技術はアルガスくんから教わったものでしょう。……彼にどんな感情を抱いていたとしても、その身に宿ったものを疎ましく思うなんてことはやめてください。そこに善悪はなく、ただの技巧に過ぎません。あなたを生かすものを、したたかに、豊かに、使いこなしなさい」

少し前まで所在不明だった女がいる。

オリヴィア・テイラー。『月刊レムリア』というオカルト雑誌の記者兼冒険者。

賞金稼ぎを生業とする冒険者が集う冒険者ギルド『マンハント』によく出没しているが、活動領域としては迷宮都市全体。そこかしこに出没しては怪しい風聞を尋ね回る奇人変人の類い。

しかしながら、夜な夜な人を攫《さら》う偽のステッピングマンを探し、魔神崇拝者と暗闘を繰り広げ、この迷宮都市の平和を守ってきた本物のステッピングマンであり、月が照らす空の回廊を駆け抜ける正真正銘のフォークロア。

更には、ニックが学んだ武術『武芸百般』の開祖であることが今判明した。

「「どうでもいい、そんなこと！」」

ニックたちの危機を救い、そして道を失ったニックに道を諭した女。

だから、もう、逃げてくれ、俺なんか放っておけと、叫ぼうとした。

すべてが遅かった。

「……弟子にすべてを託して消え去るとは……なんとも、贅沢《ぜいたく》な死に方ですね……」

オリヴィアの体が、まるで周囲の雪に溶けるように輪郭が見えなくなっていく。

炭を燃やし尽くした後に残る灰のように、体が塵《ちり》となっていく。

『人間体が、崩壊しておる……』

「「おい……ウソだろ……オリヴィアー！」」

名を呼んでも、応える者はどこにもいない。

明るく、面白おかしく、強靭であったはずの存在が、今や影も形もない。

「……惚けている暇があるのか？　逃げるか、立ち向かうか、お前にはそのどちらかしかない。もっとも……死は避けられないだろうがな」

「「てめぇ……！」」

だが、アルガスも数十秒の交錯の間で無数の傷を負っている。

消耗が激しく、ニック／ティアーナが今もう一度決死の攻撃を仕掛けたら勝てる可能性はある。

立ち上がれとニックの心が叫ぶ。

だが逆に殺される可能性もある。いや、その確率の方がはるかに高いだろう。

今すぐ逃げろというティアーナの心が叫ぶ。

『ま、まずい……！　これ以上は意識が束ねられぬぞ……！　ぐうッ……！』

キズナが苦悶《くもん》の声を上げる。

そこでニック／ティアーナは気付いた。協調や連動ができなくなれば《合体《ユニオン》》は解除される。それを食い止めるため、キズナが自己を犠牲にして繋ぎ止めている。

「「……《分離》」」

ニック／ティアーナが合体を解除する呪文を唱え、冬が去った。

結界魔術《氷河《アイス・エイジ》》が解除され、真夏が訪れる前の生ぬるい風が吹く。

そしてニックは無手の状態で、アルガスを睨みつけた。

「ぐっ……ティアーナを連れて逃げろ……」

「ニック、無理じゃ……ぐうっ……」

「いいから行け！　ここはオレが食い止める！　それまでに他の仲間を呼べ！」

キズナは迷い、しかし、そうせざるを得ないことに気付いた。

ティアーナは完全に意識を失っており立つことも歩くこともできない。

今一番命が危ういのは、ティアーナだ。

だが、キズナ自身の消耗も決して軽んじてよいものではなかった。

ティアーナを支えながらよたよたと歩き、ゆっくりと、ゆっくりと、この場から離れていく。

「……『鏡』を差し出せ。そうすればお前にも、お前の仲間にも用はない。街を出て、どこへなりとも消えて、ひっそりと生きろ」

「だから知らねーよ」

「忘れているなら思い出せ」

「知らねえっつってんだろうが！」

その憎まれ口に対してアルガスは言葉で応じず、剣を構える。

「……お前が何を言ってんのか、何を求めてるのかは知らねえ。けど、何かを奪うつもりで、天涯孤独になったオレに近付いたってことなんだな？」

「……そうだ」

「だったら最初からオレのことなんざ殺せばよかったんだ。何が冒険者だ。何が【武芸百般】だ」

「誤魔化しだと言ったはずだ」

「誤魔化しに縋《すが》ってたお前が滑稽だって言ってんだ、アルガス。お前は『襷《たすき》の剣』にも劣るクズだ」

その言葉に、アルガスがぴくりと反応した。

「……カリオスはオレのことなんざ歯牙にも掛けてなかったが、それでも聞いてりゃわかる。あいつは本気で楽しんで、やりたいことをやってるって気配がある。お前は渋々従って、仕方ないって気持ちで付き合ってる感じだな。少し見てりゃわかるさ」

ニックは、静かに激昂《げきこう》していた。

もはや目の前の強敵の逆鱗《げきりん》に触れて首を刎ねられようが構わない。そんな意志の中で。

「自分が手にした技術を見下して、自分自身も見下して、そのくせ、行き場のねえガキの頃のオレを拾って育てて、自分が正真正銘のクズだってことから目を逸らしてやがる。いいかアルガス。オレはな、お前の非道さに幻滅したんじゃねえ。お前があまりにも弱い奴だからガッカリしたんだ。死ぬ勇気も殺す勇気もねえ。なんて半端な野郎だ。見るに堪えねえ。冒険者の風上にもおけねえ」

「黙れ」

「オリヴィアとも昔なんかあって……別に、殺したくはなかったんだろ。お前が今生きてるのはオリヴィアに勝ったからじゃねえ。あいつの情けがあったから、おめおめと生かされてるんだ」

「……勝ち負けは生き死にと同じだ。終わった後にあやを付けるな」

「ガロッソだって、自分が『襷《たすき》の剣』の奴隷《どれい》だってことをよく理解してた。お前みたいに無頼を気取って格好付けたりはしなかった。それに比べてお前はなんて小せえ野郎だ」

これから姿を消し、無明の闇へと潜み征《い》く男がいる。

アルガス。冒険者パーティ、【武芸百般】のリーダーであった男。

そして武術流派『武芸百般』の当代の長。

生業として魔物と戦う猟師のような冒険者とも、迷宮の財宝を盗み出すハイエナのような冒険者とも一線を画す、一流の武術家。魔力にも武器の性能にも頼らない生身の強さ、磨き上げた技巧だけで強大な敵を叩きのめす、男が憧れる男。

一方で、強さや勇ましさを誇示するだけではない。盗賊に両親を惨殺された少年を保護し、そして一人前に鍛え上げたことは冒険者の界隈《かいわい》でよく語られる美談だ。

少年にとって、男から与えられたナイフは宝物であった。教えられた武術は人生哲学であった。初めて迷宮を攻略したときのご馳走《ちそう》の味も深く心に刻まれている。足を挫いたときに巻いてくれた包帯の手触り。魔物に油断して危機に陥ったときに飛んできた叱責の重さ。不逞《ふてい》の輩《やから》に絡まれたときに庇《かば》ってくれた大きな背中。十五の歳《とし》になったときに飲まされた酒の、喉を通る灼熱《しゃくねつ》。両親を喪《うしな》ったときに抱いてくれた、大らかで優しい腕。父性を体現した、男の中の男。

彼に失望されるのが恐ろしく、そして認めてもらうために研鑽《けんさん》を重ねた。パーティーを追放されてからも、ひたむきに努力を重ねていればまた道が交わることもあるだろうと思った。

しかしながら、すべては幻想であった。

男はただの殺し屋に過ぎず、そして自分の主人に逆らうことのできない奴隷だ。

気付けばニックは、滂沱《ぼうだ》の涙を流していた。幻想を飲み込み、怒りへと変えるために。

「……今こそオレを殺しとけよ。後悔するぞ」

ニックの中のアルガスへの幻想が砕け散ると同時に、突然、地面が大きく揺れた。

何か魔術的な攻撃がなされたのか、とニックは危機感を露わにしたが、アルガスを見ればどこか忌々しげな表情を浮かべている。

自分だけが攻撃を受けたわけではないと安堵し、だが局所的な異変ではないと気付いて驚愕した。

周辺の建物が、あるいはもっと、都市全体が、揺れている。

「な、なんだ……？」

「もう動き始めたか……くそ」

アルガスが苛立ちながら舌打ちした。

「……まあいい。『修羅道武林《しゅらどうぶりん》』の最下層に来い。俺と『襷《たすき》の剣』はそこにいる」

「『修羅道武林』？　迷宮か？」

「すぐにわかる。……この振動は、その兆しだ」

アルガスがそれだけ言い残して背を向け、揺れる地面に動揺することなく去っていく。

待て、逃げるなという言葉さえニックは出せなかった。

「ちくしょう……！」

見逃されたという悔しさと、まだ死地は去っていないという危機感が重い足を動かす。

どこかで建物が崩れ落ちる音がした。


その夜、迷宮都市テラネの大地が、突然揺れた。

スタンピードが発生して魔物が襲いかかってきたのか、はたまた隣国や魔族が突如として戦争を仕掛けてきたのか、あるいは地震と呼ばれる太古の災害が数千年ぶりに起きたのではないかと、不確かな噂《うわさ》が飛び交った。

だが太陽騎士団と迷宮都市開発機構が調査した結果、原因はすぐに判明した。

迷宮都市テラネ地下道だ。下水道や廃棄物の運搬口、非常時のシェルターなどが集まった場所であり、用のない人間が立ち入ることはできない厳正に管理された区域である。本来ならば。

テラネ地下道はそもそも、古代のテラネにあった施設を補修して利用している箇所が多い。だがハイエナ荒野に存在する遺跡群とは違い、図面や管理文書、あるいは法的な所有権や資産価値を記した台帳が豊富に残されている。それゆえに人々は「地下は昔から管理されている」と思い込んでいたし、事実、騎士団によって監視網が敷かれていた。

だが、その地下の更に地下までは、迷宮都市テラネの管理の及ぶところではなかった。

突然、地下道の下から巨大な円筒状の建築物が出現し、地下道全体を、そして迷宮都市を大きく揺さぶったのだ。

その円筒は、例えるならば「塔の頂上」と言うべきものであった。周囲には窓のようなものがあり、として円筒の上部にはその下へと続く大きな螺旋《らせん》階段がある。あくまで地下道に上の部分が露出しただけで、その下には巨大な「全貌」というべきものがある。

その全貌とは、何なのか。

名前はすぐに判明した。迷宮『修羅道武林』。

古代、魔神と人々が戦争していた折、魔神側がテラネを攻撃するために建造したと言われる伝説上の迷宮の名だ。同時に、魔神による魔物の生産拠点……言わば魔物の牧場でもある。

それまでは研究者や専門家でなければ知ることのなかった場所だ。存在さえ疑われていた。だが、『修羅道武林』の恐怖を迷宮都市の市民は身をもって知ることとなった。出現と同時に迷宮の入り口が開き、多くの魔物が迷宮都市内に放たれたのだ。

魔物は、B級からA級難易度の迷宮に現れる魔物に相当する強さであった。オーガ、シルバーシザースの上位種、アマルガムシザース。あるいは死した騎士の鎧に怨念が集まって生まれた、人の生命力を奪うカースアーマーなど、尋常ならざる魔物ばかりであった。

だが、迷宮都市テラネの市議会や太陽騎士団、冒険者ギルドはすぐに討伐部隊を編成して対応に当たった。上級冒険者と太陽騎士の混成部隊が出撃して市民に被害が出る前に討伐できたが、そこまでだった。迷宮の入り口が内側から閉ざされてしまったのだ。

一時的な安寧こそ訪れたが、再び開けばまた魔物が溢《あふ》れ出《で》ることはすぐに予想できた。

更に『修羅道武林』の発生と同時に、『小鬼林《しょうきりん》』のゴブリンが大量に生まれ、そして強靭かつ様々な能力を持った姿に変異して軍団を編成しているという情報が入った。その他の迷宮都市周辺の迷宮においても、同様の現象が起きている。

新たな迷宮の誕生。魔物の大量発生と強力な変異。どの情報も大規模スタンピードが起きていることをはっきりと示している。

そこで冒険者ギルドはディネーズ聖王国の全支部に緊急招集を要請した。

一般市民が家を捨てて都市を去る中で、国内全土に散らばっている冒険者たちが名誉、高額な報酬、あるいは危険な命のやり取りに魅了されて続々と集まろうとしている。

また、冒険者ギルドとは別のルート情報を聞きつけ、すでに動いている者たちも存在していた。

「お久しぶりですねハボック。会社の景気はいかがですか」

「上々だよ。得意先が中々面白い仕事をしててね……だが、稼ぎ時はここからさ」

迷宮都市テラネ西部、貴族の邸宅や教会、あるいはジュエリープロダクションの事務所などが立ち並ぶ高級住宅街の一角に、魔道具研究所サンダーボルトカンパニーの工房があった。

その整然とした応接室……の奥。

様々な奇怪な道具類が転がっている作業室の片隅で、二人の男女が向かい合っている。

「稼ぎ時と来ましたか。人形魔術師《アニメイター》ハボックはまだまだ現役のようですね」

「当たり前さ。むしろあたしが現役の間にスタンピードが来てくれて、神様に感謝したいくらいだよ。耄碌した頃に来られちゃどうしようもないからね」

ハボックと呼ばれた四十がらみの女性が、客のご機嫌伺いのような言葉ににやりと笑った。

その街に相応《ふさわ》しい紫色の瀟洒《しょうしゃ》なドレス。だが、まるで海賊の如き眼帯と、無事な方の鋭い目つきは、この迷宮都市テラネの危うげな空気に負けることなく異彩を放っている。

「あんたこそ、ひよっこ魔術師に囲まれて腕は鈍《なま》っちゃいないだろうね」

「まさか。刺激的な日々でしたよ。弟子にも恵まれました」

そしてもう一人の男は、瘦せぎすの魔術師らしい風体をしていた。

ハボックのようなわかりやすい派手さはない。モノクルを掛け、質の良いシャツに紺色のジャケットコートを羽織り、どこかの男爵と言われてもまったく違和感はない。

だが、神秘的な緑色の瞳の奥には、どこか人をざわつかせる不思議な気配を湛《たた》えている。

「しかし温室栽培の貴族の魔術学校だろう？　あんた好みの弟子がいるとも思えないし、あんたを好む学生がいるとも思えないね」

「ははは。それが王都の魔術学校を放逐されて、テラネで魔術師をやっていますよ。噂ではありますが、中々楽しくやっているようです」

「つは！　あんたがその弟子を染めたんじゃないのかい？　機工術師《エンジニア》ベロッキオ」

「まさか。遊び方は教えていませんよ……どのように成長したか楽しみです」

ベロッキオが、にやりと楽しそうに微笑みを浮かべた。

「恐ろしいね、まったく。手塩にかけた弟子とやりあうことになるかもしれないってのに。あたしらと違って、あんたの愛弟子《まなでし》はまっとうな冒険者なんだろう？　同情するよ」

「どうでしょうね。彼女が経験を積み、倦《う》まず弛《たゆ》まず今も研鑽を続けているのであれば私とて危ういでしょう。……くく……胸が躍りますよ……」

修羅道武林《しゅらどうぶりん》

迷宮都市テラネは変わった。

正確には、都市の個性が大きく先鋭化した。先進的な娯楽に溢《あふ》れ、野心的な冒険者や商人が集まり、夜も眠らぬ繁華街はいつまでも眩《まぶ》しく光る。その一方で、少しでも闇に足を踏み入れれば暴力と苦痛が忍び寄ってくる。そんな迷宮都市の悪《あ》しき性質が拡大しつつある。

迷宮都市テラネ領主のヴィシュマが、魔神崇拝者の暗躍によって大規模スタンピードが発生していること、その結果として強力な魔物が数多く生み出され、やがては迷宮都市を襲いに来ること、更には迷宮都市の地下に迷宮が出現したことを公表したからだ。

悪いニュースは続くもので、古代文明を研究する学者や賢者によって今年は夏眠……魔物の休眠期は発生しないことが予測された。通常のスタンピード程度であれば魔物は休眠周期に逆らえないが、大規模スタンピードにおいては夏眠さえも無視される。

遠乗りの駅馬車は迷宮都市から逃げる人々の予約で一杯になった。駅馬車のチケット売り場にテントを持ち込み、徹夜で並ぶ人間も出始めた。ダイヤが改正され、個人の荷馬車と駅馬車、貴族が乗る竜車、無謀な徒歩の旅人を合同で出発させる王都行きの旅団が編成された。

それとは対照的に、迷宮都市テラネに続々とやってくる人々も存在していた。

誰も彼も、テラネから出ようとする人々の怯《おび》えきった顔つきとは真逆で、ぎらつき、野心に満ち満ちた顔つきをしている。大きな金の気配に導かれて。

ディネーズ聖王国の騎士団も、そして冒険者ギルドも、大々的に募兵や募集をしているためだ。

通常のスタンピードであれば普段は整備されたコースを駆ける竜がありのままの大地を駆けて迷宮から出てきた魔物を蹂躙《じゅうりん》し、そして大量の収穫部位を竜騎士団が独占する。だが今回は大規模スタンピードであり、どの騎士団も予算を出し惜しみせずに兵の数を揃《そろ》える必要があった。

また冒険者ギルド側も今のうちに迷宮内の魔物を狩れるだけ狩っておく必要がある。すでに変異種が数多く現れて脅威度は上がっているが、それでも手をこまねいていればより多く、より強い魔物が出現する。しかし、大きな魔力を溜め込んでいるために獲物としての価値は非常に高い。端的に言って儲《もう》かる仕事だ。

大規模スタンピードは、平時の迷宮探索とは比べものにならないほどの莫大《ばくだい》な富を生む。

勝利に伴う未曾有《みぞう》の好景気を期待し、あるいは戦う者たちや逃げる術のない弱者を支えるため、あえて迷宮都市に残る非戦闘員も少なからず存在した。野心と義侠心《ぎきょうしん》を乳化させた奇妙な団結心によって都市機能はかろうじて支えられている。

金銭だけではない。都市や国家を守ったという名誉、そして強力な魔物を倒したという戦功が手に入る。大規模スタンピードは人と魔物の存亡を懸けた戦いであると同時に、血と暴力の世界で生きてきた人間がのし上がる絶好のチャンスであった。

当然、リスクは大きい。過去、大規模スタンピードに抗《あらが》えず物理的に押し潰された国家も決して少なくはない。だがディネーズ聖王国は、二百年前の大規模スタンピードを耐え抜いた経験がある。

多くの者が死ぬことは確実だが、決して戦えない戦争ではない——一部の人間の間には、そんな希望と野心が煮えたぎっている。

飲食店も、物々しい人間が出入りする酒場は未曾有の好景気を迎えているが、落ち着いて飲食を楽しむ喫茶店やレストランは休業や廃業の看板を出しているところも多い。

迷宮都市西部の、とある割烹《かっぽう》は微妙なところであった。

景気が悪いことには間違いはなさそうだが、かといって暖簾《のれん》を片付けるということはない。

少なくとも、行き倒れの男一人を助ける程度の余裕と義理人情は持ち合わせていた。

「おう、起きたか。大丈夫か？」

「……ああ」

目覚めたニックに声をかけたのは、青年と中年の中間くらいの年頃の男であった。

「あんた、丸三日寝てたぜ。ここに来たときのことは覚えてるか？」

「三日!?」

嘘《うそ》だろう、とニックは思い、だが自分の消耗の度合いを感じて納得した。

ニックはアルガスたちとの戦闘の後、キズナと合流するために半死半生のまま街を彷徨《さまよ》っていた。

最初はスターマインホールを目指していたが、崩れた建物や割れた石畳に阻まれ、目的地に到達できずに体力が尽きて意識を手放し、そして気付いたときには南方風の妙にひっそりとした店の、畳の上に寝かされていた。

ニックは寝ている場合ではないと立ち上がろうとして、失敗した。

「ぐっ……」

「あ、バカ。無理に動くなよ。ひでえ怪我《けが》だぜ」

慌てても何もかも遅く、そして今の自分には何もできない。無力感がニックを襲う。

「……死んでねえだけ助かったのか、死んどきゃよかったか、迷うところだな」

虚脱した顔でニックが言った。

「俺に感謝しろとは言わねえが、助けられといてなんだその言い草は。けったくそ悪い」

「元々こういう顔だ。すまねえ」

無力感と罪悪感に支配され、うるせえ、関係ねえ、などという悪態を吐《つ》く力も今のニックにはなかった。男はそんなニックに気付き、怒りの表情を緩めた。

「……まあ、傷を治したり介抱したのは俺じゃなくて女将《おかみ》だ。そっちにちゃんと礼を言えよ。……それと、ついでにベル……じゃなくてアゲートにもな」

「へ？」

「瀕死《ひんし》の人間は助けるのが女将の主義だが、それでも世間様に迷惑かけるヤクザ者まで来られちゃ困るからな。ヤバそうなのは俺が門前払いしてる。お前を捨てとくか拾うか迷ったが……吟遊詩人《アイドル》のファンなら助けてやりたくてな」

唐突に吟遊詩人《アイドル》の名が出てニックは困惑した。

が、そういえば鎧《よろい》の内側のポケットに、アゲートをデフォルメしたデザインのキーホルダーを入れっぱなしだったのを思い出した。グッズだと一目見てわかるということは同類なのだろうと、ニックは少しばかりの安堵《あんど》を覚えた。

「あんたも詩人偏愛家《ドルオタ》か。誰推しだ？　やっぱアゲートちゃんか？」

「ライブにゃ行けねーんだ。昔、ちょっとやらかしちまってな。マネージャー様から直々に出禁を申し渡されちまった」

「おいおい、何やらかしたんだよ」

ニックが呆《あき》れ気味に尋ねると、男は自嘲するように肩をすくめた。

「強いて言えば、ギャンブルだな」

それだけを言うと男は、仕事が残っていると言って去っていった。

おい、と声をかけようとすると、今度はぱたぱたと軽い足音を立てて、一人の女が入れ替わりにやってくる。

「あらまあ、お目覚めでしたか。すみませんね、ウチの新入りは口が悪くて」

「いや……悪い、助けてもらったみたいだな」

「はい、包帯取り替えますよ」

助けたのは、『仲居』というウェイトレスが着る制服を着た、落ち着いた雰囲気の女性であった。

「あんたは？」

「この店の女将です」

女性はなぜか性や名をニックに名乗ることはなかった。

「別れた味方と合流しないといけねえんだ。後で金は届ける」

「ここは安全ですから、少し休んでから行きなさい」

めっ、と子供に叱るように女将が諭す。

「安全ってこともないだろ。地面が揺れたしな」

「スタンピードが起きましたからね」

「……起きちまったのか」

ニックは、落胆を感じながらも静かに納得した。ダイヤモンドから聞かされていた話であり、大地が大きく揺れるという天変地異を考えれば、不思議なことではなかった。

「ああ、まだご存じありませんでしたか。領主様が声明を出されたんですよ」

そう言って女将はとある新聞を差し出した。

本日の日付のディネーズミラー紙。オリヴィアが編集していた雑誌「月刊レムリア」や、あるいはティアーナが愛読しているような競竜新聞とは違う、質実剛健なクオリティ・ペーパーだ。記者や特派員は避難や疎開をすることなく今日も新聞を作り続けているらしい。

「二百年ぶりの大規模スタンピード。開始宣言から三日目。五輪連山より十トン級のヒュージサラマンダー出現。一方で迷宮都市内の迷宮『修羅道武林』、不気味な沈黙を保つ。魔術師の魔術を反発する結界があるために調査が難航中だが冒険者ギルドは五輪連山を優先して『修羅道武林』の討伐隊編成を保留にすると発表。危機にさらされる市民から不満の声が多数……ひでえもんだ」

「あら、そんなに驚かないんですね。豪胆ですこと」

「そんなんじゃねえさ。しかし、それならなおさらここだって危ないんじゃないか？」

「地震やスタンピードくらいありますよそりゃ。ここは基礎も柱もしっかりしてますし、暴漢も来ません。紹介状がないと入れない結界が張ってあるんです」

「……そんなのが使えるってのか？」

ニックが驚いて尋ねた。

人避《よ》けの結界は凄《すさ》まじい技量がいると同時に、犯罪に利用されるとどうしようもない。偽ステッピングマンのような人さらいさえ可能になる。それを大っぴらに使えるということは相当な金と想像以上の身分を持ち合わせているか、あるいは相当な技量の魔術師であるかのどちらかだ。

「このお店、尊い人のお忍びの密会なんかに使われるんですよ、ふふ……。まあ、街がこんな状態ですから、商売は上がったりですけれど」

女将が悪戯《いたずら》っぽい笑みを浮かべた。

背は小さく顔立ちも若いが、どこか大人びた気配もある。ダイヤモンドやオリヴィアに通じる何かがあると感じ、そしてオリヴィアを思い出して胸が苦しくなる。

「けど……仲間と合流しなきゃいけねえんだ。生きてりゃの話だが」

「パーティー名は？」

女将が出し抜けに尋ね、ニックが困惑しながら答えた。

「ん？　【サバイバーズ】だが……」

「この三日間の被害者や行方不明者は新聞が一覧を作ってますよ。サ行のところは……あ、あった」

「なんだって!?」

「【サバイバーズ】ニック。リーダー、軽戦士。行方不明。至急、冒険者ギルドもしくはジュエリープロダクションまで連絡されたし」

「オレかよ……いや、ってことは他は無事か」

ニックはひどく安堵した。

そしてその安堵は、緊張の糸を緩めるものであった。

体を動かそうとする力が抜けるのを感じ、ニックは布団にへたり込んだ。

「ほら、言わんこっちゃない。何があったかは知りませんが、休んでおきなさい」

「……悪い。後で金は払う」

気にしなくて大丈夫ですよと告げて、女将はニックに飯を出した。

しばらくすると、粥《かゆ》、椀《わん》に入った汁、塩を振って焼いた魚、それと妙に毒々しい赤色をしたピクルスの膳が出された。

それを見てようやくニックは空腹を覚えた。というより、思い出した。

「胃がびっくりしますから、落ち着いて食べてくださいね。それと、あと一日くらい我慢すれば普通に動けるでしょう。では、ごゆっくり」

ニックは箸を手に取り、飯を口につけた。

ピクルスは目を白黒させるほどに酸っぱく、涙がこぼれそうになった。


しばし、ニックは一人になった。

体が痛み、起き上がるのは億劫《おっくう》だったが、やがてニックはあるものに気付いた。

オリヴィアが死ぬ直前に彼女から預かった、妙な包みだ。

緑色の古風な布に包まれており、今は部屋の片隅に何気なく置かれている。

「そういえば、なんだこりゃ……」

包みを開けると、そこには珍しい装飾が施された短剣が現れた。

少し大きめの鍔《つば》とナックルガードが一体となって付いている。鞘《さや》の形から察するに刀身は少しばかり湾曲しているようだ。丁度、ニックが使っているものと似た形状、同じようなサイズであった。

扱いやすそうだ、と思うと同時に、これはもしやという期待を抱いた。

その鍔には、聖剣特有の宝玉がはめ込まれている。

ニックはそっと剣を握ると、突然、刀身と宝玉が薄緑色の光を放った。

『イニシャライズに成功しました。ニックさんですね？』

「え？　その声は……」

『少しばかり魔力をお借りします……』

そして短剣から放たれる光が、四肢となり、頭となり、そして緑色の長い髪となる。

何度も見たことのある光景だ。

『絆《きずな》の剣』がキズナとなる瞬間と、色以外まったく同じだ。

「お前……オリヴィア！　馬鹿野郎、心配させやがって！　生きてたのかよ！　あのアルガスと戦ったってのにこんな絡繰《からく》りを仕込んでただなんて、やるじゃねえか！」

ニックは喜んで、目の前に現れた女性の両肩をぱんぱんと叩《たた》こうとした。

だが、ニックの手は空を切った。

転びそうになるところニックは何とか耐えて、困惑しながらオリヴィアと思《おぼ》しき姿を見る。

それは、まるで幽霊のように透けて後ろが見えるような有様だ。

「オリヴィア……体はどうした？」

『あ、いえ……オリヴィアという名称は私の個体名ではなくて……。それと、体も空間に映し出しただけの幻影です。実体を伴っているわけではないんです』

「……何言ってんだお前？」

だが、すぐにニックは違和感に気付いた。

体が半透明なことは一目瞭然だが、それに加えて、いつものぶかぶかとしたジャケットを羽織っていない。髪もポニーテールではなく、そのままストレートに垂らしている。

そして何より違うのは、その表情だ。

いつも浮かべているにやにやとした笑みも、ギラついた目の輝きもない。まるで新人冒険者が初めてギルドに来たときのような、どこか自信なさげにオドオドとした佇《たたず》まいだ。本来のオリヴィアであれば決して見せることのない怯えが、目の前の少女から放たれている。

「私は『武の剣』のバックアップで、本体と人格や記憶の連続性はありません……ひらたく言えば、別人と言って差し支えないでしょう」

「え」

「人の身としての個体名はありません。オリヴィア……と呼ばれて私が困るわけではないのですが……本体とのお知り合いでしたら、別の名で呼んでもらえると助かります。すみません」

申し訳なさそうに、『武の剣』と名乗った少女がぺこりと頭を下げる。

そして、ニックから再び、表情が消えた。

「……じゃあ、オリヴィアは死んだんだな」

「本体との通信は途絶しています。断言はできませんが、希望は持たない方がよいと思います」

「そっか」

「で、ですけど！　私にお任せください！　まずはですね、今の状況について……」

「そうだよな。あいつは、消えた。上手《うま》いこと助かっただろうなんて、妄想だよな」

「え、ええっと！　に、ニックさん？　お話を、聞いてもらえると……」

まるで話を聞いていないニックの顔を、『武の剣』が覗《のぞ》き込《こ》む。

「いいよ、別に」

「え？」

「あんた、オリヴィアじゃないんだろ。だったら用はねえよ」

「で、でも、私がちゃんとオリヴィアさんのかわりに……」

「かわりってなんだよ！　モノみてえに言うんじゃねえよ！」

「…………ご、ごめんなさい」

叱られた『武の剣』が、ほろりと涙を流した。

「あ、いや、すまん」

「す、すみません、私、一応知識はあるんですけど、体感として生身の人間とお話するの初めてで、あんまり感情とかそういうのわからなくて……。オリヴィアみたいに人を笑わせたり、変な話をしたりっていうの、できなくて……。ていうか、私の出番なんて来ない方がいいのはわかってたんですけど……オリヴィアがいないいなら私ががんばらなきゃいけないし、あの、その」

「悪かった、言いすぎた」

「す、すみません、私、まだ情緒の制御が下手みたいで……」

ぐしぐしと『武の剣』が涙を拭う。

それを見て、ニックは目の前の少女に寂しい共感を覚えた。

「……あんたも、取り残されて生き残っちまった側なんだな」

「はい。あ、でも、それが使命ってところがあるので、気にしないでください」

可哀想《かわいそう》に、という同情を抱いた。

目の前の少女は、大した力は持っていない。『絆の剣』や『進化の剣』、そしてオリヴィアが秘めていたような、力を内包するような怖さがほとんど感じられない。

剣の状態のときも『非常に良質な魔剣や魔道具』程度であった。

「私は本体から、彼ら……『襷《たすき》の剣』、そして魔神崇拝者アルガスの情報を渡されています。それをあなたに話し、あなたの疑問に答え、そしてあなたを助けることが使命です。どうかお話を聞いてください」

その所在なげな様子に同情した、というわけでもなかった。

だが今までの疑問に答えるという言葉に、ニックは反応せざるを得なかった。

陰謀と悪意に巻き込まれ、酷《ひど》く追い詰められた状況に陥っている、その答え。

倦怠感《けんたいかん》や絶望感をほんの少しだけ振り払ってニックは首肯した。

「……まあ、聞くだけならな」

「あっ、ありがとうございます！」

『武の剣』が嬉《うれ》しそうに微笑《ほほえ》みを浮かべた。

それがひどくオリヴィアとそっくりで、ニックの心が痛む。

「今回の騒動は、古代……魔神との戦争が集結し、『聖剣』が第一目標を達成してしまったことに端を発します。特に、魔神を眠らせた『襷《たすき》の剣』にとっては」

聖剣は魔神を倒すという目的とは別に、使命を有する。

戦争によって文明が半壊し、秩序だった国家や組織、研究所などは『聖剣』を制御する術を失った。『聖剣』の一本として彼ら、あるいは彼女らを統率していた『響の剣』は機能を喪失して長い眠りについた。そして『絆の剣』と『進化の剣』は、戦後の混乱によって奪われ、あるいは悪用されることのないように数百年は緩むことのない封印が施された。

野に放たれたのは、勝敗にかかわらず戦後を見通して開発された『武の剣』。そして、勇者セツナの……仲間であった、斥候カリオスが所有する『襷《たすき》の剣』だ。

勇者セツナは、魔神との戦いの中で『襷《たすき》の剣』に自らの力を注いで肉体を失った。数多くの仲間がそのようにして『襷《たすき》の剣』に取り込まれ、実質的に死んだようだ。生き残った軽戦士のカリオスが『襷《たすき》の剣』と共に、聖剣の使命を果たすために行動を始めた。

「……取り込まれた？」

「死した英雄を取り込むこともまた彼の命題、彼の計画です。それが古代から現代に至るまで連綿と続いているのです」

「聖剣の命題……テーマか」

はい、と『武の剣』が頷《うなず》く。

「彼は人々の力を結集させることができる能力の持ち主でしたが、魔神に勝利するために幾つかのリミッターが解除されてしまいました。『絆の剣』の《合体《ユニオン》》に近い状態で、使用者が安定してしまったのです」

「安定？　……っていうと悪い言葉には聞こえないが」

「何と言いますか……数十人と聖剣そのものが融合して解除不能になったって感じですね。高いレベルでの魂の位階で安定したために、無駄な魔力放出もなくエネルギー切れもありません」

そのグロテスクな解説に、ニックは理解と恐怖を覚えた。

自分が《合体《ユニオン》》をしているときは妙に自信過剰であると気付いたためだ。それは溢れるばかりの力に依《よ》るものであり、それが永続的になるとしたら自分はどうなってしまうのか。想像するだけで恐ろしさを感じた。

「ニックさん。その状態の人間が何を感じると思いますか？」

「自信が出てきて、高慢になる気がする」

「私もそう推測します。そしてその高慢は、絶対的な孤独を招くでしょう」

「孤独？」

「漲《みなぎ》る力。冴《さ》え渡《わた》る頭脳。溢れる魔力。今までごく普通に接していた仲間や立ち向かってきた敵が、幼子、あるいは脆弱《ぜいじゃく》な小動物に見えるほどの存在のスケールとなってしまう。となれば、並び立つ存在や対等な存在がいなくなってしまうのです」

「……なるほどな」

「そして彼は聖剣に与えられた命題を発展させました。人をどう導くべきなのかという模索から、新たなる人、あるべき人を生み出すという創造へ」

立派な言葉が並べ立てられて、ニックは訝《いぶか》しげな表情を浮かべた。

ニックを追い詰めた『襷《たすき》の剣』の邪悪な佇まいからは、どれも程遠い言葉だ。

「……そうすれば孤独が癒やされるってのか？」

「同類を求める気持ちが根底にあるのではないか……と、我々は推測しました」

「おかしいだろうがよ。同類を求めてるくせに、人間をゴミみてえに扱って何になる」

その声に、ひっと『武の剣』が怯えた。

憎悪と怒りが滲《にじ》み出《で》ていることに、ニックが遅れて自覚した。

「……すまん、続けてくれ」

「え、ええと、確かにおかしいように見えると思います。ただ理屈は合います。彼はこの世界にいる人々を、自分と同列の存在と見なしていないのです」

「彼は存在力の大きさ……便宜上、『魂の位階《レベル》』と呼ぶパラメータが常人より遥《はる》かに高いのです。ゆえに彼は大事な宴のために家畜を捌《さば》くような真摯な心で人を殺し、愛玩動物と戯れる主人のような稚気で人を弄ぶことができる」

「オレたちは動物ってか」

「少なくとも、彼の認識においては。それゆえに、彼の行動に抵抗する勢力が現れました。その一つが私の本体……オリヴィアが打ち立てた、流派『武芸百般』です」

「なんだって!?」

当時、オリヴィアは諸国を旅をしながら武芸者と技を競ったり、弟子を育てる自由気ままな生活をしていたらしい。だが『襷《たすき》の剣』の計画を危険視する当時の勢力のバックアップを受けて、道場を構え、当時の魔神戦争の生き残りの実力者を集め、一大勢力を築いた。

そして魔神戦争によるダメージから社会が復興していくと同時に、両者の緊張は高まっていった。

最終的に、聖剣同士の戦争が勃発した。

『襷《たすき》の剣』は、聖衣に自分の蓄えた勇者や戦士、一騎当千の者たちの力を与え、操作し、無敵の軍団を作り出した。

オリヴィアは、鍛えに鍛え抜いた一騎当千の弟子に、とある『支援者』から授けられた伝説級の武具や魔剣を持たせ、こちらもまた最強の軍団を作り出した。

今の『武の剣』はそれを淡々と、他人のこととして語った。余計な冗句や誇張がないためにかえって深刻な状況報告として受け取ってしまい、ニックは今現在の状況を忘れて話に聞き入った。

「……両者の実力は拮抗《きっこう》しており、痛み分け……いや、こちら側の敗北と言うのが適切でしょう。『襷《たすき》の剣』に深刻なダメージを与えたものの、破壊には至りませんでした。一方、『武芸百般』の道場や砦《とりで》はほとんどが崩壊し、多くの門下生が死に絶えました。オリヴィアも長い眠りにつきました。

それが今から七百年ほど前のことになります」

だが、とある言葉に違和感を覚えた。

「……七百年前？」

「はい。正確には六百九十……」

『武の剣』が指折り数え出したところで、ニックが制止した。

「いやいやいや、おかしいだろ。アルガスは普通の人間だろう。長命種とかじゃねえ。普通に十年前と比べてもフケてたぞ。つーかなんで敵側に鞍替《くらが》えしてんだよ」

その問いかけに、『武の剣』が複雑な表情を浮かべた。

「……アルガス氏は、流派『武芸百般』を裏切りました」

「裏切った……」

「彼は、決戦の最中に『襷《たすき》の剣』の所有者となり、他の九十九人の師範代の技量を手に入れ、名実ともに『武芸百般』となりました」

その実力はどうやって手に入れたのか。

もっとも得意な大剣のみならず、弓術、格闘、短剣、あるいはカタナや斧《おの》、盾を使った戦闘や斥候技術など、すべてが一級品であった。アルガスが『欅《たすき》の剣』とともにいたことでニックも察しはついていたものの、改めて言葉にされると悲しみを覚えた。

一心不乱になって覚えた技術が、信じた師の腕前が、そんな汚れたものであったのか、と。

「……その後、恐らくは『欅《たすき》の剣』によって凍結されていたのでしょう。彼には、魂を保存する機能があります。それを応用すれば魂を凍結して数百年後に解凍することも可能かと」

「……裏切った理由はあるのか」

「アルガスの方の理由は私にも、オリヴィアにもわかりませんでした。何かの脅迫をされたのか、あるいは別の理由があるのか、それさえも」

『武の剣』が申し訳なさそうに言う。

ニックとアルガスの関係も、知識としては知っているようだった。

「ですが『欅《たすき》の剣』がアルガス氏を欲した理由はわかります。彼は、覚醒しかけています」

「覚醒？」

「魂の位階が上がることです。《合体《ユニオン》》に近い状態に到達した存在を、覚醒者と呼びます」

「そんなこと……」

ありえるのか、と聞こうとして、だがその実例をニックは見ていた。

アルガスの実力は異様であり、ニック／ティアーナの実力を遥かに凌駕《りょうが》していた。

あるいは【一人飯】のフィフスのようなごく一握りのS級冒険者も同様だ。《合体《ユニオン》》したニックたちが彼らに勝てるかというと、怪しいと言わざるをえない。

なにより、オリヴィアの過去の発言とも符合する。

「……覚醒しそうな奴《やつ》は他にもいそうな気がするが。S級冒険者とかいるだろう」

「S級冒険者となるとフィフス氏が有名ですが、その多くは先天的な才能や特殊なスキルによるものです。恐らく『襷《たすき》の剣』……というより、聖剣の命題とは異なるのでしょう」

「……あるべき人を生み出す、って話だったな」

「はい。特殊なスキルによるものではなく、常人が磨き上げ、常人であるがゆえに到達する形こそ、『襷《たすき》の剣』は次世代の人間であるべきと捉えているのです。むしろ……」

「それが本来の『武の剣』のコンセプトで、オリヴィアが捨てたものだ。そうだな？」

「はい。『武の剣』……オリヴィアは、そのコンセプトを追求したがゆえに弟子であるアルガスを奪われました」

「で、『襷《たすき》の剣』の言いなりか」

「正式所有者であるために他の一般的な契約者と違ってある程度の自由は許されているとは思いますが……それでも依頼や命令を断れる立場ではないと思います」

「……オレの親を殺したみてえな言い方をしていた。本当か」

「わかりません、そこはわかりません。……ただ、暗殺は彼の重要な仕事の一つです」

それは、ほぼ確信しつつある推測を補強する証明の一つであった。

ニックは両親が殺された瞬間を見ていない。盗賊に襲われ、そして、気付けば両親と盗賊のどちらもが全滅し、アルガスに拾われた。アルガスは両親について、盗賊に殺されたこと以外は何も具体的なことは語らなかった。弟子になるかと問われ、頷いたのはニックだ。

「……あの野郎、どんな気分で弟子を育ててたんだろうな」

ニックの言葉に、『武の剣』は何も言えなかった。

「すみません……オリヴィアであれば理解できたかもしれませんが、私には知識しかなくて」

「いいさ。言っただけだ」

ひどく荒《すさ》んだ目をしていた自分に気付き、ニックは『武の剣』から目を逸《そ》らす。

「……そういえば、なんで『襷《たすき》の剣』やアルガスが魔神崇拝者になってるんだ？　その流れだと魔神を倒すって目的が失われたわけじゃなさそうだが」

「一言で言えば、アルガスに試練を課すためです」

「試練？　魔神を復活させておいて、身内に倒させるっていうのか？」

「はい。覚醒を促すための手段と割り切っていると思います。魔神が復活し、戦争やその余波で文明が崩壊する程度のことは、覚醒して新たな人間が生まれるという莫大な利益の前には霞《かす》みます」

「莫大な利益って、お前……」

ニックがえげつないものを見る目で『武の剣』をまじまじと見る。

誤解されてると気付いた『武の剣』が、ぶんぶんと首を横に振って反論した。

「あ、いや、私がそう考えてるとかじゃないですよ！　天使様とか神様にとっての話です！　すごく悪いことだってのはもちろんわかってますから！」

「ならいいんだが……」

「今の世界の神々は超古代人が生み出した存在です……というのは知っていますか？」

「神話の話か？　まあ、なんとなくは」

「超古代人は、魂の位階が今の人や神々を遥かに上回る存在であり、神々でさえ観測しえぬ最果てへとシフトしました。彼らの帰還こそが神々の共通する望みです。それは神々にとってさえ祝福となりえますので、カリオスは天の裁きを受けることなく許されると思います。まあ実際には神々の思想は一柱一柱で異なるので、一筋縄ではいかないかとは思いますが……その上で勝算ありと判断したのでしょう」

「おいおい、神様が敵だってのか……？」

ニックが、あっけに取られてぽかんと口を開けた。

だが『武の剣』は、真面目な表情を緩めることなく話を続ける。

「神々が人々にとって味方かというと、それは微妙なところです。人とは何なのかという定義そのものが神によって異なりますから」

聞くことそのものがリスクを生む領域に、相当深く入り込んでいるとニックは恐怖を感じた。

だが、それも好奇心に負けて『武の剣』に話を促す。

「……まあ、そこはわかった。続けてくれ。アルガスに試練を課すために魔神を復活させるっていうが、そこまでしなきゃ覚醒ってできないもんなのか？」

「はい。アルガスは人としての可能性を極限まで突き詰めた理想形ですが、更に先の領域に進ませるためにはそこらの魔物と戦う程度ではどうにもならないのだと思います。それこそ、魔神と戦わせるくらいの神々の時代の勇者のような難行でなければ……」

ニックは多くの疑問と困惑を感じつつも、『武の剣』の言葉を心のどこかで納得していた。

アルガスと戦ってそれを実感していた。肉体は確かにただの人間ではある。だが、人間に可能な動きを突き詰めればアルガスのようになるし、アルガス以上の戦闘技能の持ち主をイメージすることができないでいる。仮にそれ以上の存在がいるのであれば、もはや人と呼べるのかさえ怪しい。

だが、たかが、そんなことのために、という敵を軽蔑する感情と、それにさえ勝つことができない自分への卑下や弱さへの絶望が、むくむくと膨れ上がっていく。

「大体わかった。迷宮都市を危機に陥れて魔神復活やスタンピードを起こす陰謀とか、【武芸百般】の連中を白仮面に仕立ててテロ活動させるとかの一連の騒動は、アルガスをレベルアップさせるための準備ってことか？　先輩冒険者が、見習い冒険者を迷宮に連れていって経験を積ませたり、道場でしごいたりするような、そういうレベルの話だってことだな」

「はい！」

よくできましたとばかりに、『武の剣』は微笑んだ。

この着地点こそが、『武の剣』の言いたいことであった。

だが、それがニックにもたらす感情までは読みきれなかった。

「ナルガーヴァはそのために復讐《ふくしゅう》の力を与えられて、死んだのか？」

「はい？　なるがーヴぁ……人の名前ですか？」

「ガロッソはそんな仕込みや準備をするための裏方で、道具みてえに使い捨てられたのか」

「あ……」

「カランがそんな馬鹿馬鹿しい理由で痛めつけられて、冒険者を続けられなくなったのか？」

「え、えっと、その方について私はよく知らないのですが、今まで出た犠牲者は、『襷《たすき》の剣』の揺さぶりを受けたのだと思います……でも、希望はあります！」

「希望？　希望ね」

ニックが冷笑を口元に浮かべた。それに気付かず『武の剣』は熱弁を振るう。

「オリヴィアの方は、最初の『襷《たすき》の剣』との決戦を経《へ》て変質し、道場を構えるということも、弟子を募集するということもやめました。武芸者よりもむしろ弱い人に身を守るための術を教えながら、彼らが潜伏していないか諸国を巡って調査し……そして迷宮都市に行き着きました。今は雑誌編集者となったわけです」

「……なんだその結末は」

「言えません。正確には、その記憶情報は渡されていないので、知りません」

なんだその話は、と突っ込もうとして、ニックは気付いた。

あのオカルト雑誌、『月刊レムリア』はただの与太《よた》話を集めた娯楽雑誌ではない。オリヴィアが何か暗号めいたものを残している。

「……また、バックナンバーを調べろってことだな」

ここで言えない話を残している。

その理由は、今までの話を総合すれば簡単だ。

「『襷《たすき》の剣』は《縮地》を使って、自分の手下のいる場所なら会話を盗み聞きできる。そして手下がどこにいるか、わかったもんじゃない」

「はい。ニックさんを除く【武芸百般】のメンバーは実働部隊です。その他の、『襷《たすき》の剣』が迷宮都市内に潜伏するために協力、あるいは服従している非戦闘員のメンバーがどれだけいるのか定かではありません。オリヴィアが常に水面下で雑誌記者として活動していたことから察するに……」

「……『欅《たすき》の剣』は、今生きてる人間をぶち殺しても神々に許される権利と、それを行動に移せる実力を持っている。止める鍵はオリヴィアが今まで暗号化して記録として残してきた」

「はい！　ですので……私と一緒に、世界を救いましょう！」

「無理だろ」

「はい！　無理で……はい？」

「ステゴロ最強の男と魔神を倒した聖剣が組んでスタンピードを起こして、更には迷宮都市にはまだ隠れた手下どもがいる。人間をどれだけ殺そうが神様は許してくれる。オレに死ねっていうのを要求してんのと同じだが、そこんところわかってんのか？」

「え、えっと、いえ、そういうわけでは……」

「向こうは無茶苦茶《むちゃくちゃ》なことをするのかもしれねえが、大規模スタンピードはいつか起きるもんだ。『欅《たすき》の剣』がテコ入れして、それをアルガスが何とかしてくれる。まあ、どっかから勇者様でも出てきて、全部解決してくれるかもしれねえ。……その途中で街とか国とかは滅んじまうだろうけど、逃げられるだけ逃げりゃいい。一年くらい隠れてりゃほとぼりも冷めるんじゃねえの」

「あ、いえ、それは、そうかもしれないんですけど……！　魔物が暴れまわるので、どこに逃げても危険ですし……！」

「滅ぶときゃ滅ぶし、死ぬときゃ死ぬ。そもそもお前さ、あいつらのこと、嫌いなのか？　憎いのか？　ぶっ殺さなきゃいけねえ理由、あるのか？」

「え……」

『襷《たすき》の剣』が神様に裁かれねえってことは、お題目として立派だってことだろ？　オリヴィアは変質してかなり人間寄りになってたが、お前は……そういうわけじゃなさそうだよな」

「あ、はい。私は本来の『武の剣』の機能を抽出し複製保存されたものです。今の体も仮初《かりそめ》のビジョンに過ぎなくて本体のような強靭《きょうじん》な肉体や戦闘経験はないので実戦では役立たないのですが……それでも、聖剣として勇者たる人のお役に立てるものと……！」

「キズナも、お前も、世界を救うとか勇者とか言うけどそこがふわふわしてんだよ。魔神をぶち殺してえとか、『襷《たすき》の剣』をブチ折りてえとか、そういう闘争心はあるのかよ」

「いや、ええと、そういうわけではないんですけど……同じ聖剣としては止める責務が……」

「だから責務とかいいって。お前が人間をぶっ殺したとか、『襷《たすき》の剣』を助けたとかじゃあるまいし。そういう気持ちが伴ってねえのに自分のせいだとか言うのやめとけよ」

もごもごと言葉を紡げない『武の剣』を見て、ニックは溜《た》め息《いき》をついた。

『武の剣』は叱られると思ったのか、びくびくしている。

それを見て、ますますニックは苛立《いらだ》ちを深めた。

「……一応言っておくが、オレは戦いたくねえってわけじゃねえさ。このままじゃ済ませねえ。『襷《たすき》の剣』とアルガスが憎い。後悔させてやる。ぶっ殺してやりたい。それがカランを助けることに繋《つな》がるんだ。死に場所としては上々だよ」

「あ、じゃ、じゃあ！　私と一緒に……！」

「でも世界がどうとか、神様だの魔神がどうとか、世界を救うとか、そのへんは死ぬほどどうでもいい。つーか滅んだっていいよそんなもん」

『武の剣』が一瞬喜ぶ。

だがその後に続く自暴自棄な言葉は、『武の剣』の思いとはまったく違っていた。

「え、ええと……なんて言ったらいいか……」

「……悪い。疲れた。もう少し寝る。起きたら出発するからお前も休んどけよ」

そう言って、ニックは再びごろんと寝転がった。

所在なげに、『武の剣』がニックの寝顔を見つめていた。

風雪を耐え凌《しの》ぐ狼《おおかみ》のような、寂しい寝顔を。


その後、『武の剣』は再び剣の状態に戻った。とりあえず持っていてくださいとニックに頼み込んで、姿を消してニックの荷物の中に紛れ込んだ。

人の姿を現したままでは店の人に説明が付かず、邪魔になるだけと理解したようだった。

「悪い、世話になった。金を引き出してまた来る」

そして、一日ほどぐだぐだと寝続け、飯をもらったあたりでようやく不自由なく立ち上がれるようになり、店を発《た》つことにした。

「お金はいいですよ。もう少し休んでいってもいいのですけど……」

「大丈夫そうには見えねえぞ」

女将と下働きの男が心配そうに言うが、ニックは苦笑しながら断った。

「ただ飯食らいが甘えるわけにもいかねえさ」

「この男なんて、野垂れ死にそうなところを拾ってやったら働かせてくれと土下座したんですよ。今更、奉公人が一人や二人増えたところで大したことはないんですが」

「女将さん、それは言わないでくださいよ」

女将が言うには、下働きの男は過去に賭博にのめり込み、放漫経営の果てに飲食店を潰してしまったことがあるそうだ。他の店で働こうとしても門前払いされて食うや食わずの生活をしており、飢えて倒れてしまったところをたまたま女将に救われ、拝み倒して下働きとして働いているとのことだった。

ニックは男に対してぶっきらぼうだが妙に真面目なところがあると感じており、意外に思った。

「人生どうなるかわからんさ。街の方は色々と大変だが、頑張れよ」

「わかってるさ。それより、店じまいを真面目に考えた方がいいぜ。多分もっとひどくなる」

ニックの言葉に、男が勘弁してくれと苦い表情を浮かべる。

だが女将は大して気にする風もなかった。

「スタンピードくらいで逃げるつもりはありませんよ」

女将の何気ない言葉に、称賛の気持ちと劣等感が湧き上がる。

戦わない職業の人の方がよほど勇気があると。

「……そうか。ま、下手にどっかに移動するよりは安全かもな」

そう言って、ニックは店を発った。

数分も歩けば、見たことのある通りに行き着く。

そして元来た道はすでにわからなくなっている。結界の効果が発揮されたのだ。

ニックは驚きつつも気を取り直し、再び歩き始めた。

一ヶ月以上前にここを歩いたときは、瓦礫《がれき》などは散乱していなかった。オーダーメイドのジャケットを来た羽振りのよさそうな貴族や商人、新品のローブを着た魔術学校の学生、あるいはトレーニング中の吟遊詩人《アイドル》が和気藹々《わきあいあい》と歩いていたのが、まるで夢のようだと言える。

「待ちな。お前、冒険者か？」

他人に刃物をちらつかせる馬鹿もいなかった。

「金……は持ってなさそうだが、武器と鎧は売れそうだな。置いてきな」

ろくでもなさそうな男が数人、唐突にニックを取り囲む。

この混乱に乗じた強盗や通り魔の類いだ。

数は五人。武器も粗末なナイフや片手剣ではあるが、素人や初級冒険者を襲う程度には場数を踏んでいるのだろう。人を脅し傷つけることに慣れきった気配を漂わせている。

だがニックは一切無視して、ニックは間合いを読んで男たちの僅かな隙間をするりと抜けた。

「えっ？　あっ、てめえ！　無視してんじゃねえ！」

がっとニックは肩を摑《つか》まれ、怒りを覚えた。

乱暴さに、ではなく腕前のぬるさに。アルガスや白仮面の攻撃に比べたら、猫に撫《な》でられているようなものだ。それがニックの逆鱗《げきりん》に触れた。こんな弱さで無頼を気取るのかと。

「あぐっ」

触れられた肩を通して相手の手へ、《重身》と足腰のひねりだけで衝撃を与える。

それだけでゴロツキが殴られたように弾《はじ》き飛《と》ばされた。

「てめえ、そのナリで魔術師か……！」

他のゴロツキが、今の一瞬の出来事を理解できずにニックに襲いかかった。

一人はナイフを持った手首を折られ、一人は両膝を割られ、一人は顎を打たれて悶絶《もんぜつ》した。残る一人は状況を理解できず、呆然《ぼうぜん》としている。

全員が無力化するまで五秒と掛からなかった。

今までになく技巧が冴え渡っているのをニックは実感していた。死線を越え、遥か格上の武術家同士の戦いを目に刻みつけ、研ぎ澄まされたナイフのような危うさを、今のニックは秘めている。

「お前がリーダーか？」

「えっ」

「リーダーなら責任を取れ」

男を殴った。

「すっ、すみませ……」

「謝ってんじゃねえ。責任を取れって言ってんだ。刃物を見せたならしっかりオレを殺すか、オレに殺されるかしろ。どっちなんだ」

もう一度殴り、鼻から血が吹き出た。

さらに殴り、歯が飛んでいった。

ニックは尻餅をついた男にまたがって殴りつける。哀願の声がますますニックを苛立たせる。

「ゆ、許してくれ……仕事もねえし、どうしようもねえんだ、許してくれ」

『に、ニックさん？　あの、もう無力化してますよ……？』

「そうだな」

『そうだなって……』

ニックは『武の剣』の問いかけに、淡々と答えた。

「お前さ、人を戦わせるってのはこういうことだろう。武ってのはこういう暴力だろう。痛くて、つらくて、泣いて逃げ出したくなるんだよ。それでも敵は逃がしちゃくれねえ。殺されるかもしれない。殺されるよりもひでえ目に遭うかもしれねえ」

『で、でも、悪い人を倒して世界を救うには……』

「こいつは、通りすがりの人を襲ってきた悪い奴だ。オレはともかく、戦えない子供を殺したかもしれねえし、戦えない女に乱暴したかもしれねえ。こいつを殺せば世界はちょっとだけよくなる」

「してねえ！　そんなことしてねえ！」

「本当に？　これからもしないって言えんのか？」

ニックに無力化された暴漢たちが、リーダーを見捨てて逃げた。

リーダーが絶望をしながらそれを目で追いかける。

「ゆ……ゆるし……許して……」

まだいけるな、とニックの中の鬼が冷徹な計算を弾く。

そして拳を振り上げ、後ろから止められた。

「そこまでです」

瞬間的に腕を極《き》めて捻じり上げようとしたが、その声の正体を悟って力を抜いた。

リーダーは、救いの主に助けを求めた。

「たっ、助けてくれ！　俺が悪かった！　盗賊は辞める、頼む！」

「刃物は捨てて、どこへなりとも行きなさい」

メダルを持たず、黒い神官服に身を包んだ長身の男は、ゼムだった。

ゼムの後ろには、キズナもいる。

四つん這《よば》いのまま逃げる男に見向きもせず、ゼムとキズナはニックを痛ましげに見つめる。

「二人とも、無事だったか」

「無事だったか、ではないわ！　心配させおって！」

ぽかぽかとキズナがニックの胸を叩く。

その目に浮かんだ涙を、ニックは見なかったことにした。

「すまねえ、二人とも」

「……色々と言いたいことはありますが、ニックさんこそ無事で何よりです」

ゼムが、ニックの頭の先から爪先までを確認し、安堵の息を漏らした。

「生き残っちまった」

「……そんな風に言うものではありませんよ」

「ティアーナは大丈夫か？」

「消耗が激しくて寝ています。あと数日間は動けないでしょうが、命に別状はありません」

ゼムの言葉に、ニックの中に罪悪感が湧き上がる。

《合体《ユニオン》》から分離するとき、あいつが消耗した分を持っていった。そうだな？」

「……うむ。ティアーナを逃がすため、我はそなたを見捨てた」

キズナが神妙な表情で頷いた。

「馬鹿。オレが残ったんだよ。実際、オレの方が安全だったしな」

「しかし……どこにいたのじゃ。魔力の反応は追えていたが、空き家にでも隠れていたのか？」

「あのへんに住んでる奴に助けてもらってな。体力が回復するまで匿《かくま》ってもらってた」

ニックは、曖昧に話を濁した。

「大きな怪我もないようですし、帰りましょう」

「……合わせる顔がねえな」

動こうとしないニックを見て、ゼムはため息をついて苦笑を浮かべた。

「……昔を思い出しますよ。初めて会ったとき、あなたのような顔をしていたんでしょうね」

「お前は酔っ払ってた上に女の化粧の匂いがしてたよ」

「それはいつものことです」

ゼムが苦笑すると、ようやくニックも荒みきった表情を少しばかり緩めた。

だが、ニックの続く言葉はゼムの予想を裏切るものであった。

「悪い。本気で、ダイヤモンドのところに帰るつもりはねえ。止められちまう」

ゼムは警戒するような目でニックを見つめる。

「……何をするつもりですか？」

「『修羅道武林』に潜って、アルガスと『襷《たすき》の剣』と戦う」

『えっ、ちょ、ちょ、ちょっと待ってください！　オリヴィアの残したものを調べないと！』

「んな簡単に行くかよ。餅は餅屋に任せる。解読が間に合えばそれでいいが、悠長に待ってる間に連中はやることやっちまうだろうが」

ニックの荷物の中から『武の剣』が意見をしたが、ニックはにべもなかった。

「そ、その声はもしや、オリヴィアではないか？」

「……微妙に違うんだそうだ」

ニックが『武の剣』を取り出してキズナに見せた。

キズナは、それだけで何かを察した様子だった。

「これは、複製品を育ててバックアップにしていたのじゃな。では、本体は……」

「想像の通りだ。オリヴィアは、もういない」

ニックが視線を落とす。

事態がよくわかっていなかったゼムも、ニックの様子だけですべてを察した。

「……こいつの件も含めて、ちょっと相談したい奴がいるんだ。そこで全部説明する」

「どこへ行くおつもりです？」

「太陽騎士団だ」


迷宮都市の太陽騎士団の屯所は、武具の名を冠した部隊毎《ごと》に設置されている。

兜《かぶと》、胸甲、盾、弓、剣、杖《つえ》。そして、アリスが率いる籠手《こて》部隊。

そこの屯所は今、死屍《しし》累々とした騎士たちで溢れかえっている。実際に死者がいるわけではない。

だが、怪我をして倒れている者もいれば、力尽きて椅子で寝ている者もいる。死人のようになどんよりとした目をして黙々と仕事をしている者もいれば、禁制品の香でも吸ったかのように恐ろしく昂《たかぶ》っている者もいる。

「……なるほどね。人間の覚醒こそが目的というわけだ。ありがた迷惑な話だよ」

そして、籠手部隊のトップであるアリスも、ひどく消耗した顔を浮かべていた。

以前はまだ溌剌《はつらつ》としていただろうに、凄まじい変化だ。

ゼムもキズナも、ニックの語る話に衝撃を受け、そして太陽騎士団の有様にも驚いている。

尋常ならざる事態が進行していることを、誰もが否応《いやおう》なく思い知っていた。

「大規模スタンピードに、人間の覚醒ですか……」

ゼムはあっけに取られていた。

キズナはいつになく不機嫌な表情のまま、沈黙を保っている。

普段のニックであれば周囲の人間に気遣いながら話を進めていただろうが、それを無視して強引に話を進めた。

「アルガスを殺す。そのために協力してほしい。その余力があるかどうかは知らねえが」

「極めて忙しいことには違いはないが……非常に有益だな。力を貸す価値はあるよ」

「……ってことは、ここまでの情報は知らなかったんだな？　あんた、どこまで知っていた？」

「騎士みたいな喋《しゃべ》り方《かた》をするようになったね」

「それは性格が悪くなったって言ってんのか？」

嫌いじゃないよとアリスは甘く語りかけ、ニックが自嘲と皮肉の笑みを口元に浮かべた。

「……冒険者パーティー【武芸百般】、というよりアルガスが魔神崇拝者かもしれない、ってところはね。彼の出自は謎めいている。冒険者ギルドが一種の移民政策であり出自など関係がないにしても、彼ほど謎めいているのも珍しかった。しかし数百年前から突然この時代に来た……というなら納得できるというものさ」

「知ってるのはそれだけじゃないだろ」

ニックの殺伐とした目を、アリスは静かに受け止めた。

「言ってもいいが……キミの両親に関わる話だ。外の空気でも吸いながら話そうか？」

「時間の無駄だ。このまま続けてくれ」

人払いをするかい？　とアリスは言外に語りかけるが、ニックは迷わず首を横に振る。

「……わかった」

アリスが、少し迷いながら話を切り出した。

いつもの軽妙な気配は消え、重々しく、そして迷いの見られる口調であった。

「わたしは、十年前の事件を調べている。行商人の家族が野盗に襲われ、子供一人を残して殺害された。野盗は、行商人の知人の冒険者によって全員殺害された」

「オレの親の話だな」

「ああ。アルガスは友人を殺された恨みから復讐に走り、全員を殺した。まあ、状況証拠としては何もおかしなところはない。全員が札付きの悪党で賞金が懸けられていたしね。もちろんやりすぎではあるからアルガスにも公的なペナルティは付いたが、冒険者としての功績がある。長期間、牢《ろう》に収容されるということもなかった」

ニックは、苛立ちを抑えながら耳を傾けた。

「しかし最近、進展があった。その事件の取り調べをした騎士が、つい最近死んだ」

「……どういうことだ？」

「彼は昇進して北西中隊の中隊長補佐をしていたが、彼の体に突然『穴』が開いた。そこから呪いの杭《くい》を打ち込む古代魔術《呪杭》が撃ち出され、すぐ側にいた隊長が倒れたのさ。『穴』を開けられた方は裏切り者だったことが露見して暴れて、抵抗の末に太陽騎士に殺された」

その言葉に、ニックは息を呑《の》んだ。

スターマインホールの舞台で起きた惨状が、ニックの脳裏に浮かぶ。

「ガロッソやカランと同じことをされたってわけか」

「あれを防いだカランちゃんは優秀だね。二人は杭そのものに穿《うが》たれて死んで、それに耐えた二人も星の呪いで昏睡《こんすい》状態だ」

「……二人が死んで、二人が行動不能？」

「北西以外にも、北東、南西、南東の都市内の四中隊のトップが全員、呪いの杭を打ち込まれた。だからアルガスを取り調べる根拠は揃っているのに、太陽騎士団は組織としての機能不全を起こしている」

「マジか……」

ニックが予想していた以上に、被害は深刻だった。

アリスは、いや、迷宮都市にいる太陽騎士団の全員は、追い詰められている。

このままでは組織そのものが瓦解しかねない。

「……『襷《たすき》の剣』の契約者が入り込んでいたわけだ。《縮地》の中継ポイントにされて、上位者の殺害に力を貸しちまった。トカゲの尻尾切りをされた連中がいて、かといってそいつらだけが裏切り者とは限らない」

「そういうことだよ。今こちらはスパイ狩りと再編成の真っ只中《ま ただなか》ってわけさ。独立独歩の部隊が治安維持や、倒しきれなかった魔物狩りをしているが、普段の騎士団の能力の三割……いや、二割程度の力しか発揮できていないだろう」

「とある冒険者パーティーに『修羅道武林』に潜ってもらってはいるが、難航してるようだ」

「どこだ？」

「【一角流】さ」

その名前を聞いて、ニックは顔をしかめた。

【武芸百般】と同様に、武術が主体のB級冒険者パーティーである。ただし獣人系の種族が主体で、人間種はいない。武術の技量はアルガスたちに及ばずながら、種族として備わった牙やブレスなど人間には使えない技を使えるために【武芸百般】よりも応用力のあるパーティーとして見られていた。またメンバーも多く、合計三十人近い。普段は一軍、二軍と別れて活動している大所帯だ。

ただ【一角流】は【武芸百般】をライバル視して嫌がらせもしてきたため、ニックにはよい思い出はない。ただし彼らの強さが本物であることもまた、ニックはよく知っている。

「しかし……あいつらだけで攻略できると思うか？　冒険者ギルドはどうしてる？」

「スタンピード対策に追われてるよ。今は小鬼林《しょうきりん》や木人闘武林《ぼくじんとうぶりん》を攻略して、五輪連山の攻略の真っ最中さ。……魔物の数や強さだけで言えば、『修羅道武林』よりも危険度としては向こうの方が大きい。【一角流】を回してもらっただけ助かってる」

「それで大丈夫だと思うか？」

アリスが、疲労の溜め息と共に本音を漏らした。

「思わない。まずい。太陽騎士団だけじゃない。各方面が追い詰められている。沈黙を保っているということは、何かを進行させているということだ。むしろ周辺の迷宮のスタンピード自体が、『修羅道武林』から目を逸らさせるための囮《おとり》である可能性さえあるんだが……」

「だが？」

「五輪連山に百メートルクラスの巨獣、ベヒーモスが現れた。昔話や娯楽本に出るような怪物がわんさか現れて、こちらに戦力を割いてくれる余裕はなさそうだね。ここの屋上から望遠鏡を使うとベヒーモスとフィフスくんの戦闘が見えるよ。隕石《いんせき》みたいな攻撃を、噴火みたいな攻撃で防いでた」

「世も末だな……」

ニックがげんなりした様子で感想を漏らした。

「なんとかS級やA級の冒険者が粘ってくれてるけど、敗走さえありうる。今、彼らが戦っているうちに『修羅道武林』を攻略して次の手を打った方がよいが……あそこの特徴は知っているかい？」

「ああ、そういえば新聞に書いてあったな。魔術が使えないとかなんとか」

「小細工なしでアルガスに勝てる騎士や冒険者などいないさ」

「行けと命令すりゃいいだけの話じゃねえか」

「そうはいかないさ。わたしたち太陽騎士団は血も涙もないと思われているし、実際そうだ。だが敗北し死んで何も残せない場所に行きたくはないし、部下を派遣する気もない」

「だったら、探さなきゃいけないな。アルガスに対抗できる冒険者たちを」

どこか不遜なニックの態度に、アリスは微笑みを浮かべた。

「素敵なプレゼントを用意してきてくれたようだね」

「提案がある。修羅道武林の最下層に行ってアルガスを殺し、『襷《たすき》の剣』を折るための」


ニックが一通り説明をすると、全員が驚愕《きょうがく》した。

そんな馬鹿なことをという呆れではない。

実現する可能性に気付いて驚くと同時に、だが作戦の恐ろしさに戦慄していた。

「……なるほどね。『進化の剣』を主軸に据えて戦わせるわけか」

「アルガスは、人体の構造を理解して、人間の呼吸を読み切って対応する。人間相手であればアルガスは無敵ではあるが、魔物相手であればアルガスを上回るS級冒険者もいた。フィフスとかな」

「だから人の形から外れた存在になってしまえば優位を崩せる、と？」

「あくまでこれはオレの考え……っつーか、妄想に過ぎねえ。それが妥当なのかどうかまでは証明できねえ。だが、やろうと思えばやれる」

「確かに、やれることはやれる。太陽騎士団の隊長であるわたしの責任と指示のもとに動き、『進化の剣』を利用する。それは弁護士のレッド氏やダイヤモンド氏が用意してくれた書類が無駄になる……一種の裏切りだよ？」

「そういうことになるな。ダイヤモンド、悪い」

ニックが、すっとぼけた顔をあらぬ方向に向けて、心のこもってない謝罪を投げかけた。

それを見て、アリスが苦笑する。

「しかしニックくんも、えげつないことを考えるね……」

「そうだな。そのくらいしねえと目的は達成できねえ。あんた言ったよな。ぬるい覚悟で戦われるのは邪魔だって」

「……ああ。確かに言ったよ」

「その通りだった。痛感したよ。なんとかなるんじゃないかって心のどっかで期待してて、完全に負けた。だからもう躊躇《ちゅうちょ》はしない」

ニックが拳を強く握りしめる。

それをアリスが、痛ましげな顔で見つめていた。

だがすぐに表情を引き締めて、真剣な話し合いに戻った。

「二つ、問題がある。まず一つ。作戦が上手く行けば問題ないが、最悪の敵が生まれる可能性はあるよ。『進化の剣』は、まあ、凶状持ちのようなものさ。人間と違って首輪をつけて隷属させるというわけにもいかないだろう。それはわかっているんだね？」

その言葉に、ニックは難しい表情を浮かべた。

「賭けだ。むしろそこを相談したかった」

「魔術や必要な魔道具、それを予防する儀式魔術などがあれば対策はできるだろうが、絶対はないだろう。むしろここは聖剣の意見を聞きたいところだよ」

アリスがキズナ、そしてニックの取り出した短剣を見た。

「……確かにリスクはあるが、そこまで心配するべきところではないじゃろう。『進化の剣』が信頼できるかの問題だが……この作戦は本来の聖剣の使命に立ち返るものじゃ。作戦遂行中に裏切るリスクは思ったほどではない……と思う。『襷《たすき》の剣』に同調はせんじゃろう」

「へえ？　それはよいニュースだ」

「どちらかというとあやつが単独でよからぬ陰謀を巡らせたり、この状況を利用しようとしないかの方が心配じゃが、それは『襷《たすき》の剣』の脅威が去った後の話になるの」

『私もキズナさんと同じ意見です。……ニックさんが状況に対応できるようにトレーニングプログラムを組むつもりではいます』

『武の剣』はどこかおっかなびっくりの様子で話す。

その内容に、ニックは少しばかり驚きを覚えた。

「『武の剣』、お前、協力してくれるのか？」

『全面的な賛成はできません。オリヴィアが想定している流れとは大きく異っていると思います。……でも、所有者を守ることが私の使命です』

「……お前、悪い男に騙《だま》されるタイプだな。さっさと変質して人に尽くすなんてやめちまえよ」

『へぁー!?　今そういう話とかしてないですよね!?』

ニックの言葉に、『武の剣』が大仰に反応した。

それがどこかオリヴィアに似ていて、ニックが切なさを覚えた。

今頃あいつがいたら何を言っていたのだろうか、と。

「……で、もう一つの問題はなんだ？」

感傷を振り払うように、ニックが話を戻した。

「問題と言うのとは違うかもしれないが……その方法でアルガス氏と『襷《たすき》の剣』を倒したとして、その後はどうする？」

「その後？」

「大規模スタンピードは始まっている。『襷《たすき》の剣』を倒しただけでは止められはしないだろう。迷宮都市や大陸の脅威が完全に払拭されるわけじゃない」

「そこは知らねえよ」

アリスの指摘に、ニックは苦み走った顔で応じた。

「大規模スタンピードはいずれ起きるんだ。つーか迷宮都市の人間だけで対抗するのがおかしいだろ？　王都にいる騎士団とか、国境でバリバリ戦ってる騎士団とか、色々いるじゃねえか。つーか競竜場の竜とか、王都にいる竜とか、人間に味方する最強生物はどうなってんだよ」

「競竜場の竜はすでに竜騎士団として再編されて出撃しているよ。だが今回ばかりは相当厳しい状況になるようだ」

「……ティアーナが聞いたら悲しむな」

我関せず、という態度をニックは崩さなかった。

「責めたいわけじゃないよ。アルガスと『襷《たすき》の剣』を倒せるのであれば状況は大きく改善する。むしろ、キミに決断を迫らざるをえない状況をもたらした方が悪いのさ。自分が発案したからといって、自分の責任だとは思わないように。もし騎士になったら、心の重さをどこかに棚上げして、その分だけ多くの人を救う。それがよい騎士というものだよ」

「少し前なら、なんて嫌な奴だと思ったんだが……それもいいな」

陰鬱な心を癒やす毒をアリスが垂らす。

その毒の性質は麻痺《まひ》。心を制止させ、しかし手と足を動かす。

「ニックさん。この作戦でよろしいのですね？　本当に、あなた自身、納得しているのですね？」

だがそこに、ゼムは別の毒を用意していた。

その正体にニックは気付いてはいない。

ゼムは、警戒色を持つ毒虫のようなわかりやすさを持ち合わせた男ではない。

「反対なら来なくていい。……むしろ、カランやティアーナのところにいてくれた方が安心する」

「僕らは邪魔だと？」

「そう受け取ってくれても構わねえ」

ニックは、それで構わないとでも言いたげな感情の乗らない声でゼムに言った。

あえて人を遠ざけようとする態度であることなど、誰もが気付いていた。

「……カランさんやティアーナさんがいたら止めるでしょう。無茶だと言わざるをえませんので」

「そうだな」

「とはいえ、ただ反対するだけというのも芸がありません。これは提案です」

ゼムはそう言って、懐から一枚の紙を取り出した。

「冒険者ギルドの、依頼票？」

意図を摑《つか》めず、ニックはゼムの顔をいぶかしげに見る。

「迷宮都市から辺境の都市までの、馬車の旅の護衛案件です。依頼人は一代貴族や下級貴族の互助会……疎開する程度の予算と伝手《つて》はありつつも、専属の冒険者を雇い続けられるほど裕福ではない、という状況の人々ですね。報酬は大したものではありませんが、旅費と食費は無料です。ま、護衛依頼というよりはキャラバンの一員になりませんかという依頼に近いでしょう」

つまりは、ここを去れという話だと理解し、ニックは寂しげにゼムを見つめた。

「ちなみに交渉すれば子供や病人を連れていくこともできますよ」

「カランを連れていけっていうのか」

「ついでにキズナさんとスイセンさんとアレスくんも……ですかね。手練の冒険者三人であれば、病人と子供がいてもさほど文句は出ないでしょうし」

流暢《りゅうちょう》に条件を並べていく。

溶けるような優しさに、ニックは一瞬の油断を覚えた。その肩にゼムの手が置かれる。

「《休眠》」

ゼムが手にした毒の名は、眠りであった。

その言葉が出た瞬間に、ニックは反射的に飛《と》び退《の》いた。

それを予期していたかのようにゼムの手が伸びる。逆にニックがその手を取り肘関節を極めようとしたところで、いつの間にか分身していたキズナが両手両足を固定する。

アリスは飄々《ひょうひょう》とした調子で机と椅子を片付けて様子を見守っている。どちらにも加勢する気はないと言いたげな様子で。

「てっ、てめえら……！」

魔性の手がニックの顔に伸びる。

《休眠》とは軍隊や騎士団で使用される軍隊魔術の一種で、通常の治癒魔術とは少しばかり系統が違うものだ。ある種の催眠と言ってもよい。

その魔術を受けたものは、半日近く熟睡状態となる。旅の途中や行軍中の、寝袋や毛布をかぶっただけの粗末な環境であったとしても夢さえ見ない深い眠りに誘《いざな》われ、高い回復効果が得られる……という魔術である。

今のニックは、完全に疲労が抜けきったわけではなかった。万全な状態であれば抵抗できたとしても、今は難しい。

「……こなくそっ！」

だがニックは、一切動かずにキズナに衝撃を与えた。

《軽身》と《重身》を同時に体内に発生させ、重さの差異を高速で循環させる。発生した運動量を四肢を通じてキズナに飛ばし、一撃で四体のキズナを昏倒させた。

「なっ……？」

一瞬だけ出来上がった空白を縫うようにゼムの後ろを取り、腕と首を極める。

「……どういうつもりだ。ゼム、キズナ」

疑念と警戒に満ちたニックに、ゼムは微笑みを浮かべながら答えた。

「あなたを眠らせて、護衛依頼に押し込むつもりでしたよ」

「協力しないならしないでいい。だがここまでする必要はないだろ」

「それはこちらの台詞《せりふ》です。あなたの考える作戦の肝は、あなたではない。あなたが抜けても、あなたほどの実力者がいれば問題はないはずです。例えばそこのアリスさんであるとか」

「ニックくんのかわりを務められるなら光栄なんだが、今はわたしが暫定的な北西支部の隊長になってしまってね。だが騎士を派遣してほしいなら推薦はできるよ。ニックくんの実力には及ばなくても、そこは武装と人数でカバーするさ」

アリスは、この状況を面白がっている。鼻持ちならない奴だと怒りを覚えつつも、トラブルそのものを見過ごし、なおかつ協力を提案してくれてる時点で温情的とも言える。ニックは苛立ちまぎれに舌打ちを放った。

「ちっ……そういうわけにはいかねえだろ……！」

「ならば、自分が死ぬ覚悟ではなく味方を巻き込み死なせる覚悟も飲み込みなさい。オレについてこいと、一言言えばそれで僕らは構わないのです。逃げろと言うならば逃げましょう。僕らだけではなくあなたも」

「「「そうじゃそうじゃ！　イチ抜けなど許すと思うか！」」」

「四体で一斉に喋んなようるせーな！」

「「「それもそうじゃの」」」

ニックが反論すると、キズナが《並列《パラレル》》を解いて一体に戻る。

やれやれと溜め息をつきながらニックはゼムを解放し、改めて座り直した。

「……今回ばかりは死ぬかもしれないぞ。オレやティアーナが生き残ったのはただのラッキーだ」

「冒険者とは元来そういうものでしょう。ニックさんは心得違いをしています」

「心得違い？」

「来るなというのであればもう遅い。僕だって、カランさんの体が治ってほしい。いや、治ってほしいなどと願うことさえ間違っている。パーティーの中では僕が治癒を担当しているのですから。リーダーであるあなたから、無力を責められるべきなのです」

「それは……」

「違う、などとは言わないでくださいよ。あなたが思い詰めて死地に飛び込むこともまた同じように違うでしょう。……我々は間違えています。我々が命を賭して喜ぶ彼女らではない。それでもなお歩みを止めることはできない。……であれば地獄までご一緒しますよ」

説得は無理だと、ニックは思った。

仮に自分がゼムの立場であったとして、大人しく引き下がるだろうか。いや、それはないとニック自身思う。

「キズナは、どうだ」

「我の使い手はおぬしじゃ。剣が使い手より恐れてどうする」

「そういう使命とかお題目のためなら……」

「使命だけでついてきてると思うたか！　そんなもの、そんなもの、今更どーでもよいわ！」

キズナが、だん！　と拳を握って机を叩いた。

ここまで激昂《げきこう》したキズナを見るのは、ニックも初めてであった。

「我は……我は悔しい！　仲間は呪いに倒れ、《合体《ユニオン》》しても敵に手も足も出ぬどころか、危険に晒《さら》してしまった！　しかもその相手が同じ聖剣じゃ！」

「……そうだな。負けたな」

「そもそも、あやつがせっせと陰謀を進めていた頃、ぐーすかと迷宮の底で眠り続けていた我や『進化の剣』は恥晒しもいいところじゃ！　そこから連れ出してくれた者が倒れているのに……どうして邪魔だなどと言うのじゃぁ……！」

キズナが、駄々《だだ》をこねた。

年相応の少年のように滂沱《ぼうだ》の涙を流し、ぐしぐしと目をこすり、そして赤くなった目と顔できっとニックを睨《にら》みつける。

その姿に、ニックはすっかりと毒気を抜かれてしまった。

「……悪かったよ。いてくれたら心強い」

キズナをそっと抱き寄せ、子供をあやすように励ます。

「無茶をするな、とは言わぬ。すべてが無茶じゃ。じゃが、自分一人で戦って死ぬだけなどとは思うてくれるな」

「わかってる。死ぬつもりはない。一人で戦うつもりもない」

決死の戦いが子供のような泣き声とともに、始まろうとしていた。

籠城は乙女の嗜《たしな》み

「なんで！　誰も！　いないのよ！」

アルガスたちとの激闘の後、倒れたティアーナはスターマインホールの地下病室へと運ばれた。

そこから、一週間ほどずっと寝ていた。

時折目を覚まして食事をすることはあったが、すぐに体力が尽きて眠りに入った。ひどい怪我《けが》を負ったわけではないが、あまりにも消耗が激しかった。

《合体《ユニオン》》が解除される瞬間、ティアーナが無意識にダメージや消耗を引き受けたことが原因だった。人は魔力が枯渇すると、それが回復するまで意識が覚醒することはない。

そして気付けばニック、ゼム、キズナの三人は勝手に太陽騎士団のアリスと話を付け、『襷《たすき》の剣』の討伐へと旅立ってしまった。

なんて馬鹿なことをと思った。

行くにしても仲間を置いていくなんて、なんて薄情な連中だと思った。

そもそも各方面に迷惑をかけて不義理をして、申し訳ないと思わないのかと思った。

「あんの野郎……！　やってくれたわね……！」

「……そうだねぇ。なんでいないんだろうねぇ」

ダイヤモンドもまた、怒りに眉をひくつかせながら応じた。

ようやく目を覚ましたティアーナに状況を説明したダイヤモンドも、内心怒っていた。

いや、内心というほど隠せてもいない。

ティアーナと同じくらい、カンカンに怒っていた。

「あ、えーと、あなたに言ったわけじゃなくてね」

「うんうん。わかるよ。気持ちはよーくわかる。ボクは信じてニックくんたちを送り出したつもりだったんだ。カランちゃんを治したい気持ちは理解するけど、軽挙妄動は慎むように念を押して話したつもりだったよ。ティアーナちゃんもそう思うよねぇ？」

ニックたちは、自分の考えや知り得た情報を書類にまとめ、アリスを通してダイヤモンドたちに伝えていた。だが本来、形として【サバイバーズ】はダイヤモンドに雇われたままだ。

そのリーダーが勝手に太陽騎士団の庇護《ひご》下に入って迷宮攻略に行き、一週間以上戻ってこない。しかも残るパーティーメンバー二人は、スターマインホールで入院中だ。

つまりは明白な契約違反であり、冒険者としての仁義にもとる行為であると言えた。

ダイヤモンドと一緒に怒る立場ではない。むしろニックに代わって真摯な態度を示さなければならない立場であると気付いて、胃が痛くなるのをティアーナは感じた。

「ウチのリーダーがほんっと申し訳ないわね……」

「ティアーナちゃんには怒ってないよ。ティアーナちゃんには、ねぇ？」

「え、えっと……とりあえず……何か手伝うこと、ある？」

「きみは休み！　それと外出も禁止！　病院で大人しくしてて！　ニックくんたちと合流しようとかは絶対に考えないこと！」

「ちょ、ちょっと待ってよ！　なんでよ！」

「なんで？」

　ぎろりとダイヤモンドに睨《にら》まれ、ティアーナはびくりと震えた。

「きみは魔術師だ。常にパーティーのリソースを考え、どんな攻撃をどんなタイミングで放つべきか、思考を巡らさなくてはいけない。その上で尋ねる。きみが取るべき行動は？」

　ダイヤモンドが、びしりと人差し指をティアーナの目の前に突き出した。

　今、『欅《たすき》の剣』によって太陽騎士団は弱体化している。冒険者たちはスタンピード対策に追われており、迷宮都市そのものの治安は格段に悪くなっている。家を追われて難民状態の人間もいれば、最初から反社会的な行動を取っている者が大手を振って通りを歩いていることもある。一般市民は自警団を組織し始めた。貴族や豪商は専属の護衛を侍《はべ》らせなければどこにもいけない。いかにティアーナが練達の魔術師とはいえ、単独行動は危うい。

　何より、迷宮『修羅道武林《しゅらぶどうりん》』はその特性として、通常の魔術が使えない。手を触れて発動する強化魔術や治癒魔術、あるいは聖剣のような高度な魔道具はともかく、魔力そのものを外部に放出すると魔力が散ってしまって発動できないという特徴を持つ。

　ティアーナが知っていることではなかったが、『修羅道武林』はそもそもアルガスのように肉体を駆使して戦う人間の覚醒を促すための、一種のトレーニング施設として『欅《たすき》の剣』によって開発されたものだった。

　なんであれ結論は一つだ。

　ティアーナが今からニックたちを追いかけたところで、何もかも遅い。

「……いや、考えるまでもないわね。ベッドを貸してくれるだけで助かってるわ。カランのこともあるし……」

ティアーナがしょんぼりと頷《うなず》くと、ダイヤモンドは指を降ろして優しく語りかける。

「きみもつらいのはわかっている。だけど今は耐えるときだ」

「わかってる」

「反攻作戦を考えていないわけじゃない。そのためにはここ、スターマインホールを砦《とりで》として利用することとなる。引き続きここを守ってほしい。これ、時間があるときに読んでおいて」

ダイヤモンドが、ばさりと紙の束をティアーナに渡した。

「これ……図面？」

「うん。『地下』の設備を含めた、全体の図面だよ。どこがどういう機能を持っているかの説明も書いてある。ここが攻められる恐れもあるんだ。確認しておいて」

言葉の物々しさに、ティアーナは嫌な予感がした。

「……攻められる？　魔物って意味じゃないわよね？」

「人間って、一枚岩だと思う？」

疑問に対し、疑問が返ってきた。

「え、それってどういう……」

「きみが回復したらニックくんたちの分までビシバシ動いてもらうから、大人しくしててよ！」

そして、ぷんすかと怒りながらダイヤモンドは去っていった。

考えるべきことは増えたが、ティアーナは再び寝た。

寝たというよりは倒れたと言った方が正解であった。怒ることにも考えることにも体力を消費するのだから。

本調子に戻るまで、それから三日掛かった。

あの野郎この野郎ただじゃおかないんだからと怒りながら休み、寝ながら怒り、怒りがようやく落ち着きを見せ始めた頃、ようやくティアーナはスリッパを履いてぺたぺたと病院内を歩き回れる程度に回復した。

そして気付いた。暇になってしまった。

ダイヤモンドは書類仕事をしたり、仕事の指示を飛ばしたり、現場を叱咤《しった》激励《げきれい》したり、八面六臂《はちめんろっぴ》の活躍をしており、もはやティアーナ一人に構っている暇もない。実際は、ニックたちが手に入れた情報についてもう少し詳しく話を聞きたいところであったが、邪魔をするのは得策ではないと思い、断腸の思いでダイヤモンドの部屋の前から踵《きびす》を返した。

カランの看病をするかと考えたが、セキュリティレベルが上がってカランの病室に入ることができなくなっていた。ごく普通の怪我人やティアーナのような体力を消耗しただけの患者と、カランのような重篤な患者とでは扱いがまた異なるらしい。

どーしよ、と思いながらティアーナは病院内を散策した。

スターマインホールの地下は、秘密基地めいた有様になっている。

病院があり、食料備蓄庫があり、騎士や探偵が出入りする作戦会議室があり、そして何より、物々しい防衛設備がある。

「……吟遊詩人《アイドル》がわちゃわちゃしてた頃が夢みたいね」

ティアーナが休憩室のベンチに座り、パイプの煙をくゆらせる。

「けど、ここが要塞として作られたのも事実だ。仕方ないわな」

そこに、くたびれたシャツを着た男が声を掛けた。

「……あら、探偵さん。何か御用かしら？」

ティアーナは顔も見ずに、近付いてきた男に言葉を返した。

探偵のヘクターだ。ニックと旧知の間柄で、この事態に巻き込まれた人間の一人だ。

だが、ダイヤモンドに雇われる形となり、何かしらの仕事を託されている雰囲気はある。

だが、ティアーナは目の前の男に少々の胡散臭《うさんくさ》さを感じていた。

ニックの知り合いだからといって、いきなり渦中に飛び込んできている。この男が実のところ魔神崇拝者側のスパイであった、と言われてもさほど不思議ではないだろうなと、ティアーナは何となく思っていた。

「いや、ただの休憩だ。邪魔かな？」

「どーぞお構いなく」

だが、病院内では数少ない……というより、二人だけの愛煙家同士だ。共通の知り合いもいて、更には二人とも王都の出身だ。そしてヘクターは迷宮都市の娯楽にも詳しい。

意外なほどに話が合った。

「西部のカジノは、ゲームそのものよりもショービジネスに力を入れてるんだ。とはいえここの吟遊詩人《アイドル》とは別方向なんだがな。ダイヤモンドはそこに食い込みたくて営業を掛けてるが、難航してるみたいだな」

「そりゃそうよ。あそこはダンサーじゃなくて演奏家の方がメインだもの。そっちを口説き落とすか、こっちが合わせるかしないと」

「ダイヤモンドも頑固だからな。自分の音楽、自分のジャンルを広めるってなると周りが見えなくなっちまうところがあるし」

気を紛らわせるには丁度よい相手ではあった。

だがしかし、外にも出られず、仲間にも会えないという閉塞感に囚《とら》われて数日も経《た》てば、流石《さすが》に雑談相手がいたところで機嫌も悪くなる。

ティアーナが喫煙所の椅子に腰掛け、足を組んでいかにも不機嫌を撒《ま》き散《ち》らしている、そんな日のことだった。

「……たまには紙巻き煙草《たばこ》でも吸うかい？」

ヘクターはそう言いながら、不機嫌そうなティアーナの横に座った。

「ごめん、あなたのせいとかじゃないんだけど、今機嫌が悪いの。煙草吸うなら席外すわ」

「原因はなんだ？　やっぱり、ここから出られないことか？」

「違うわよ。……ニックたちは勝手に迷宮に突入するし、カランには会えないし」

「心配か？」

「当たり前でしょ」

「……カランちゃんは、いい子だな。勇気があって、機転も利く」

ヘクターの言葉に、ティアーナは抑えきれない怒りを覚えた。

他人にカランの何がわかるというのか。

「あなたが仲間で、色々と協力してくれてるのはわかってるわ。でもそういう訳知り顔で言うのはやめてくれない？」

「あー……すまないな。挑発してるとかじゃないんだ」

「カランを元に戻さなきゃいけないのよ……。悪いけど、特に何か新しい情報がないなら邪魔しないでほしいのだけど」

「特に変化はなし、とのことだ。歩いて、飯を食べて、会話して、本を読む程度のことはできる」

「……そう。無事ならいいわ」

「それでいいって言えるか？」

ヘクターが言った。

「いいのかって……よくないわよ。治してあげたいに決まってるでしょう」

「いや、そうじゃなくてだな」

「だからなによ。今日は珍しく突っかかってくるじゃない。何を言いたいわけ？」

ティアーナの声の高さが、一段下がった。

そろそろキレかけてる自分にティアーナは気付いた。このままではめちゃめちゃ怒鳴ることになるであろう自分を、心のどこかから俯瞰《ふかん》している。俯瞰しているティアーナは、キレるティアーナを制止するつもりはなさそうだ。

「ニックたちは迷宮に潜ってる。あんたはここの警備を担当してる。じゃ、カランちゃんは何をすればいいと思う？　あんたは仲間外れにされたって思ってるんだろうが、そりゃカランちゃんだって同じことだろう？」

「……え？」

「つまりは仕事だよ。【サバイバーズ】がみんな働いてる。あるいは働こうと動いてる。お前だけ寝てろってのも可哀想《かわいそう》だろう」

心の中の二人のティアーナは、怒り以上の感情を同時に覚えた。

ドン引きだった。

「あ、あなた自分が何言ってるかわかってるの？　あの状態のカランに、働けって言うわけ……？」

「変か？」

「誤解したならごめんなさい。非常識とか、鬼畜とか、そう言い換えたら意図は通じるかしら？」

だが、ティアーナの挑発にも、ヘクターはまるで動じることがなかった。

むしろヘクターは、ティアーナをさも馬鹿にしくさったように大仰に肩をすくめた。

「わかっちゃいないなぁ。呪いで人は殺せない」

「死なないからってあの状態で何をさせるっていうのよ！　それに、カランは戦士なのよ！　戦えないあの子を戦わせるっていうの!?　戦士としては死んだようなものでしょう！」

「カランちゃんは戦士しかできねえっていうのか？　ばっかじゃねえの。お前本当に仲間か？」

ティアーナは魔術で氷漬けにしてやろうかと思い、しかし、何かがおかしいと気付いた。

示唆が与えられようとしている、と。

「……あなた、カランに何ができると……いいえ、何をさせようっていうの？」

「俺がカランちゃんと会ったのはついこの間のことだ。ニックが俺の事務所に連れてきた。最初は好奇心旺盛で、純朴な子だなと思った。いや、思っていた」

「……思っていた？」

「よく人を見ている。知識が足りていないだけで頭は鈍くないし、柔軟だ。誰かのために身を挺《てい》する勇気と根性も備わってる。そういう冒険者は腕一本なくそうが諦めたりはしない」

このとき、ヘクターとティアーナの間には格差があった。

ヘクターは実のところ、カランが百周年記念ライブの会場でカランが何をしていたのかを知っていた。むしろ、太陽騎士団の資料の読み解き方など、相談を受けていた。

最終的にカランの思惑に気付いたのはライブが終わってからの話ではあったが、「カランがニックを守るためにどんな努力をして、どんな計画を立てていたのか」を、ダイヤモンドに次いで深く理解していた。

「あの子は、自分が無理をしてること、諦めてないことを他の仲間に悟られたくはない。悟られたらまたニックやあんたに心配を掛けることがわかってるからだ。だからいつも通りの姿をしてる。……もし夜中に時間があったら、こっそりあの子の部屋を覗《のぞ》いてみな」

「見舞いに行きたくても入れないのよ！」

「あ、そうか。セキュリティも気を付けねえとな。だったら仕方ねえ」

ヘクターは、ティアーナに教える気はなさそうだ。気付けば、ティアーナの怒気は完全に消えていた。むしろ自分の不明を恥じるばかりという気分になっていた。

「……悪かったわ。不機嫌をぶつけたみたいで」

「構わんさ。元々胡散臭い仕事だ」

「でも、あんたには熱心になる理由があるようには思えないわ。王都から来たなら、今の内に王都に戻った方がいいんじゃないかしら？」

「流石に凶状持ちではな。王都には帰れないんだよ。それに、あっちはつまんねえだろ」

そのあけすけな言葉に、ティアーナは一瞬納得してしまった。

「面白いからここにいるわけ？」

「ああ。俺みたいな仕事は、王都のお高くとまった客よりも、俺と同じくらいにしょうもねえ客を相手にする方が楽しいのさ。とはいえ状況が動きすぎて笑ってもいられねえんだが」

「これ以上何かあるっての？　スタンピードでおもちゃ箱がひっくり返ったような騒ぎになってるってのに」

「あんたにはショッキングな話になるとは思うんだが……スパイの名簿が出回り始めた」

ヘクターは、言いにくそうに話を始めた。

ティアーナは妙な切り出し方だと思いつつ耳を傾ける。

「スパイ？」

「太陽騎士団の幹部は、その副官や周囲の人間に襲われた。つまり魔神崇拝者や、そいつらと取引があった人間が隠れ潜んでるわけで、スパイ狩りが始まったんだよ」

裏切り者の名が確定する。

それは状況としては前進のはずだが、ちっともよいことのようには聞こえなかった。

「スタンピードが起きたあたりで太陽騎士団と冒険者ギルド、それと領主勢力は『こいつ、魔人崇拝者かもしれないな』ってリストをお互い持ち寄って、真偽を確かめ始めたんだ。だがそのリストの存在自体が魔神崇拝者の協力者にも知れ渡った。太陽騎士団に捕まるくらいならいっそのこと……ってヤケになったらしくてな。組織化して騎士団やギルドに対抗する気配を見せてる」

「バカじゃないの」

「バカだが、追い詰められたバカはヤバい。しかもその中には、元々アングラな仕事をしてた冒険者くずれがいて、A級相当の実力者もいる。秘密結社デッドマンズバルーンは、ぐだぐだに見えるが侮っちゃまずい。しかもそこのリーダーが……」

ヘクターが言いかけた、そのときだった。

「きゃー！」

「どっちだ!?　西門か!?」

「敵襲だ！　まずいぞ！」

突然、建物が揺れて、遅れて悲鳴や怒号が聞こえてきた。

ライブ会場にあるまじき混乱に、ティアーナはますます嫌な予感を強めた。

「ごめん！　話はまた後で！」

「おっ、おい待て、話は最後まで……！」

ティアーナはヘクターを置き去りにしつつ、その悲鳴が聞こえる方へと走り出した。

地下から地上階へ向かうと、そこはますます混沌《こんとん》としていた。

怪我人を運ぶ担架とすれ違い、このご時世に自主練していた吟遊詩人《アイドル》とすれ違い、「非戦闘員以外は地下に避難してください」と聞き覚えのあるアナウンスを聞きながら廊下を駆ける。音の鳴る方へ走った先にあったのは、スターマインホールの資材搬入口だ。

そこではダイヤモンドが声を張り上げて、建築資材で作った急ごしらえの防壁の内側で陣頭指揮を執っていた。

「ほらそっち薄い薄い！　魔力けちってないで撃って撃って！　結界が復活したらこっちのもんだから！　……あっ、ティアーナちゃーん！　こっちこっち！」

ダイヤモンドが声を上げて手招きしているのを見て、「関わりたくない」と思いつつもティアーナは駆け寄った。

「一体何事よ！」

「敵襲だ！　結界も破られちゃった！」

ダイヤモンドの指差す方向には、スターマインホールの敷地と外との境目に油膜のような何かがあった。防御結界だ。周囲の魔力に反応して表面が揺れ、微妙に光の屈折が変化している。

透明で薄いために一見頼りないが、実際は鋼鉄の壁と同程度の耐久力を持ち、そして攻撃魔術を打ち消す効果がある。力業で解除できるものではないはずであった。

だがその防御結界に丸い穴が開いていた。

「なんでよ！」

「サンダーボルトカンパニーの役員どもが裏切ったんだよ！　身内にやられた！　群体で来るから蹴散らして！」

サンダーボルトカンパニー、と言われてティアーナは一瞬どこだっけと記憶を探る。

「えっと、魔道具を作ってる会社だっけ……？　ていうか群体って何よ、魔物!?」

「ウチの音響設備を作ってた会社！　襲いかかってきたのは人形の群れだ！　見て、あれが人形魔術師《アニメイター》ハボックの作った舞踏傀儡《バレエ・ミスティック》だよ！」

固有名詞が多すぎて全然わからないと思いながら、ティアーナは喧噪《けんそう》の方を見た。

そこではスターマインホールの警備兵二十人が、何かと戦っている。

その姿が奇妙すぎて、ティアーナは「何か」としか考えられなかった。

「何か」の身長は人間の半分ほどで、一メートル未満。そのサイズに合わせたドレスを身にまとっており、演劇場や舞台に相応《ふさわ》しい綺羅《きら》びやかな姿だ。

その手に曲刀を携えて高速で動きながら人間に斬りかかってさえいなければ、ティアーナは拍手の一つでもしていただろうと思った。

「に、人形……って言っていいのかしら……？」

ティアーナは一瞬、それが人形であると理解できなかった。

その人形の動きがあまりにも滑らかであったために、人間の子供であるのか、魔物であるのか、それとも人の手による被造物であるのかの判断がつかなかった。しかも数が多い。軽く百体は超えている。迷宮の中でさえ、これだけの大群の敵に遭遇することはない。

「顔の造形も関節機構も完璧だから小人に見えるけれど、間違いなく人が操っている人形だよ」

「嘘《うそ》でしょ……念動魔術か何かだと思うけど、あんなに精密に動かせるものなの……？」

「分析は後！　蹴散らして！　今は大丈夫だけどこのままじゃ中に侵入されて死人が出るよ！」

その言葉で、ティアーナは完全に戦闘態勢に入った。

「……了解！　《氷柱舞《つららまい》》！」

鋭利な氷柱が人形たちを蹴散らしていく。
五、六体は串刺しにされて完全に動けなくなる。が、動きが実に生々しい。
《氷盾》！　ちょっとそっちの人！　盾の後ろに下がって隠れて！　魔術いくわよ！」

「おお、助かる！」

「陣形立て直せ！　もう少しの辛抱だ！」

警備兵たちの表情に喜びの色が浮かんだ。士気も上がり、組織的な反抗に転じる。人形は素早く、放たれる攻撃は鋭利でテクニカルではあるが、それでも人間の重量による一撃を受け止め続けることはできない。十、二十と、人形が倒れていく。

これでようやく事態は沈静化に向かう……と全員に安堵《あんど》が広がった。

「物言わぬ傀儡《かいらい》よ。その身に受けし怨念を昇華し膨張せしめよ」

不気味な声が響くと同時に、倒れていた人形の数体が太り始めた。

いや、太ったのではない。正確には人形の背中が開いて、そこから色とりどりの風船のようなものが膨らみ始めた。まるで遊園地のように、ティアーナや警備兵のまわりに風船が浮かんでいる。

「……まずい！　伏せなさい！」

ティアーナの声が届くと同時に、轟音《ごうおん》が響き渡った。

「うわあっ!?」

「熱ッ！　なんだこりゃ……！」

風船が爆発した。

ティアーナはかろうじてその場に伏せてダメージを受けずに済んだが、何人かは爆風によって怪我をしている。そして、風船はまだまだ残っている。十個以上が周囲を浮遊しており、警備兵全員がそれを戦慄と共に見守っている。

「ははは！　あたしの可愛《かわい》い人形を傷つけた報いさ！」

女性の哄笑《こうしょう》が響き渡った。

その声の方向を見れば、風船の爆破によって結界の穴がまた更に広がっている。

今まででは人形がようやく通れる程度だったが、今は人一人が容易に通れるほどの大きさだ。

「ハボック……！　きみが裏切っていたとはね……！」

そして穴から現れたのは、紫色の瀟洒《しょうしゃ》なドレスを来た女性だ。

麗しい雰囲気の女性ではあるが、その高笑いと右目に付けた物騒な眼帯が異彩を放っている。

「あんたこそ、ライブ会場がこんな要塞になってたなんて教えてくれなかったじゃないか。苦労して機材を納めたってのに冷たいこったねぇ」

「知ってようが知ってまいが、こうして襲いに来たんじゃないかな。魔神崇拝者側のエージェント……ではなさそうだけど、どうなんだい？」

「親切に教えてやるわけないだろう……と、言いたいところだがね」

ぱちん、とハボックが指を鳴らす。

するとハボックの後ろから人形が一体、とことことダイヤモンドの方を目指して歩いていく。

他の人形とは違って武器を携えていない。その代わりに両手で紙束を抱きしめていた。

「ダイヤモンド、それとそこの……ティアーナちゃん。その紙を見てみな」

「え、わ、私？」

ティアーナは、自分が名指しされたことに困惑しつつダイヤモンドを見た。

ダイヤモンドは、不機嫌そうに人形から紙を受け取ってそれを眺めている。

それを後ろから覗き込むと、その紙が何を意味しているのかに気付き、驚愕《きょうがく》した。

「…………こ、これ、手配書……!?　しかも……！」

「ボクとオリヴィア。それと【サバイバーズ】のみんなだね」

ヒビキ＝ダイヤモンド。

聖剣『歪曲剣《わいきょくけん》』として古代に混乱を陥れた大罪人。人身売買の疑いあり。賞金額一億ディィナ。

一番上に書かれているのはそんな内容だ。

そしてもう一枚めくると、ダイヤモンドの手下としてニックの情報が記載されている。

次にカラン、その次にゼム、キズナ。最後にティアーナだ。

「はあー!?　私の首に……さっ、三千万ディィナ……!?」

「そういうわけさ。あんたらは狙われてるんだよ。デッドマンズバルーンの構成員からね」

ハボックが、獲物をいたぶるような嗜虐《しぎゃく》的な笑みを浮かべる。

「……ふざけないで」

「うん？　ご不満かい？」

「安すぎんのよ！」

ティアーナの叫びに、ハボックが黙った。

周囲を取り囲む面々も驚いてティアーナを凝視している。

「ばっかじゃないの、この程度の金で私の首を取ろうっていうわけ!? 十億くらい出しなさいよ！　サンダーボルトカンパニー様も、そんなはした金で迷宮都市の鼻つまみ者に味方するなんて資金繰りにずいぶんとお困りのようね！」

このときティアーナは、自分の就職活動を思い出していた。迷宮都市に来たばかりで、右も左もわからない時分、ティアーナは魔道具工房や魔術の研究開発会社にエントリーシートを書いては送り、書いては送り、足を棒にして面接を頼み込み、そしてあらゆるところから今後のご活躍をお祈りされた。実はサンダーボルトカンパニーはその中の一社であった。

そんな逆恨み的な気持ちを込めて切ったティアーナの啖呵《たんか》は、風船の爆破に怯《おび》えきっていた警備兵に、めちゃめちゃ受けた。

「……そうだそうだ！　アイドルライブの売上にもなってねえぞ！」

「ポンコツ人形が舞台に上がるには百年早いんだ！」

「大人しく倒産しろ！」

そして野次《やじ》や罵声がハボックの方へと飛んできて、ハボックは怒りの形相を浮かべた。

「……いい度胸じゃないか。こういう立場になってなかったらスカウトしてたところさ」

「はぁー!?　門前払いしたのはそっちでしょーが！　……いや、それは今はどうでもいいわ。どうせ将来のない会社に興味はないし」

「この小娘……！」

ハボックは眼帯のない方の目で、射殺すようにティアーナを見つめる。

このまま再び戦端が開かれるか、と緊張感が高まったところで、青白い光が走った。

「《雷鳥》」

光の正体は、鳥であった。

いや、鳥のような形を象《かたど》った魔力だ。

「えっ……!?」

まずい、という恐怖と、嘘でしょう、という驚愕がティアーナを襲った。

雷鳥流、という魔術の流派がある。

風と水の魔術に熟達し、雷魔術を自在に操ることが初伝を賜る条件だ。暗雲を発生させて強力な雷撃を敵の頭上に撃ち落とし、あるいは杖《つえ》の先から電撃を発生させて薙《な》ぎ払《はら》う。

更にそこから熟達すれば中伝以上の免状を許される。中伝の持ち主が放つ雷は、雷でありながら、雷にあるまじき振る舞いをする。

例えば、雷が確固たる形や重さを持って武器や生き物の形となり、敵に襲いかかるとか。

「くっ……《氷盾》!」

ティアーナの魔術が、飛びかかってきた雷の鳥をすんでのところで弾いた。

だが鳥は焦ることもなく、上空をぐるりと回ってティアーナたちを睥睨《へいげい》する。

いつでも獲物を殺せると言わんばかりの、悠々たる狩人《かりゅうど》の所作だ。

「意気軒昂《いきけんこう》。危機への反応もよし。くく……腕を上げましたねティアーナ」

ぱち、ぱちと、この場にそぐわない拍手が響き渡った。

音の出どころを探せば、それはハボックの後ろからのっそりと一人の男が現れた。

浅黒い肌に、モノクルを掛けた紳士然とした風貌。だがどこか狂気を孕《はら》んだ気配を纏《まと》わせている。

「あ、あなたは……」

ティアーナは、男の顔と声を確認し、愕然とした。

その男の正体はティアーナが敬愛してやまない、そして今どうしているかとずっと心配していた人物その人であった。

「元気そうでなによりです。もっとも、あなたがあの程度のことで折れるなどとはまったく思ってもいませんでしたが」

「……師匠！」

魔術師ベロッキオ。

元は王都における貴族学校で魔術を教える教師であり、そしてティアーナの師匠であった。

「……師匠、なぜそこにいるのですか」

ティアーナは一瞬警戒を解きそうになり、だがすぐに杖を構え直した。

間違いなくベロッキオはハボックに味方し、そしてティアーナたちと敵対している。

その理由がわからないだけで。

「なぜ？　今、スタンピードが発生した迷宮都市は、ディネーズ聖王国や異国からも注目されています。冒険者、賞金稼ぎ、騎士……あるいは盗賊や犯罪組織、賞金首。剣や魔術……もっと言えば、暴力を生業とする人間であれば、だれもがここを目指している。私もその一人というわけです」

「そんなありきたりな話を聞いているのではありません」

「ああ、ここにいるハボックは昔馴染《むかしなじ》みでしてね。過去に冒険者として彼女と一緒にパーティーを組んでいました。A級パーティーでそこそこ迷宮に潜っていたのですよ。ですので一緒にいます」

「冒険者だったことは聞いています。そこの女が仲間だったことについては、どうでもよいです。しかし本題は、そこではありません」

ハボックなど歯牙にも掛けていませんという態度を出し、ティアーナはベロッキオを睨む。

ベロッキオはますます嬉《うれ》しそうな笑みを浮かべる。

その笑みに、警備兵たちは得体の知れない恐怖を感じながらじっと成り行きを見守っていた。

「我が愛《いと》しき弟子よ。果たして説明の必要がありますか？」

「魔神崇拝者の仲間だったのですか」

「はて、仲間というのが正しいかどうか……。カリオス殿は我々に仕事を依頼しているに過ぎませんし、他の魔神崇拝者たちは私の一時的な社員のようなものですし」

「……あなたが、魔神崇拝者の親玉だと？」

「ただの名ばかり管理職ですよ。魔神崇拝者として常に行動している者はほぼいないので、統制が取れていません。トップは組織運営など興味はありませんし」

「トップ……それは、『襷《たすき》の剣』のことですね」

「ええ。ご存じのようですが、今の魔神崇拝者のトップは『襷《たすき》の剣』です。それ以外の者は基本的にはスリーパーでしてね」

「スリーパー？」

「命令が下るまではずっと潜伏して日常生活を送りながら待機しているわけです。……カリオス殿は契約や約束が好きな人でしてね。命の危機に陥った冒険者や、破産の危機が迫った商人、あるいは社会的名誉が奪われそうになった貴族に、手を差し伸べる。そして、『自分の命令に応じるように』

という約束を結ぶ、というわけです」

「……あなたもその一人だと？　私のせいでこうなったというのですか」

おや、とベロッキオは首をひねる。

だがすぐにティアーナの言わんとしてる言葉の意味を理解した。

「ああ、失礼。誤解させてしまいましたねティアーナ。冒険者をやっていた頃にカリオス殿に命を救われて契約したのです。魔術学校を辞めさせられたくらいの話で助けなど求めませんよ。大規模スタンピードが発生して今の国家体制が揺らいでいることを考えれば、名誉職など重荷にしかなりませんからね。今の立場の方がかえって動きやすい。……塞翁が馬、という言葉が古代にあったそうですが、それを実感していますよ」

くつくとベロッキオが笑う。

それは、いつもいつもティアーナが貴族学校で見ていたベロッキオの顔であった。

「しかし、今も気にしていたとは思ってもみませんでした。大丈夫ですよティアーナ」

ベロッキオはまるで変わっていない。

ティアーナが入り浸っていた研究室で見かけた、ベロッキオそのものだ。研究者のような批評家のような突き放した態度でありながら、弟子に向ける目は優しく、いたわりがある。

「……最近、事業を立ち上げたのです。秘密結社デッドマンズバルーン。カリオス殿から、散発的に行動しているスリーパーたちをまとめ上げて組織的に動けと命令されましてね。それならいっそ会社として組織しました。いやしかし、スリーパーも様々で頭を悩ませましたよ。懸賞金も、社員のモチベーションを上げるための苦肉の策でした。金額は見直しておきましょう」

つまりは、元からこういう人間だったのだ。

なにか脅迫されたのではなく、操られているのでもない。極めて正気で、理性を保ったまま、凶行に走ることのできる人種だ。

ティアーナの驚きは薄い。師匠に対し、元々危なさのある人間であるとは思っていた。

だが損得勘定をもって一線を越えないだろうという信用はあった。

「……もう、いいです。あなたのことを、もはや師匠とは思いません」

「ふむ。弟子の独立は素晴らしい。ティアーナさん、あなたはあなたの道を行くが良いでしょう。阻む者はその足で踏み潰してごらんなさい」

「そうですか。私はあなたの道を祝福することはできませんがね」

「そうこなくては。……ではみなさん、そろそろ本腰を入れていきましょうか」

ベロッキオは唐突に、自分の背後に向かって語りかけた。

猛烈に嫌な予感がティアーナの脳裏を走った。

ヘクターの言葉を信じるならば、秘密結社デッドマンズバルーンは当然、ベロッキオとハボックだけの組織ではない。隠れ魔神崇拝者の集団だ。相応の戦力を有していると見るべきであった。

轟音が鳴り響いた。

「くっ……！」

後方から数十発の攻撃魔術が放たれ、そして結界に弾かれた。

だがその攻撃は確実にスターマインホールを揺さぶっている。

趣味の悪い脅しだとティアーナは思った。

結界を破ろうと思えばもっと派手にできるはずだろうに、音と衝撃の大きさを優先させている。

「こちらの戦力はまだまだほんの一部です。『歪曲剣』ダイヤモンドをはじめとする賞金首の身柄を差し出してくれるなら、そう手荒な真似《まね》はしませんよ」

見れば、ベロッキオの後ろから三十人を超える人々が現れた。

それは魔術師ばかりではない。剣士もいれば、神官もいる。

仰々しい名前の秘密結社の割に人数は少ないだろうが、それでもティアーナは理解してしまった。全員がそれなりの使い手であると。

そもそも十分な技量がなければ、魔神崇拝者の手下などできるはずがない。

スターマインホールを守る警備兵を蹴散らすなど簡単なはずだ。現に、ハボックという魔術師一人に大混乱に陥れられたのだから。

「ボクを狙ってどうしようというのかな！　こっちの計画が破綻したことは知っているはずだよ！」

ダイヤモンドの言葉に、ベロッキオは涼しい顔で受け流した。

「依頼主の心境まではわかりかねますね。その心を推し量るのではなく依頼された仕事をこなすのが仕事ですから。ですが私が彼の立場であればあなたを放置はできますまい。サンダーボルトカンパニー……ハボックは優秀なのですよ。そこらの起業家や魔術師には負けません。……でありながら、あなたの真の目論見《もくろみ》まではわからなかった。きっと今も敗北したと見せかけて、まだ何か企《たくら》んでおられるのでしょう？」

「だったらボクだけに懸賞金を懸ければいいだろう。なぜ【サバイバーズ】を狙う？」

「聖剣の関係者は確保しておきたいのでしょう。彼も、人材コレクターといいますかスカウトが趣味なところはありますからね」

「聖剣の能力として、魂をストックしておく気かい。バカバカしい、なんて無粋なんだ」

「そこは同意します……が、さりとて依頼は依頼です。ではもう一当てといきましょうか」

ベロッキオの背後にいる魔神崇拝者……デッドマンズバルーンの社員が武器を構えた。

ここからが本番だとティアーナが覚悟を決めた瞬間。

大男が悲鳴を上げながら飛んできた。

これも新たな襲撃かと思いきや、そうではなかった。

攻撃するために飛んできたのではない。攻撃されたから飛んできたのだ。

そして男は結界に衝突し、金属音と妙に湿り気のある音が混ざり合った耳障りな音を立てて地面にずり落ちた。

「……賞金首は！　お前らだろうがああああぁぁ！」

男が投げ飛ばされた起点で、女性の怒りの咆哮が響き渡った。

どこかで見覚えのある顔だと思い目を凝らす。

「え、えーと、マンハントの受付の人！」

そこにいたのは鹿人族の女性であった。

冒険者ギルド支部『マンハント』で、荒くれ者の冒険者たちを毎日毎日あしらっている職員だ。

そして、彼女だけではない。その後ろに、怒りの表情を浮かべた冒険者たちがデッドマンズバルーンを睨みつけている。

「名前くらい覚えな！　ジュンだよ！」

「あ、あら、ごめんなさいね。でも助かったわ！」

あの人あんなに強かったんだと、ティアーナはぽかんとした目で見ていた。

見たところジュンは凄《すさ》まじい膂力《りょりょく》の持ち主で、どうやら先程の男は片手で投げ飛ばしていたようだ。空いてる方の左手にはもう一人、デッドマンズバルーンの社員を捕えている。

「え、強くない……？　現役冒険者じゃなくて職員さんでしょ……？」

「冒険者ギルドの職員って、基本的にC級以上の冒険者や魔術学校の学位持ちからの転職だからね。みんな気安く接してるけど、生半可な子じゃ勝てないよ」

「え、そうなの!?」

ダイヤモンドがしみじみとジュンの暴れん坊ぶりを眺めた。

状況は混沌としてきた。ハボックが新たに追加の人形を操り、整然と並べ始める。ベロッキオは今もダイヤモンドを面白そうに眺めている。

「ふむ……少々面倒なことになってきましたね。このままでは双方無駄に被害が大きくなるだけでしょう。ひとまず今宵《こよい》はここまでとしませんか」

ベロッキオが杖を掲げた。

だが言葉とは裏腹に、凄まじい魔力が杖の先端に渦巻いている。

「ベロッキオ！　一体何を……！」

ティアーナが叫んだ。

その質問に、ベロッキオは行動をもって返した。

「《限定迷宮改変：土遁》」

ベロッキオの詠唱とともに、地面に穴が開いた。

修羅道武林のような、巨大な炭鉱入り口のような穴ではなく、二メートル程度の落とし穴程度のサイズだ。だが全員がそこに入り込んでいく。

「ではさようなら。これからも我々はスターマインホールを攻撃し続けます。籠城したいのであればどうぞご自由に。夜の帳《とばり》が下りようと、朝日が昇ろうと、付き合ってさしあげましょう」

逃げられる、と思った瞬間にはすでに遅かった。風船がブービートラップとなって穴周辺を漂い、そしてどんどん起爆していく。爆風で警備兵や冒険者が近付きあぐねている間に、ベロッキオたちデッドマンズバルーンの面々は影も形も消え去っていた。


魔術師ベロッキオ。

本名、ハルミ・ベロッキオ。ディネーズ聖王国の東端を守護する名門貴族の三男に生まれて自由《じゆう》闊達《かったつ》な学生時代を過ごすも、辺境で発生したスタンピードの鎮圧失敗によって家が没落。

その後は迷宮都市テラネに行き着き、冒険者として頭角を現す。自身がリーダーのパーティー【ワンダラーズ】を結成。メンバーと共に冒険を成功させてA級まで成長させると共に、魔道具開発を手掛ける企業「サンダーボルトカンパニー」を設立。

その功績を認められて名門貴族学校、王立アントニアディ学園の魔術教師として招聘《しょうへい》。

「その後は私の婚約破棄をきっかけに学内政治で負けたり色々あってクビになったわけ」

ティアーナがパイプを吸い、紫煙を吐き出す。

それは頼りなく部屋の中をさまよい、そして消えていく。

「あんたの師匠の経歴はわかったよ。ついでにあんたがけっこうな苦労人だってこともね」

鹿人族の女性……先程ティアーナたちを助けたジュンが、飄々《ひょうひょう》とした態度で頷いた。

ここはスターマインホールの会議室だ。

以前はダイヤモンドが主体となって【サバイバーズ】と打ち合わせをした部屋であり、今はティアーナとジュン、そして『マンハント』の冒険者たちが陣取っている。

ダイヤモンドは怪我人の搬送や人員配置の打ち合わせなどで今もせわしなく動き回っている。

ティアーナも手伝おうかと思ったが、とてもじゃないがそんな精神状態ではなかった。

面と向かった瞬間は戦闘中という興奮状態と怒りで乗り切り、罵声を飛ばし、必死に戦った。だが改めて戦闘が終わって落ち着いた瞬間に、師匠に裏切られたという悲しみと、あの師匠がこちらの命を狙ってくるという恐怖を思い出した。

あの人がこんなことをするはずがないという疑念を捨てきれないティアーナと、たとえ対決する覚悟を決めたところであの人に勝てるわけがないという分析を弾き出すティアーナの二人が、今のティアーナに冷酷な事実を告げている。

あなた、このままじゃ死ぬわよ、と。

「けどね、問題はそこじゃない。わかってるだろう?」

ティアーナはわかっている。

今必要なのは、現実を認識して少しでも生き残る可能性を見つけることだ。

「言っておくけど、師しょ……ベロッキオが魔神崇拝者だったなんてこれっぽっちも知らなかったわよ。純粋に魔術を教わっていただけ。魔術の《雷鳥》以外にも色々と得意技は知ってるけどそこも包み隠さず全部教える。全力で対抗するわ。……もっとも、あの様子だと弟子にも教えてない色んな隠し玉はあるだろうけど」

ティアーナの言葉にジュンは呆《あき》れ返《かえ》り、頬杖《ほおづえ》をついてティアーナをつまらなそうに見る。

「な、なによ。文句あるの！」

「つたく……違う違う。そうじゃない。あんた全然わかってないじゃないか。それでも『マンハント』で大活躍した【サバイバーズ】様かい？」

「な、なによ」

ジュンが、とある紙束を机に投げ出した。

それは先程人形が手にしていたものと同じ、デッドマンズバルーン側の賞金首の手配書だ。

「いいかい、ウチで仕事を漁《あさ》る冒険者どもは、とてもじゃないが世間様に見せられたもんじゃない。騎士でもなんでもないのに賞金首目当てに町中で刃物を持ってうろついてる危ねえ連中ばかりさ。昼間からギルドで飲んだくれてるわ、カード賭博をやるわ、負け分を払わずに逃げるわ、まったくどうしようもないのさ」

その遠慮のない口ぶりに、冒険者たちがガハハと笑った。

だがその笑い声を遮るように、ジュンがどん！　と机を叩《たた》いた。

「それでも、悪党をとっ捕まえてメシを食ってる人間の仁義ってもんがあるんだ。賞金首が大手を振って歩いてるなら、どんなにそいつが強くったって放っちゃおかない。賞金稼ぎってことをいいことにカタギに迷惑かけるならあたしが容赦しないさ。けど今の迷宮都市はどうだい？　弱い市民は逃げるか、家に縮こまってる。クソ野郎どもが大手を振って通りを歩いてる。……恥ずかしくないのかいお前ら！」

その声にびくりと冒険者たちが震える。ジュンの強さが荒くれ者たちの冒険者たちの秩序や統制を保っているのだなぁと、ティアーナはしみじみ思った。

そんな呑気《のんき》なことをティアーナが考える一方で、ジュンの勢いはヒートアップしていく。

「しかも街を恐怖に陥れてる連中や、今までこそこそと悪事を働いてきた連中が秘密結社だかなんだかを気取って賞金を懸けている。賞金を懸けられたのは身内と来たもんだ」

「許しちゃおけねえ！」

「そうだ！　舐《な》めやがって！」

「ティアーナの姐御《あねご》の顔に泥を塗りやがった！」

そして賞金の手配書をびりびりに破り、ジュンが叫んだ。

「その通りだ！　あの賞金稼ぎごっこしてる連中に、本物の賞金稼ぎってもんを見せつけて、後悔させてやりな！」

その言葉に、おう！　と、冒険者数十人が声を上げた。

そこにはいつぞや【サバイバーズ】に因縁を付けてきた者もいれば、仕事が成功するかどうかで賭けを開いた者もいる。

もちろん彼らは彼らなりの仁義があり、そしてやるべき仕事としてここに来ているにしても、【サバイバーズ】が危機であると認識して駆けつけてくれたことには違いない。ティアーナは、ぐっと、泣きたくなるのを堪《こら》えた。

「つたく、あんたらもたまには役に立つじゃない」

ティアーナは憎まれ口を叩き、冒険者たちがげらげらと笑う。

「……ところで、あんたらがパラディンだったみたいだね。驚いたよ」

「え、あ、いや、何のことかしら？」

ジュンの言葉に、思わずティアーナが目を泳がせて誤魔化《ごまか》す。

だがジュンはお見通しだとばかりに笑った。

「別に隠さなくていいさ。誰が敵で誰が味方か、わかりやすくなってきた。ま、ヴィルマの婆《ばあ》さんは怒ってたけどね」

「……憂鬱だわ」

【サバイバーズ】は、冒険者ギルドの職員ヴィルマの依頼で『絆《きずな》の迷宮』を探索し、『絆の剣』を手に入れた。だが冒険者ギルドに納めたのは本物ではなく機能劣化版のレプリカに過ぎない。

ヴィルマを騙《だま》したと言われたら頷くしかなかった。

「で、今後のことだ。どうする？」

「……どうするっていうか、狙われてる以上身を守るとしか言えないんだけど……ただ、病人がいるのよ」

ここで保護されているカランの状況をティアーナが話すと、ジュンが渋い顔をした。

「なるほどね……」

「そういうわけなのです。賞金を懸けられた者はもちろんのこと、非戦闘員をここから逃さなければなりません」

「うおっ!? あんた、いたのかい」

話に割って入ってきたのは、プロデューサーのジョセフであった。

「いたのかいと言われましても、ここは我々の事務所ですので……。もちろん救援に来てくださったこと、感謝しています。ただもう少し、冒険者の方々には落ち着いて頂けると。専用の控室を用意いたしますので」

「あー、いや、悪いねホント」

ジュンがスターマインホールの警備兵や残っていた吟遊詩人《アイドル》にちょっかい出している冒険者を叱り飛ばしにいった。

それを見たジョセフがホッとしつつも、疲れた顔そのものはまだ晴れない。

「ず、ずいぶんお疲れのようね……」

「はい。打ち合わせも多いですしスターマインホールがこの状況ですし。流石にサンダーボルトカンパニーに裏切られたのは予想外でした。まあそこも含めて、改めてお話ししましょうか」

ジョセフの言葉に従い、改めてティアーナ、ジュン、ジョセフ、ダイヤモンドの四人で打ち合わせをすることとなった。

「まずはジュエリープロダクションを代表してきみに感謝する。助かったよ。ありがとう。吟遊詩人《アイドル》にならない？」

「ならない。あんまりごちゃごちゃした音楽は苦手でね」

「ギルドの人が応援してくれると思うけどなー。団扇《うちわ》とか魔色灯《サイリウム》とか振ってもらえると気持ちが変わるよ？　ああいうのは舞台の上から見下ろすものさ」

「勘弁してくれ」

ジュンが本気で嫌そうな顔を浮かべ、それを見た皆が少しばかり笑った。

この苦境にあっても笑顔を絶やさず吟遊詩人《アイドル》であることを忘れないダイヤモンドをうっかり尊敬してしまいそうになる。ティアーナはそんなことを思った。

「ともかく、あたしらは仕事で来てるんだ。資金援助はいつでも受け付けてるが、湿っぽいことはいらないよ。こっちの面子《メンツ》の問題でもあるからね」

「ボクらに賞金が懸けられてる件だね。ボクと【サバイバーズ】と……あれ、そういえば他にもいるのかい？」

ジュンが頷く。

「向こうの手配書に名前が出ているのは【サバイバーズ】の全員と、ジュエリープロダクションのダイヤモンドとジョセフ……つまりあんたたちだね。他には雑誌編集者オリヴィア・テイラー。信用調査会社の探偵ヘクター・ウッズ。外食コンサルタント、サムライアリー。ディネーズ冒険者信用金庫頭取、与信王マーデ。今のところこれで全部さ」

ジュンの言葉に皆が深刻そうな顔を浮かべていたが、後半になっていくにつれて首を傾《かし》げた。

「ええと……なんか後半、よくわかんなくなってきたんだけど」

「与信王マーデなんて歴史上の人物じゃないか……。ちょっと意味わかんないな。ジュンくん、なんか具体的な罪状とかそういうのはないの？」

ダイヤモンドの疑問に、ジュンが首を横に振る。

「【サバイバーズ】とあんたら以外、人相書きすらなくて名前と賞金額だけさ。さっぱりだね」

やれやれとジュンが背もたれに体重をかける。

クエスチョンが形となって漂っているかのような会議室に、ジョセフの咳払《せきばら》いが響いた。

「疑問はあるにしても、行動指針はある程度立ちましたな」

「あー、それもそっか」

ダイヤモンドが頷く。

「理由がわからないまでも、ここに記載された人々は魔神崇拝者にとって邪魔な存在であるというわけです。彼らを保護することでこちらは優位に立てるのでは？」

ティアーナが一瞬頷きかけて、首を横に振る。

「でも、優位に立つためには守りきれなきゃ仕方がないわよ。『マンハント』の冒険者は頼りにしてるけど、あの連中が準備を整えて本気で攻撃を仕掛けてきたとしたら守れるかしら」

ジュンがその言葉に渋面を浮かべた。

「しょーじき、ヤバいね。機工術師《エンジニア》ベロッキオと人形魔術師《アニメイター》ハボックが組んだのは怖いよ。書類上のことと噂話《うわさばなし》でしか知らないけどさ」

「……ハボックってのは私も知らない。でも、ベロッキオからはみっちり修業を受けてきた」

「ティアーナちゃんの視点での、彼の評価を聞きたいな」

ダイヤモンドの質問に、ティアーナは自分の師匠、いや、元師匠の考察を始めた。

「……私が知る中では最強の魔術師よ。迷宮都市に来て色んな魔術師を見たけど、その認識は今も変わってない。貴族学校の教師は座学だけに詳しかったり、実用段階に至ってない魔術を研究していることが多いのだけど、ベロッキオは別。実践としての魔術も、学術的な知識も、一流よ」

座学とフィールドワーク、どちらも大事だと、過去のベロッキオがティアーナに語りかける。

「特技は雷属性の魔術。私が使える《雷光撃》も、私より強く、高い精度で使いこなす。《雷鳥》みたいに、電気の特性と魔力の特性をミックスした人工精霊を作ることもできる。……でも一番怖いのは、電磁力を用いた魔道具のオーバーロードかしら」

「オーバーロード？」

ジュンは初めて聞くのか、ティアーナの言葉を繰り返した。

「魔道具の核となる魔石って、電気に干渉されやすいのよ。摩擦とかで帯電して調子がおかしくなることもあるし」

「超古代文明が電気の文明だった頃の名残だね。魔術理論の基礎も、魔石も、そのときに生まれた。魔石は電気で干渉されることを想定した穴があるんだ。だから市販の魔道具には防電処理を施されているものだけど……」

ダイヤモンドが意味ありげに言葉を切る。その続きを、ティアーナが説明した。

「あえて穴を広げて、魔道具そのものを暴走させることができるの。小粒の魔石を使い潰して、本来の数倍のスペックを出させるとか、一気に崩壊させて爆発を引き起こすとかね。そういう研究もしてるから魔道具には相当詳しいし、私も知らない武器なんかも色々と持ってると思う。で、その特技や知識からついた二つ名が機工術師《エンジニア》。自在に魔道具を作り出したという神代の聖職よ」

「なるほどね」

ジュンがうんざりしながら頷いた。

「ハボックっていうのはどうなの？　人形を使うのが得意みたいだけど……」

「ん、それはボクから説明しよう」

ダイヤモンドが説明を始めた。

「魔道具工房サンダーボルトカンパニーの社長で、魔道具製作と人形作りの達人。意のままに操るというよりも、まるで魂を吹き込まれたかのように生き生きと動くことから人形魔術師《アニメーター》と言われているわけさ。……もっとも、あそこまでの技量とは思っていなかったけど」

「ああ、そういえば言ってたわね、舞踏傀儡《バレエ・ミスティック》だったかしら」

「本来は舞台芸術のために作ったものだったんだ。バックダンサーのかわりに人形を使えないかって売り込みがあったんだけど、舞台の上のセキュリティとかダンスの動線とか考えると上手くいかなくてねー。いやでも衣装の作り込みと動きの艶《なま》めかしさは」

「それはともかく」

「と、ともかく、人形とは思えない動きをするのはハボックならではだね。あれだけの数を揃《そろ》えて有機的な部隊を編成するとは思ってもみなかったけど」

「そうだね。人形を操って魔物を倒してたとは聞いたけど、あれは……魔物相手に磨いた技術とは考えにくいように感じる」

ジュンがむっつりとした顔で言った。

「それはどういう意味？」

ティアーナの質問に、ジュンが吐き捨てるように答えた。

「人を殺すための技術ってことさ。人から狙われにくい背丈だけど、殺傷力のある刃物を振り回すくらいの力はある。操る人間との距離に限度があるのかはわからないけど、もしあれが遠くまで行動させられるなら暗殺だってカンタンだろうね」

「しかも、ここの結界を作るのに関わったのがサンダーボルトカンパニーなんだよ。いやー失敗失敗……。このボクを裏切ったツケは、払ってもらわなきゃね……」

ちらちらと怒りの炎が、ダイヤモンドの快活な瞳の奥でちらついている。

やっぱこの人怖いわとティアーナは思いつつも、一方でただじゃ死なない人間が親玉であるのは心強かろうとも思う。

「けど、実際どうするのさ？　デッドンマンズバルーン側についた冒険者が力押しで来るならば怖くはないさ。けど、暗殺に怯えながら守るのは難しいと思うよ」

「……戦闘できない人は逃がすべきね」

ティアーナの言葉に、ダイヤモンドが頷いた。

「うん、そうだね。じゃあ、ここの守りはお願い」

「うん……え？」

ティアーナは一瞬頷いて、そして意味を理解してダイヤモンドをまじまじと見た。

「ボクはカランちゃんと吟遊詩人《アイドル》たちを連れて、ついでに他の賞金首の保護をするよ。それまでの籠城をきみたちにお願いしたい」

「……あなた、けっこう強いんじゃないの？」

「ボク個人はそんな強くないよ。サンダーボルトカンパニーが作るような結界や魔道具ありきで考えたらそれなりに戦える自信あるけど、今回ばっかりはねぇ……。警備隊長、頼むよぉ」

「まったくもう……」

だが、これはこれで良いのかもしれない。

カランを守りたいというのがティアーナにとっての本命の目的だった。ここから離れて身を隠してくれるのであれば不安はない。

そしてティアーナはこうも思っていた。

ベロッキオと決着をつける存在は私であるべきだと。

「……報酬は色をつけてもらうわよ。それと、そっちの無事が確保できたら増援でもなんでもして。大事に作ったあなたのコンサートホールが粉々に壊れても知らないわよ」

「それはもちろんさ。二週間耐えてくれたら、勝てるよ」

「……二週間？」

ティアーナが、妙に具体的な日数を聞かされて訝《いぶか》しんだ。

「仕上がってくるまではそのくらい掛かっちゃうとは思う」

「高ランク冒険者をよこす……ってわけじゃないのね？」

「スタンピードが上手く鎮圧できていればそうしたいところだけどね……。ただ、本当に手はある」

「つまり今はどうしようもないわけね」

皮肉に満ちた言葉に、ダイヤモンドは弱ったような表情を浮かべる。

「頼むよーお！　無茶《むちゃ》を言ってるのは承知してるけどぉー！」

「わかってるわよ！　文句くらい言わせなさい！　てか離れて！」

すがりついてきたダイヤモンドを、ティアーナが引きはがす。

「……ま、ここを預けられた以上は守り通すもの。相手は果てしなく面倒だけど、私、学校の成績良かったのよ」

「成績？」

ジュンが不思議そうに聞き返す。

ティアーナは、話は終わったとばかりにパイプに葉を詰め、イグナイターで火を灯《とも》した。

すでにベロッキオからもらったイグナイターは壊れ、今手にしているのは吟遊詩人《アイドル》からプレゼントされたものだ。機能としてはごく普通のものだが、艶消しされた渋みのある鋼鉄の肌はよく手に馴染む。

「あら、知らないの？　籠城は、貴族子女の嗜みなのよ」

紫煙とともに、ティアーナは余裕の笑みを返した。


貴族子女の嗜みは幾つかある。

世間一般によく知られているのは、礼儀作法や教養。あるいは音楽やダンス。つまるところ貴族の妻としての役割だ。日々の家事や手仕事はメイドたちに任せて、主人の連れてくる客をもてなし、あるいは夜会を主催して周辺貴族との交友関係を保つことが求められる。

とはいえこれらは平時の役割であり、戦時にはまた違った役割が貴族子女に求められる。

一つは治癒魔術。あるいは遠くから敵を倒す攻撃魔術。あるいは槍術《そうじゅつ》や弓術。

古来、ディネーズ聖王国の戦時においては男性や騎士が馬や竜を駆り、敵と戦うことが務めだとすれば、女性は屋敷や砦を守備し、耐え凌《しの》ぐのが務めであった。

ティアーナの通っていた貴族学校にもその名残がある。

科目名、『籠城』。正確には、『籠城総論』、『籠城各論（戦闘指揮）』、『籠城各論（資源管理）』、『籠城各論（総合マネジメント）』、『籠城実践』の五科目からなるカリキュラムだ。

「ティアーナさーん！　炊き出しできました！」

「姐御！　西側の消耗が激しいぜ！　やべーよやべーよどーすんだ！」

「治癒魔術師が起きねえ！　魔力切れだ！」

「A班から交代で食事！　冷めるからさっさと受け取る！　西側は工作班を回すからもうちょっと耐えて！　地下倉庫の建材持ってって投下してなぎ払いなさい！」

スターマインホールの舞台の上は、大道具のかわりに大きなホワイトボードが鎮座している。

そこにはスターマインホールの施設とその周辺の見取り図が大きく黒ペンで描かれ、様々な色のマグネットが配置されている。味方陣営と敵陣営の配置図だ。

今ティアーナは、スターマインホールの周辺情報のすべてを分析し、管理している。斥候の情報が届き、即座にホワイトボードに反映させ、ジョセフのような事務方や冒険者ギルドの職員と打ち合わせをして対応方針を打ち出す。

「南側の壁に人形部隊がへばりついてるらしいわ。西で攻め立ててるのは冒険者くずれどもね」

「西は囮《おとり》ではないでしょうか。人形部隊の方が恐ろしいと思うのですが」

ティアーナの言葉に、ジョセフが意見を出す。

それに冒険者たちが反論し、様々な意見が飛び交う。

議論が白熱するうちに、南側の劣勢が明らかになって議論は一時中断。ティアーナたちは人形部隊の撃退作戦に加勢することとなった。

迫り来るのはナイフを握った人形ばかりではない。十体、二十体掛かりで投石機を持ち出し、岩や建材、はたまた自分自身を投擲《とうてき》してくる人形たちだ。

「なんであんなの持ってんだよ！」

「舞台の大道具です！　古代戦争をモチーフにしたセットが、そのまま本物になってるので……あの、すごい危険です」

木製の原始的な投石機を見て、冒険者の一人が悲鳴を上げた。避難せずに残ったジュエリープロダクションの吟遊詩人《アイドル》が怪我人を運びながら、毒にも薬にもならない答えを出す。

ティアーナはこの光景に懐かしさを覚えた。ティアーナのいた学校は古く、歴史的な資料としてカタパルトやバリスタといった、現代では使われることのない兵器も存在していた。試しに一度撃ったこともある。あれはめちゃめちゃ楽しかったなーと今更ながら思う。

「最優先であれを壊して！　投石機の下のロープを切れば無力化できるわ！　さっさとやらないと無理やり結界が破られるわよ！」

ホール外で破壊活動をする命知らずの快速部隊が即座に編成されて、すぐさまティアーナの命令に従う。

こうして爆音と悲鳴がこだまする悪夢のような時間をティアーナたちは耐え凌ぎ、今日もまたスターマインホールを守りきることができた。

「みんなー！　ケガはないー？　血とか出てなくても変だなって思ったら、救護班に顔出すこと！　看護師にちょっかい掛けたらぶっ殺すわよ！」

おまえが味方を殺してどうすんだよという文句と笑い声がこだまする。

全員が心の何処《どこ》かでティアーナのどら声を聞いて安堵していた。

ここは大丈夫だ、耐えられる、と。

ティアーナの指揮に一切の間違いはなかった。軽症者は数えるのが億劫《おっくう》なほどだが、死者はゼロ。重傷者も、籠城によるものではなく元々の持病が悪化して臥《ふ》せっているケースのみである。

「あんたやるじゃないか。魔術師としての腕前はいいんだろうなとは思ってたが、荒くれ者もお嬢ちゃんたちも、あんたを親分と認めてる」

「そりゃどーも」

ギルド職員のジュンが、舞台上に作られた急造の会議室でティアーナに話しかけた。

「なんだい、ご機嫌斜めだね。心配事かい？」

「……戦況は有利に運んでるわ。人形をいくつ破壊したかわからないけど、相手だって無限に資源を持ってるわけじゃない」

「だったら」

「でも、籠城戦に勝つ上で絶対に必要なものが欠けてる」

「それは？」

「後詰め。つまりは援軍ね。籠城っていうのはそれが来るまで引き延ばせるだけ引き延ばすもの。打って出るような積極策じゃないのよ」

「そりゃそーだ。じゃあ、打って出る？」

「そうさせるために相手は挑発的な行動を取ってる」

「考えすぎじゃないのかい？」

「……今は、籠城が始まってから何日目？」

「十日目だね」

ジュンが、見りゃわかるだろと言わんばかりにホワイトボードの方向に顎をしゃくる。

乱雑に書かれたスケジュール表と、残りの備蓄の量、あと何日間持ちこたえられるかの予測などが書かれていた。

「絶対におかしい。今まで、学校や騎士団の座学演習の問題みたいな、わかりやすい状況しか遭遇してない」

「へんてこりんな人形ばっかりじゃないか」

「へんてこりんな人形だからよ。忠実に、教科書通りの城攻めを実行してくる。それに、攻城兵器なんてそれこそ歴史の教科書にしか出てこないわよ。この日のために都市側を攻めるなら、もっとましな魔道具や兵器があるはずだもの」

「それは……確かにその通りだね。キワモノをメンテして持ち出す理由がない。でもなぜ？」

「わからない」

「理由がわからない。けど対処はしなきゃいけない。じゃ、どうする？　教科書通りにやるか、それとも教科書から外れたことをするか」

ありがたい、とティアーナは感じた。

ジュンに悩みを打ち明ければ、打てば響くように言葉を返してくれる。伊達《だて》に荒くれ者の冒険者たちの尻を叩いてきたわけではないようだ。ティアーナの愚痴なのか命令なのかわからないような言葉も、適切に翻訳して部下や冒険者たちに周知してくれる。

「あなた、なんで『マンハント』で働いてるの？」

「なんだい突然」

「戦場で段取りつけたり、命令したり、なんか手馴れてるじゃない。あなたほど有能なら、ギルド本部で昇進とかできるんじゃないの？」

「そうやって立身出世するとか、ガラじゃないよ。面倒くさいし」

「ま、それもそうね」

ジュンが大仰に呆れて、それを見たティアーナがくすりと笑った。

「……ベロッキオ・ハルミは変態よ。思想も、魔術も、独創的。学校でさえちょっと持て余し気味だった。学校教師なんかよりも、もっと適した仕事があるだろうと嫌味《いやみ》半分、賞賛半分で言われてた」

「そりゃ、魔神崇拝者なんだから、さもありなんってところだね」

「そうじゃない。あの男は本物の天才の類いよ。S級冒険者みたいにイカれてる。もっとえげつない作戦を立てられるはずなのよ」

ティアーナは、籠城の科目で満点を叩き出していた。

それは自慢げに周囲に語っている。あくまで絶望することなく士気を維持するため、ティアーナはあえて強いリーダー像を演出し、ジュンもそれを理解して支えていた。

だが黙っていたこともある。

学生時代、好成績を叩き出して調子に乗ったティアーナはベロッキオに机上演習を挑み、あるいは茶虎盤という駒の取り合いの卓上遊戯を挑み、カードゲームを挑み、どれもこれもコテンパンに負けた。

時には研究さえ忘れて没頭してしまい、日が沈みそうになる頃に叱られ、宿題を山ほど渡されながら渋々と家に帰ったものだ。

良い勝負ができたという日もあったが、それはベロッキオがあえて千日手のような膠着《こうちゃく》状態に誘導しただけだったと後で判明したこともある。

「……時間稼ぎをしてる？　攻め手の向こうが遥《はる》かに有利なのに？」

千日手に持ち込まれた理由は、ただの時間潰しと気まぐれだった。

植物の種子や微生物に魔力を込めて時間経過を観察する実験の結果が出るまで待つとか、時には実験と称して一、二時間かけて焙煎《ばいせん》した豆を抽出してコーヒーを飲みたいだけだったときもあった。

だがなんであれ時間稼ぎをしているときは、何かを待っているときだ。

「……あのとき、籠城に付き合うと言ってたわね」

「罠《わな》って可能性は？」

「もちろんある」

ジュンが当然のごとく指摘し、ティアーナも当然のごとく頷いた。

「けど、まだ博打《ばくち》に出るときじゃない。向こうが何を待ってるかはわからないけれど、こっちも何の作戦もなく耐えてるわけじゃないわ。ダイヤモンドが動いてる。今は忍耐のときよ」

「了解。頼んだよ親分」

響の剣

また負けた。

最初は、少女が愚かであるがゆえに負けた。迷宮の最下層で地べたにみっともなく倒れ伏した。汗が皮膚にへばりつき、砂埃《すなぼこり》とともに乾き、まるで自分が砂の怪物にでもなったような気分で歩き、小汚い水溜《みずた》まりの水を啜《すす》り、迷宮都市に辿《たど》り着《つ》きようやく生き長らえた。

そこから多くの幸運、多くの出会いが訪れ、再び立ち上がった。

少女は、強くなったと思った。

魔物を倒す腕前だけが上がったわけではない。人が行き交う都市という名の危険な迷宮で生き残るための感性と知恵を磨いてきたと思った。それは、手を取ってくれた人の望みでもあったが、途中から少女自身の望みへと変わった。

手を取ってくれた人を救うためには、そのままの自分ではいられなかったから。

吟遊詩人《アイドル》ダイヤモンドを守るために身を挺《てい》したのは、深い考えがあるわけではなかった。ただ、ここで引いてしまってはきっと自分の積み上げたものが何の意味もなかったことになると思った。力も、知恵も、勇気も、ただ自分が優れた人間になるためではない。

きっと青年ならここで立ちはだかった。そう思うと何も怖くはなかった。

「どうして、どうしてですかダイヤモンド。なんでカランが、こんな目に……」

「ごめんよ、スイセンちゃん」

だが、その代償は重かった。

決して命を取られたわけでもなく、脚や腕を失ったわけでもない。

「スイセンさん、ダイヤモンドさん……まずは、状態を説明します」

スイセンとダイヤモンドの口論を止めるように、神官が話を始めた。

体内の魔力が変調し、それに伴って著しく体力や筋力が衰えていること。火の吐息を放ったり、あるいは炎を身に纏《まと》わせるといった火竜系の竜神族の技も一切使えない状態であること。

視力にも悪影響が出ていること。目が見えなくなったわけではないが、遠くを見たり、あるいは暗闇で物を見る力が弱くなっており、出歩く際は介助が必要であること。

「竜人族の特徴は、角や尻尾だけじゃなく目にもあるから……だと思うわ。過酷な環境でも視力を失わないように、普通の人間より目に宿る魔力が強いの」

「ごく僅かだけど体の魔力が消費される機能だから、星の呪いの影響が出やすいんだ。魔力が途絶えると常人よりも目が悪くなってしまう」

スイセンが、諦めの言葉を口にした。

「スイセンちゃん……」

「いえ……考えようによっては、これで良かったのかも。冒険者を続けていればいつかこういうことはある。命を失う前にこれだけで済んで良かったのよ。カランも……いずれ納得するわ」

「違う、違うよスイセンちゃん。血を流して、負けて、『これで済んで良かった』なんて言っていいのはカランちゃんだけだ。その気持ちがわからないうちに、代弁してはいけない」

「馬鹿言わないで！　人間はそんなに強くないわ！　あなたにはわからないでしょうけど！」

スイセンが、カランの体に掛けられた毛布を引き剝《ひは》がそうとした。

「スイセンちゃん!?　何をするんだ！」

「田舎に帰らせて頂きます。今まで長い間、お世話になりました」

「病人を担いでいくつもりかい！　子供はどうする!?」

「もちろんマルスも一緒に連れていくわ」

「もっと無茶《むちゃ》だよ！　冷静になるんだ！」

「あたしは冷静よ！　他に何かいい方法があるっていうの！」

「……うるさいゾ。寝てるんだから静かにしロ」

そしてずっと伏していた少女……カランの一言で、皆、水を打ったように静まり返った。

「起きて……たの……？」

「寝たり起きたりしてタ。起きるのだるかったけど話は聞いてタ。ふぁーあ……」

カランが大あくびをした。

眼をこすり、伸びをし、凝り固まった上半身をほぐしている。

「お腹《なか》減ったゾ」

カランの言葉に、神官が大慌てで食事を取りにいった。


「ごちそうさまでしタ」

トレイには、白パンに野菜くずとベーコンの薄味のスープ。生野菜に茄子《なす》とパプリカの煮浸しがこんもりと盛られていたが、すっかり空っぽになっていた。

「足りたかな？　街のレストランとかと比べたら物足りないかもだけど」

「大丈夫。優しい味だっタ」

カランが満足そうに微笑《ほほえ》みを浮かべる。

ダイヤモンドもスイセンもその顔に救われたように笑った。

「ところで、カラン……」

「帰らないゾ」

スイセンが言葉を発しようとした瞬間、カランはつんとそっぽを向いた。

「体のことは知ってル。ていうか、自分の体ダ。おかしくなってることくらいわかル」

「なら、話は早いね」

ダイヤモンドの目が、すぅっと冷たくなる。

「きみはもう、冒険者は続けられない。その呪いに苛《さいな》まれている限りきみの不調は決して改善されないだろう」

諦めろ、という何よりも雄弁な事実。

「ウン」

だが、それを告げられたカランは、ひどくそっけない反応だった。

「……納得してるのかい？」

「ダイヤモンド。お願いがあるんダ」

「お願い？　なんだい？」

まったく予想していなかったのか、ダイヤモンドが素直に驚いた顔をした。

「『絆《きずな》の迷宮』の最下層に行きたイ。みんなには内緒デ」

「……なんのために？」

「あそこには『絆の剣』のレプリカと、『滅の剣』があるんダ」

ほう、とダイヤモンドが驚きの表情を浮かべ、そしていたずらするような顔で告げた。

「だめでーす。却下。不許可。リジェクト。企画練り直し」

「……なんでダ」

むすっとした顔をカランが浮かべた。

「聖剣の所有者になって力を得て、また戦うつもりだろう？　それに『絆の迷宮』の支配権はキズナくんのものだ。聖剣が付与したセキュリティを突破するのは今のボクには無理だね。キズナくんを説得する必要がある。ついでに、ここにいるお姉さんもね」

「姉ちゃん、そういうことになっタ」

「なってないでしょーがこのおバカ！」

スイセンが怒鳴った。

「……本当に帰るつもりはないの？　あなた、よくやったわよ。きっとみんなが褒《ほ》め称《たた》えるわ、素晴らしい冒険をしたって。あなたが成し遂げたことは勇者みたいなものじゃないの」

怒鳴りつつも、言葉はどこまでも優しかった。

カランは、それに気付きつつも首を横に振る。

「姉ちゃん……。ありがト。でも、そうじゃないんダ」

「どうだって言うのよ」

「呪いに掛かって体が弱ってるのはわかル。でもそれ、諦める理由にならないゾ。多分みんな、ワタシのこと何とかしようとすル」

「……それはあなたの仲間の理屈であって、あなたがそう考える必要はないのよ」

スイセンが、諦め混じりに言葉を漏らした。

それではカランを説得できないことを理解した上での、泣き言だった。

「……カランちゃん。ボクは意地悪を言ってるわけじゃないんだ。『進化の剣』はあくまで本人の魔力や、人間の肉体に秘められた可能性を無理やり開花させるもの。だけど肉体から生まれる魔力の源泉が苛まれている状態で『進化の剣』を振るったところで、恐らくは限界があるだろう」

「エ」

カランが、あからさまにショックを受けていた。

「そっカ……じゃあ、別の方法を考えないとナー」

だが切り替えは早かった。

はぁーあ、という大きな溜《た》め息《いき》をついただけで、その表情に絶望の色は浮かんでいない。

「諦めないんだね」

ダイヤモンドの言葉に、カランは小さく頷《うなず》く。

「本当の本当に、どうしようもなかったら諦めル。でもまだわかんないうちはヤダ。ダイヤモンドだってそうしてきたんだロ。人間くらいの力しか振るえなくて、元の所有者の吟遊詩人《アイドル》ダイヤモンドと一緒に色んな冒険をして、今、ここにいル」

「それはボクが聖剣だからとは思わないのかい？」

「思わないイ。聖剣なんて人間と違わないゾ。長生きしてる分、面倒くさいこと考えてるだけダ。強いやつは強いし、悪いやつは悪いし、歌ばっかりやってるやつもいル。ただそんだけだと思ウ」

カランが、なんてことない、といった調子で語る。

強がりでもなんでもなく、ただ、最初から諦めることはしない。

そういう在り方こそが強さだと、カランは思い始めている。

それを教えたのはダイヤモンドであり、吟遊詩人《アイドル》たちであった。

「……それでも、可能性は低い。仮に何か別の手段で戦う力を手に入れたとしても、相手に勝てるかはわからない。強さとは残酷なものだよ。どんなに努力しても到達できない地平はあるんだ」

だが、ダイヤモンドは冷厳な事実を告げる。

「……ウン」

「だからきみはきみのできることをするんだ」

「できること？」

カランがダイヤモンドの言葉の意味を摑《つか》みかねてきょとんとした。

「スイセンちゃん。カランちゃんを戦闘の場には出さない。ボクが保証するよ。けれど、この子の願いを叶《かな》えないとも言わない」

「それはどういう……？」

スイセンが口を挟みかけた。だが、ダイヤモンドの目を見て言葉を止める。

「……もしかして、そういうこと？　カランに決めたの？」

「いいかな？」

お願い、とおねだりするような口調でダイヤモンドが尋ねた。

「流石《さすが》にそれは……吟遊詩人《アイドル》から選ぶって話じゃ……。あ、いや、でも……確かにそれが一番安全で確実かも……」

「カランちゃんをこのまま放っておいたら脱走しかねないじゃん？」

「それはそうよね」

「そ、そんなことしないゾ！　ていうか何の話ダ!?」

カランが、何かよからぬ気配を察して狼狽《ろうばい》した。

そしてダイヤモンドが、そのよからぬ気配以上の爆弾を落とした。

「カランちゃん、ボクと契約しないか？」

その言葉に、カランは口をあんぐりと開けて驚いた。

流石にそこまではカランも想像できていなかった。

「け、契約？」

「ニックくんがキズナの所有者になったように、きみが、ボクの、所有者にならないかと提案しているのさ」

「……人間は所有できないんじゃなかったのカ？」

カランが、以前のダイヤモンドの説明を思い出す。

「うん。所有者に準ずる権限委譲まではできても、聖剣としての正式な一対一の契約は、誰とも交わせなかった。ついでに言えば、最初の設計から変質し切っちゃってるから、仮に一対一の契約をしても何の機能も発揮できない」

「ウン」

「だから、ボクを改めて鍛造し直したんだ。変質した形に合わせて、『剣』の形状や機能を改めてリメイクした」

「……ウン？」

意図を摑みかねて、カランが首をひねった。

「おいで。おもしろいものを見せてあげよう」


カランは車いすに乗せられてスイセンに押されながら、ある場所へ向かった。

スターマインホールの地下だ。以前、ニックたちを招いた場所であり、聖宝石……ダイヤモンドの本体が格納されていた場所でもある。

今ここに聖宝石はない。鎮座しているのは、一振りの何かだ。

グリップがあり、柄頭《つかがしら》がある。そしてグリップと刀身を固定する目釘《めくぎ》がある。

だが、そのグリップのサイズの割に刀身はあまりにも細い。

刀身の周囲には、金属でできた板がぐるぐると螺旋《らせん》を描きながら巻き付いている。

剣と呼ぶべきだが、本当にそうなのか誰もが疑う異様な姿をしている。

面食らったカランとスイセンだったが、その「何か」の正体にすぐに気付いた。

柄の部分やグリップ部は、あまりにも見覚えのあるものだった。

「これどーゆーことダ！　大事な剣なんだゾ！」

これはカランの愛剣、竜骨剣だ。いや、竜骨剣だったもの、という方が適切な状態だ。

流石にカランも怒った。立ち上がりかけて立ちくらみを起こし、慌ててスイセンに支えられる。

「ちょ、ちょっとカラン！　まだ体力が回復しきってないのよ！」

「で、でモ……」

「わかる、わかるわよダイヤモンド。あなたが剣を直してくれたのは。でも流石に……ちゃんとした説明がなきゃ困るわよ。私だってある程度話は聞いてるけど、これを使うなんて聞いてないわ」

二人の糾弾するような目に、流石にダイヤモンドも焦った。

「だ、だって、粉々に壊れてたんだよ。刀身の中心にぽっかり大きな穴が開いて、修復できるレベルじゃなかったんだ。これでも十分に形を取り戻せた方なんだよ」

その言葉でカランは、カリオスから受けた一撃を思い出していた。

ダイヤモンドの言葉通り、剣は粉々に砕かれた。

もうすでに失われているものだったことを思い出し、悔しそうに俯《うつむ》く。

「それにしたって、直すなら直すで一言くらいあってもいいじゃない。ていうかこれ、剣……なの？」

スイセンが自信なさげに尋ねるが、ダイヤモンドは力強く頷いた。

「うん。ただの剣じゃない。聖剣だよ。正確には、これから聖剣にする」

そう言って、ダイヤモンドは竜骨剣だったものを指差す。

それでようやくカランは、ダイヤモンドが思い描いていることに気付いた。

「これを聖剣にするって……つまり、オマエの体にすル？」

「うん」

「で、それをワタシが所有するル？」

「うん」

「……これで、戦えるようになル？」

「ならない」

ダイヤモンドが、静かに首を横に振る。

「失われた体力を補ったり、身を守るための武装にはなるだろう。完全には無理だろうけど、呪いを軽減させる機能も付ける。けれど迷宮に潜って魔物と戦うような使用は想定していない」

「じゃあ、何ができるんダ」

「音を響かせ、あるいは音に耳を傾け、戦わずして目的を達成する力さ。今のきみができる唯一の戦い方だ」

「ワタシに使えるものなのカ？」

「使うに易《やす》く、極めるに難しい」

「ニックたちを助けられルル？」

「それもきみ次第さ」

カランは、少しばかり目を瞑《つぶ》った。

決断するまでに、そう時間はかからなかった。

「わかっタ。頼ム。ワタシの剣になってくレ」

「ああ。きみに応えよう。魂を賭して」

ダイヤモンドが、その決意に強く頷いた。

「まったく、二人とも即決しないでもうちょっと迷いなさいよ」

スイセンが力なく笑った。そうなることを受け入れた、諦めの微笑みだ。

「ゴメン、姉ちゃん」

「安心して。守ってみせるよ」

ダイヤモンドが、竜骨剣だったものに手を触れる。

するとダイヤモンドが様々な色に変化する不思議な輝きを放ち始め、一つの宝玉となった。

剣の鍔《つば》の部分にすうっとはめ込まれる。

過去、竜骨剣であり、今や剣の残骸となったものが蘇《よみがえ》る。

それは中空へと浮かび、朗々たる声を放った。

『冒険者よ。恋を知り、嘘《うそ》と陰謀を乗り越え、よくぞ星降る舞台へと辿り着いた。愛の詩《うた》を吟ずる者と認めよう。きみの愛は無限の闇を照らすと知るがよい。人獣天魔の目を奪う輝きを授けようぞ』

カランが、車いすから立ち上がる。

スイセンに支えられることなく両足で床を踏みしめる。

そして、聖なる剣を手にした。


剣を手にしたカランは、さっそく使用感を確かめる……前に、やるべきことがあった。

留置場から保釈されたニックとの面会であった。

このとき、カランは高揚していた。久しぶりにニックの顔を見ることができる。自分の病状を棚に上げて、胸が高鳴った。元気づけてあげようと思った。

だがそこで待っていたのはニックの突き刺すような言葉であった。

留置場から外に出され、やつれているであろうニックを慰め、励まそうと思って優しい言葉をかけた。自分の状況がニックたちをより追い詰め、そしてより苛烈な戦いに飛び込む動機になっていることを、聖剣を手にした高揚によって忘れていた。

引退を考えろと言われた。そして、ガロッソとニックを会わせなかったことを糾弾された。

いや、糾弾でさえない。ニックはカランを責めはしなかった。責めることができないほどにニックを傷つけてしまったことを、嫌と言うほど思い知らされた。

カランは、高慢だった。それを否応《いやおう》なく自覚した。

「はいはい、ちょっと喧嘩《けんか》したくらいで拗《す》ねない拗ねない」

ベッドの上で頭から尻尾まで布団を被《かぶ》って亀の子状態のカランに、ダイヤモンドは肩をすくめながら声を掛けた。

「……拗ねてなイ」

「あんな風に言われっぱなしのままでいいのかい」

「別に、口喧嘩したとかじゃなイ。ニックは、謝ってタ」

「ごめんなさいという言葉ほど強くて武器になる言葉はないさ。そんなことも知らないなんてまだまだお子ちゃまだねー、はぁーまったく」

「何だト！」

がばりと布団を跳ね上げて、ダイヤモンドを睨《にら》みつける。

だがダイヤモンドはその程度のことで怯《おび》えるような性格ではなかった。

「言われっぱなしで悔しいなら行動で示すんだ。彼の命を救うためにやったことが彼を苦しめているなら、今度は彼の心を救ってみせろ」

なんて無茶苦茶なことを言うのだこの女はとカランは思い、絶句した。

「どうすればいい？　なんて聞くものじゃないよ。好きな人の心なんて、そういうぶつかり合いの果てに得られるものさ」

「……だって、私がニックを信じられなかったの、本当だからラ。ニックに聞かないで全部済ませようとしタ。だからきっと、ワタシが信じてもらえなくなる番ダ」

「それがどうした。きみらは他人を信じられない人間同士で組んでいるパーティーだろう。疑心暗鬼に陥っても冒険者として生きていけるようにルールを決めた。きみがニックくんに疑われているのであれば、自分が正しかったと証明し続けるんだ。それがきみたちのやり方じゃないのかい？」

あ、という声がカランの口から漏れた。

それこそ【サバイバーズ】の原点だ。自分の担当する仕事に責任を持ち、相手を疑ってもよいというルールでやってきた。そのルールは、本来、今このときのためにあるのではないか。

「ニックくんが勝てないかもしれないと疑ったことが間違っているとはボクは思わない。事実、彼の心理は追い詰められている。ガロッソと戦い死ぬことも、戦って勝った後、今以上に精神がボロボロになっていることもありえた。きみはそれに納得していた。もちろん、その判断が間違っていたかもしれない。今振り返ってみたら違う答えが出るというなら、それでも構わない。どうだい？」

「……正しかったわけじゃなイ。やり方は間違ってたと思ウ。でも、それでもワタシは、ニックには傷付いてほしくなかっタ。そこは別に、悪かったとは思わなイ。知らないことやどうしようもないことが多くて、何を選んでも傷付いちゃうけれド」

「ニックくんは、追い詰められている。過去の仲間に裏切られ、そしてもっとも頼りになる仲間は冒険者としての再起が難しい。それゆえに正しい認識、正しい判断ができない可能性がある」

ダイヤモンドの淡々とした言葉に、カランは悩んだ。

まるで医者の診察のような客観的な態度は、普段のダイヤモンドのものとは違う。意味がある。

「……ニックって、ちょっと謎じゃないカ？」

「どこが？」

「【武芸百般】に拾われたって話、やっぱり変ダ。なんで拾われて、なんで追放されたんダ？　理由があると思ウ」

「ボクもそこは疑問に思う。とはいえ本人は知らない……というより、本人だからこそ知らされていないと言う方が適切かな」

「ニックのことを知りたイ。ニックが知ってるニックのことだけじゃなイ。ニックが知らなかったこと……【武芸百般】のことも含めて、今回の件に関わりあること全部知りたイ」

「一つ、クイズを出そう」

ダイヤモンドの唐突な言葉に、カランは訝《いぶか》しげな顔をした。

「クイズ？」

「ニックくん、そして【武芸百般】が冒険者パーティーとして何を成し遂げ、どんな生活をしてきたか。客観的に知るためにはどうすればいい？　ああ、直接聞くのはもちろんダメ」

ダイヤモンドの言葉に、カランは真剣に考えた。

ニックのことは、カランはなんでも知っている……などとは言えない。

朝起きたとき、左手で襟足をいじる癖があること。顔を洗って歯を磨いた後は、首、肩、肘、手首、腰、膝、足首と、上から下に降りるようにストレッチをすること。晴れてる日はジョギングを、雨の日は部屋の中で不可思議なポーズの筋力トレーニングをしていること。朝は黒パンをスープに浸してかじるのが好きだが、ときどき米を自分で煮炊きして粥《かゆ》を作ることもある。迷宮チキンに入れる唐辛子は必ず割って種を捨てて、莢《さや》の部分を人数分の二倍の数だけ入れる。

羽根ペンとナイフを大事にしているが、防具は消耗品と割り切っている。

その他、好きな食べ物でも戦うときのスタイルでも、ニックのことを説明する言葉はいくらでも湧いていくる。だが、それはすべて、カランの目で見てきたことだった。

知らないことは多い。

ガロッソに抱いていたニックの複雑な感情は、話してもらわなければわからなかった。

恐らくは、聞いたところでわからないこともたくさんある。

ニックのことを何も知らない人がニックを知るにはどうすればいいか。

その疑問を突き詰めた結果、カランの脳裏に浮かんだのは、羽根ペンを走らせて書き物をしているニックの姿であった。

「……一番手っ取り早いのはギルドの記録を見るこト。でも、そこで見られるのは冒険だけで、どんな生活してたかはわかんなイ」

「なら、次になにを見る？」

「帳簿を見ル」

「なぜ？」

「帳簿は、冒険者の履歴書ダ。大きな冒険をすれば大きな報酬が入って、売上帳に書かれル。大きな失敗をしたら病院の費用とか神殿への喜捨がたくさん出ル。冒険者パーティーとしての買い物もちゃんと書かれル」

「でも、それは人が書いたものだ。嘘をつくかもしれないよ？　誤魔化《ごまか》すための嘘かもしれないし、あるいは領収証をもらい忘れたり、領収証の数字を大きく書いてもらって、差額をちょろまかしてポケットに入れたり」

「ちっちゃい嘘が重なると、辻褄《つじつま》合わせも大変になル。金庫に残ったお金と、帳簿のお金が合わなくなル。足りない分を入れたら誰かが貧乏になるし、多い分を懐に入れたら誰かが金持ちになル」

「そう。それはすべての物事に言える。小さな嘘の積み重ねは大きな破綻がある。逆に破綻から小さな嘘を解き明かして、何を隠したかったのかを見つけ出す」

その言葉にダイヤモンドは一瞬喜び、だがすぐに不審な点に気づいて表情を曇らせた。

「おや、こういうのは嫌いかな？」

「苦手だと思ウ。てゆーか、それがワタシにできるなら、ヘクターがもうカリオスを見つけてるゾ。ヘクターがやってるようなことをやれって話だロ？」

「評価してくれるのは嬉《うれ》しいが、俺だってできることとできねえことがある」

そのとき、丁度病室に入ってきた男が唐突に答えた。

「おそーい」

「悪い悪い。新人教育なんぞ久しぶりで、どうすりゃいいか迷っててな」

ダイヤモンドの文句に、ヘクターは悪びれた様子もなく口だけの謝罪をする。

「新人教育……？」

「ああ。これからカランちゃんには色々と覚えてもらう。民法や冒険者法あたりの簡単な法律知識。尾行と聞き込みの仕方。資料の洗い出し方。ついでに簿記と、図書館系スキルも齧《かじ》ってもらおうか」

ますます困惑するカランに、ヘクターが意地の悪い笑みを浮かべた。

「つまりこれから、探偵修業をしてもらうのさ」


カランの生活が慌ただしくなった。

朝食を取った後、午前中はみっちりお勉強だ。ヘクターは「簡単な法律知識」と言ったが、要求されるレベルは相当高かった。迷宮都市の役人になる登用試験のための予備校講師が来て、どさどさと分厚い教科書をカランの目の前に置いて授業を始めた。かと思えば、ジュエリープロダクションと契約している会計士が簿記を教えに来る。あるいは何故《なぜ》か史学や文芸の講師が来ることもある。カランの教養の偏りをヘクターが見抜いたためだ。

午後はヘクターが来て、聞き込みや尾行のコツなどを教えてくれた。だがこれは午前中のカリキュラムに比べたら格段に楽ではあった。警戒されない話し方であるとか、他人の視線が届かない場所を確保して後を付けることなどは、カランの得意分野であったからだ。

よって午後も座学が主になった。ヘクターの今までの仕事で残した調査記録を読み解き、どういう人間を、どういう風に調査したかを調べ上げた。夫の浮気調査。婚約者の素行調査。ペット探し。音信不通の息子の捜索。ヤクザから足を洗いたい男の支援や、禁制品を製造する工場を潰すために太陽騎士団に雇われて活動したこともあった。複雑怪奇な人の苦悩を仕事とするヘクターの記録は、カランに大きな刺激を与え、視野を広げさせた。

また、物理的な意味での視覚にも支援が施された。具体的には、カランの今の目の状態に合わせて眼鏡《めがね》が作られた。呪いを受ける前ほどの視力は取り戻せていないが、「歩くのもおぼつかない」という状態から「深夜でなければなんとか出歩ける」という状態までにはなった。もっとも、外を歩くことができないために、もっぱら読書のための眼鏡ではあったが。

「さて、お疲れのところ悪いがもう一踏ん張りだ」

そして今日も病室に来たヘクターが、ばさりと資料をカランの前に広げた。

「これは、とある冒険者パーティーの会計書類だ。今回の魔神崇拝者の事件に関わってる人間が多くてな。どういう冒険をしていたのかを推測したい」

「……文字に見覚えがあるゾ」

「そりゃそうだ。ニックが書いたやつだからな」

カランが驚いて帳簿の表紙を見る。

そこには、確かにニックの筆跡でパーティー名が記載されていた。

冒険者パーティー、【武芸百般】と。

「こんなの、どうやって手に入れたんダ？」

「ニックが【武芸百般】にいたとき、宿だとうるさくて事務仕事が捗《はかど》らねえっていうからウチの事務所の一角を貸してやってたんだよ。で、帳簿なんかも宿に置いとくとなくすからって、箱ごとウチの倉庫に持ってきて置きっぱなしになってた。帳簿の保管期限は切れてるはずだが捨てるのも燃やすのも面倒くさくてな」

「そ、そっカ」

「ニックの力になりたいなら、これを読め」

カランが神妙な表情を浮かべてヘクターの顔を見た。

「これはただの忘れ物でもなけりゃ思い出ノートでもない。アルガス……っつーか、魔神崇拝者の大事な情報源だ」

「……魔神崇拝者の情報源？」

カランは、ヘクターの質問に首をひねった。

カランは、ニックの謎を知りたいとは思っていたが、それが直接、魔神崇拝者の手がかりになるとまでは思っていなかった。

「そんなはずねえって顔だな」

「だって、中身はニックが書いてるんだロ。ニックが知ってることは書かれてるけど、ニックが知らないことは書かれてなイ」

「日々の雑務に追われる中でひたすら書《か》き綴《つづ》って、ぶん投げるように申告した決算書なんてニックもいちいち覚えちゃいねえさ。申告の時期は本当にニックは焦りまくってたしな」

ヘクターは、へらっと笑って肩をすくめた。

「そうかナ……？」

「これを最終的に確認して決裁したのはニックじゃねえ。リーダーのアルガスだ。ニックがどういう名目や科目で記帳するか迷ってアルガスに相談したら、ニックはその指示に従うんだよ。それがちょっとくらい不可解でも、決算書として通るなら何の問題もねえ」

カランはそう言われて、帳簿や決算書を改めて眺めた。

ぱらぱらとめくれば、今のニックよりも荒々しい字で様々な数字が羅列されている。一度消して赤字で書き直したものも多い。

ニックは時折、自分の書いた帳簿を「きれいに書けた」、「隙がない。これこそ正しい帳簿ってやつだ」としみじみ誇らしげに眺めていた。

カランはてっきり、ただ自画自賛しているだけだと思っていたが、今こうして見ればわかる。【武芸百般】のメンバーに後から領収証を出されたり、後から「実は報酬をもらっていた」と報告を受けたり、一度書いたものを何度も訂正したり、その都度その都度で帳簿の整合性が取れているかを確認していたりと、取りまとめる側がひどく苦労していたのだ。

少なくとも【サバイバーズ】のメンバーは、そういうことはない。金庫の金はカランが、鍵はゼムがきっちり守っているし、ティアーナが帳簿と現金の整合性を常に監視している。キズナは一目で金貨や銀貨の枚数と重量をチェックできるので、お釣りのごまかし、金庫の金の出し入れでの間違いも防げる。

ニックは苦労から解放されていた。カランはそこに不思議な面白みを感じた。

「……でも、なんでワタシに渡すんダ？」

「俺は『レムリア』のバックナンバーを調べあげなきゃいけねえ。何かしらヒントがあるらしいし、こっちを分析する時間がない。……あ、言っておくが、太陽騎士団にはまだ秘密だからバラすなよ。この帳簿は今、俺たちだけが握ってる情報だ。近いうちに連絡しないと後で証拠隠滅や隠匿で罪に問われる」

「……すぐに提出した方がいいやつじゃないのカ？」

カランが微妙な顔を浮かべるが、ヘクターはどこ吹く風といった様子だ。

「太陽騎士団は今てんやわんやだ。俺たちで調べられるところを調べといてやるのが事件解決への近道だ。難しいなら投げてもいいし、嫌ならいいんだぜ。太陽騎士団に投げちまおう」

「……ヤダ」

その挑発的な物言いに、カランは率直に不満を示した。

「これは、ニックの冒険の記録ダ。ワタシが読ム」

「そうだな。そうしてやれ。俺もあのアリスとかいう騎士に渡すよりは、嬢ちゃんに渡したい」

「太陽騎士、苦手なのカ？」

「俺が苦手というより、向こうの方がこっちのことを苦手なんだよ。騎士より先に現場に着いたり、騎士より先に証拠物件を確保するのは、向こうとしちゃ腹が立つんだろうさ」

「そんなの出遅れる方が悪いゾ」

まったくだと、ヘクターが意地の悪い笑みを浮かべた。

「ただし、時間がねえ。手分けして分析してみるが、スピード勝負だ」

カランが、ヘクターの言葉に強く頷く。


そして十日が経《た》った。

カランは、乾いたスポンジのように知識を吸収しながら【武芸百般】の帳簿を読み解いた。また、ヘクターとダイヤモンドがどこからともなく仕入れてきた資料も同時に読みこなした。

それはそれは面倒な帳簿であった。

いちいち訂正が多いだけではない。謎の支出も多ければ、謎の収入も多い。

武具の手入れにしてはやたらと金額が大きかったり、あるいはギルドを通さない直での護衛依頼らしき報酬があったりする。おそらくは決算期に現金と帳簿が合わず、仕方なしにひねり出した項目らしきものもある。ニックが名目に苦慮して備考欄に走り書きをしている姿が目に浮かぶようだった。

一方で、売上帳に記載された冒険者ギルドからの報酬……つまり、ニックたちがどんな迷宮を攻略し、冒険を重ねていったかの記録は、とても華々しいものであった。

壺中蛇仙洞《こちゅうじゃせんどう》のようなC級難易度を当然のごとく攻略し、時折、B級迷宮にも進出して無事に帰還している。その字は他の記帳とは違って実に伸びやかで、ニックが誇らしげに書いたのだろうと察せられた。

カランは決算書と帳簿、請求書や領収書の束、そして迷宮攻略の支払明細といった書類の群れから、【武芸百般】の冒険譚《ぼうけんたん》に思いを馳《は》せた。

そこにはガロッソの冒険があった。

カタナを手入れできる人間が貴重なためか、時折とんでもない金額のメンテナンス料が発生している。また報酬の前払いも頻発していて、ニックを困らせている姿がすぐに思い浮かんだ。

そこにはディーンという冒険者の記録があった。

狩人《かりゅうど》らしいが、矢は自分で作っているようで武器商人ではなく道具商人から素材を仕入れていた。

【武芸百般】にしては真面目な性格なのだろう。あるいはこだわりにこだわり抜いた偏屈者と言えるかもしれない。

そこにはベリクという冒険者の記録があった。

全身鎧《よろい》と大型の盾で全員を守るというスタイルの重戦士のようだ。盾の買い替えが多く、鎧のメンテナンスも頻繁に発生している。

それは魔物の攻撃を受け続けたことの裏返しでもある。その証《あかし》として、神官や医者に支払う金額、あるいは薬草や消耗品としての医薬品についての出費が少ない。ところどころ怪我《けが》をして神官に依頼しているのは恐らく、軽戦士として斥候に出ているニックくらいなものだ。他のメンバーはベリクが守っているか、純粋に手練《てだ》れなのだ。

だが二人共真面目に見えて、時折、ガロッソ以上の報酬の前借りがあった。発生タイミングが年末と真夏の二度で、カランはすぐに気付いた。一年の中でもっとも競竜が盛り上がる、竜王杯の日と、競竜の真夏の祭典、夏眠祭記念レースの時期と重なっている。十年分近くある帳簿の中で、一回だけ当てたのだろう。それまで前借りとして返されずに残っていた残高が一気にゼロになった年があった。

そこにはアルガスという冒険者の記録があった。

【武芸百般】のリーダーであると同時に稼ぎ頭だ。迷宮ボスの素材買い取り明細のほとんどの備考欄に、「大剣による両断。傷みなし。優良品質」というコメントがある。一刀のもとに多くの魔物を斬り伏せてきた証拠だ。C級迷宮の、人の背丈の数倍はあるはずの魔物でさえ、魔術を頼らず打破している。端的な文章から、恐ろしいほどの腕前が伝わってくる。

一方で、この男が原因と思われるひどい出費が帳簿に散見された。

それは接待交際費だ。迷宮の討伐部位の報酬から直接、多額の飲食代や酒代が差し引かれている。大きな冒険を繰り広げて報酬が入った瞬間、そこにいた冒険者に奢《おご》っているのだ。もはや金に無頓着と言って差し支えないほどの気前のよさだ。

飲食代以外の買物が宿代などでも恐らくはアルガスが振る舞ったと思《おぼ》しき接待交際費や、支払いの上乗せが計上されている。宵越しの銭は持たないにも程があった。魔術を使わず、また神官に頼るほどの大きな怪我もない有数の実力者でありながら、利益がほとんど出ていなかった原因がここだ。

そして、ニックという冒険者の記録があった。

身長が大きくなり、鎧のサイズ調整の費用が事細かに発生している。ナイフの購入回数も多い。青少年割引を利かせた神官の治療費も発生している。【武芸百般】の冒険で、実のところもっとも金が掛かっていたのはニックだ。

それも二、三年のことで、鎧の損耗も武器の損耗も格段に減っている。ニックが冒険者となったのはまだ十歳かそこらだったはずだ。そこから少しずつ体が出来上がり、技も成熟し、今のニックへと繋《つな》がっていく。

しかしもっともニックを表す雄弁なものは、今眺めている書類の束だ。帳簿は、仲間の無茶な金の使い方をコントロールし、現金が枯渇しないように支払い時期を調整し、そして徴税官に叱られないように書き方を逐一検討し、数字が合っているか何度も検算し、それでもなお徴税官に怒られて差し戻され、ようやく申告が終わった頃には次の冒険が始まっている。

凄《すご》いと、カランは思った。

今に至るまで、カランは書き物をするニックをつまらなそうに眺めていた。そんなに数字とにらめっこしても何も変わらないだろうと。

カランはいつも、「お前も勉強しろ」というニックに、「でも人には得手不得手があるじゃないカ」と思って、しかし取り組まねばならないと思って黙々と机に向かった。

ニックはそれを、一人でこなしてきた。いつか冒険者を続けていれば、ニックのような立場になるかもしれないから。冒険者として生きていくためには必要な力だから。

カランは、ニックと一緒にいたときは何もわからず、離れてからようやくわかったと思った。

「何かわかったか」

「……受け取ってる報酬がおかしイ。あと短期の借入金も」

ニックの優しさを感じると同時に、カランは深い絶望を覚えた。

この推測を、ニックに告げられるだろうかと思い、暗澹《あんたん》たる気持ちとなった。

「どんな風におかしい？」

「説明しにくイ。今、資金繰り表を再現してみれば多分わかル。手伝エ」

「ええ、めんどくせーなー」

「速い計算とか苦手だもン」

「苦手だもんで投げんなよ、しゃーねーなぁ」

ヘクターが頭をかきながら魔術算盤《そろばん》を取り出す。カランが計算してほしい数字を説明すると、ぱちりぱちりと音を立ててヘクターは魔術算盤を操る。

カランはその動きを面白そうに眺めつつ、ぽつりと質問を投げかけた。

「……ヘクターはなんでニックを助けるんダ？」

「不思議か？」

ヘクターの問いかけに、カランが素直に頷いた。

「聞きにくいことを聞いても屈託がない。それがあんたの強さだな」

「……それ、強いカ？」

「別に揶揄《やゆ》とか皮肉じゃねえよ。それがなくて苦労してる人間ってのは案外多いもんだ」

「なんか誤魔化そうとしてないカ？」

むすっとした顔のカランに、ヘクターがくっくと笑う。

「……帳簿を見てどう思った？」

「どうっテ……」

「俺は、ニックが健気《けなげ》なやつだなと思った」

わかる、とカランは言いかけた。

だが即座に同意するのも悔しく、ヘクターの言葉の続きに耳を傾ける。

「初めてあいつと会ったのは三年くらい前だ。軽く説明したっけか？」

「カツアゲされてたところを助けられたって言ってタ」

「ああ、そうそう。そんときからニックはあんな感じだった。荒っぽいところはあるが細かいところにはうるさい。普通、ニックくらいの年頃の冒険者ならもっと雑で無鉄砲なもんなんだよ。逆に、無鉄砲じゃねえやつは冒険者なんてやらねえし」

「ニックはけっこう無鉄砲だゾ」

「そういう意味じゃねえ。実力を鼻にかけて誰彼構わず喧嘩を売るそこらの冒険者とは違うって話さ。ニックは……冒険者らしく荒事に慣れてるくせに、どこか思慮深さがあった」

「……ウン」

「俺は逆に、文官だったのにこういう泥臭い仕事が嫌いじゃなくてな。はぐれ者同士、なんか気が合ったのさ。歳《とし》は離れちゃいるが、友達と思ってるよ」

「じゃあ、【武芸百般】の方はどう思っタ？」

「アルガスは……まあ、なんか怖かったな。あんまり関わりたくはなかった。ヤクザの大物と言われても納得したし、実際はもっと怖い組織にいたわけだ。洒落《しゃれ》にならんわな」

「【武芸百般】がトラブルになったときも手助けしてたって言ってたよナ。そのとき、何か気付かなかったのカ？」

「そうは言っても本当に普通の冒険者だったしな、あいつら……。一般市民として見たときは問題行動が色々とあったが、魔神崇拝者としてのボロは出さなかった。何より、ずっと一緒にいたニックに隠し通してきたんだ。状況が進展した今だからこそわかるものが……」

ヘクターがそう言いかけて、魔術算盤の手を止めた。

そしてカランを、どこか戦慄したような目で見つめる。

「なあ、カランちゃん。もしかして……俺のこと、疑ってんのか？」

「ウン」

「ウンって、おい」

「オマエのこと、ワタシは嫌いじゃなイ。色んなことを教えてくれル。でも素直に全部信用できるかは別ダ。オマエこそワタシが怪しいとは思わないのカ？　オマエにとってはワタシたちは、ポッと出でニックの仲間になった変なやつらダ。そうじゃないカ？」

ヘクターの尻尾が、びくりと震えた。

もちろん人間種であるヘクターに尻尾などあるはずがない。だがそんな姿をカランは幻視した。

「てゆーか聖剣なんてものを手に入れたことに、あんまり驚いてないよナ」

「それはダイヤモンドのインパクトが凄すぎてキズナくんがちょっと霞《かす》んだんだ」

「それは……ウン。わかル」

カランの言葉に、ヘクターがほっと安堵《あんど》の息を吐く。

だが当然ながら、それでカランの問いかけが止まったわけではなかった。

「それでも、ダ。ニックのことを助けるのは不思議じゃなイ。でもワタシたちを助けるのは変ダ。ワタシもティアーナもゼムも、オマエが得意な身辺調査から見たらひどい連中ばっかりダ。なんでワタシたちを疑わなイ？」

「はいはーい。そこまでそこまで」

ヘクターが窮地に追い詰められているタイミングで、ダイヤモンドの声が割って入った。

「今、大事な話をしてル」

カランがダイヤモンドの方を見もせずに答えた。

「ボクもすごく興味がある。だからもっと率直に聞いてみようか。あなたは誰？　ってね」

「率直？」

邪魔されたのかとカランは思っていたが、そうではなかったようだ。

落とし所を探るどころか、もっと踏み込むつもりだと気付いてカランは話を譲った。

「た、探偵だ」

そしてヘクターは、更に弱り切っていた。

「じゃあ、誰のために動いている？　ああ、ボクの依頼やニックくんの依頼をこなしていることはわかっている。一番の大口のクライアントは誰なのかな？」

「答えなかったらどうなる？」

「別に痛いことはしないし、紳士的な取り扱いは心がけよう。けれど、そうじゃない人に引き渡すこともできる。言っておいた方が身のためだよ？」

ヘクターは悩み、タバコを取り出して吸おうとしてその手を止めた。

「おっと、悪い。病人の前でやるもんじゃないな」

「覚悟は決まった？」

「……話す前に、二つ弁明させてくれ。まず俺は魔神崇拝者ではない。その前提で聞いてほしい」

その言葉に、カランもダイヤモンドも頷いた。

少なくともカリオスやアルガスの関係者ではないだろうと、二人とも感じていた。

「うん。もう一つは？」

「これを聞いた以上、何らかのペナルティが発生する可能性はある。ただ、状況が状況だから不問に付されるとは思うが、ダメだったら一蓮托生《いちれんたくしょう》だ。いいな？」

「……どういうことダ？」

カランが、ヘクターの言葉の意図を摑めずダイヤモンドを見た。

だがダイヤモンドの方は、意図を正確に理解したらしい。というよりもすでにどこか察しているかのような雰囲気だった。

「いーよいーよ。そんときゃそんときでボクがなんとかするから。カランちゃんも心配しないで」

その言葉に、ヘクターもカランも頷いた。

そしてヘクターが、ぽつりぽつりと話を始めた。

「俺は、魔神崇拝者側じゃない方の使徒《エージェント》だ」

使徒《エージェント》、という言葉はカランも以前聞いたことがあった。

【サバイバーズ】が白仮面と交戦中に、オリヴィアがぽろっと漏らした言葉だ。

「……エ？　魔神崇拝者と使徒《エージェント》って、違うのカ？」

「そもそも魔神崇拝者と言っても色々ある。ごくシンプルに祈りを捧《ささ》げるだけのやつもいれば、幹部クラスのやつもいる。また、別に魔神を信奉してるわけじゃないが取引関係として成立してるってのも、広義の魔神崇拝者だ。で……その中に使徒《エージェント》って種別があるわけだ」

「白仮面や、恐らくはアルガスたちも、だね」

「ああ。そして実のところ、そういう組織体制ってのは魔神以外の他の神も似たようなもんだ」

「他の神……？」

「普通の神殿には祈りを捧げる信者がいて、神官のような専門職がいる。それ以外に使徒《エージェント》が存在している」

「じゃあ、メドラー神殿とかに使徒《エージェント》がいるのカ？　そんなの、全然聞いたことがないゾ……？」

これは、カランの知識が不足しているわけではなかった。

この世界には、天啓神メドラー、豊穣神《ほうじょう》ベーア、均衡神ヴィルジニ、邂逅神《かいこう》ローウェルの四柱の神が存在し、それぞれの神を奉る神殿が存在している。そして神殿には、各派のトップたる大倫士の下、各地域を束ね重要な儀式を行う倫士やその補佐、その下に各神殿の長たる神官長。神殿内部で働く上級中級下級までの神官といった組織体系となっている。

その他、特定の神殿に勤めずに辺境を旅する巡礼神官や、冒険者となって魔物を倒し平和をもたらすことを使命とする冒険者神官などが存在しているが、使徒《エージェント》という位階や職は、神殿の中には存在していない。公的には。

「使徒《エージェント》の存在は、神殿でも知る者は少ない。つーかまったくの別組織だ。使徒《エージェント》は神殿に属しちゃいないからな。魔神崇拝者みたいに小さな寄り合い所帯では使徒《エージェント》も信徒も力を合わせなきゃならんが、ああいうのはイレギュラーケースだ」

「……魔神と他の神様って、一緒に並べていいのカ？」

カランは、ヘクターの不謹慎な態度を責めるかのような言葉を投げかけた。

だがヘクターは、むしろ「意外」という表情をありありと浮かべる。

「そこから説明した方がよかったか。もちろん問題ないぜ。ただし、神殿の人間がいるところで話しちゃいけねえけどな。基本的に魔神も神も同じ超古代人に開発されたもんだし、改めて説明するときに区別して語る意味がねえんだよ」

神々が超古代に生まれた存在であることはカランも知っている。というより、知らない人の方が珍しいようなレベルの昔話だ。

だが「開発された」という表現に、カランは不穏なものを感じていた。

「聞いちゃまずいやつな気がしてきたんだけド」

「だいじょーぶだいじょーぶ。このくらい問題ないよ。秘密を守れない人には言えない話だけど」

「カランちゃん、大惜別《だいせきべつ》は知ってるな？」

大惜別とは、国を問わず広く伝わっている神話、あるいは歴史的事件だ。

カランの言う通り、それまでは肉体を持ち実在していた神々がこの世界から去ったという事件を指している。そして神のいない世界で古代文明や現代に繋がる国々、そして様々な文化や技術が生まれた。一種の創世神話といってもよい。

「ウン。神様が地上を去ったってやつだロ。四柱の神様が大地から天の世界へ去ったっテ……」

「あれウソだ。人間が神様を天の国に追い出したんだ」

「ヘアッ!?」

変な声が出た。

そんなバカバカしいウソをつくな、真面目に話をしろという言葉が出かかった。

いくら何でもそんな話に騙《だま》されるかとダイヤモンドを見て、だがダイヤモンドは至って真面目な表情をしている。そしてヘクターもまた、ビジネスをする仕事人の表情だ。

そして、自分の巻き込まれている奇妙かつ危険な事件を思い出して、ごくりと唾を飲んだ。

「古代文明の人々は、超古代人の残した名残をもとに文明を築き上げた。同時に、超古代文明の残した遺産だけに頼っていては人間がいつまで経っても進化しねえから頼るべきじゃねえって判断した。……で、超古代文明の遺産の代表格が、現代でも有名な四柱の神々だ」

「……まるで、モノみたいダ」

「モノと言っちゃうのはダメだぜ。そこのダイヤモンドと同じなんだからな」

「そうそう。キズナちゃんも怒るでしょ、モノ扱いしたら」

ダイヤモンドが何の疑問も挟まずに肯定した。

「……神様って、聖剣みたいなアーティファクト……ってことカ？」

「その通り。ボクらなんかよりも遥《はる》かに強くて遥かに高度だけどね。まさしく神のように」

それはつまり、神そのものではない、と言っているようなものだ。

カランは、この話を突き詰めることにひやりとした何かを感じていた。

だが、恐れて否定したところで何も変わらない。疑問、謎、陰謀。それらが明らかになったときに動揺することのない心のタフネスが、今自分に求められている強さだとカランは感じていた。

「で、でも、天の国に追い出すっテ……そこまでする必要あったのカ？」

「人格を持っていて凄《すさ》まじい力を発揮するやつがいつまでも人間を守ってたら文明が停滞しちまう……ってことらしい。追い出したとは言ったが、賛同する神もいたみたいだしな。で、そこから神様は、実際に恩恵や罰を与える実在の神様から、宗教や抽象概念としての神様になってもらった」

「ちゅーしょーがいねん？」

カランはもはや、出された言葉の中で一番意味がわからないものを繰り返して質問するしかなかった。それでも、必死に理解しようと食らいつく。

ヘクターもそれに、根気よく付き合った。

「いいか、本物の神様が指導して人々を導く組織は宗教じゃない。ただのお役所だ。何か問題が起きたら神様に相談して、神様が答えを出してくれる。だがその神様は凄まじく強いが万能ってわけじゃない。一つの問いに対して神々がそれぞれ違う答えを出すこともありえるしな」

「完全な神様って、いないのカ」

「俺たちが神と認識しているものは超古代人が作り出した存在で、彼らはある出来事をきっかけに俺たちや神々でさえ観測できない高次元へと旅立った。超古代人も、実は何か神のようなものを信仰していたようだ」

「ワタシたちが知ってる神様よりもめっちゃすごい神様がいるってことカ？」

「神がいるかいないかの問題じゃない。彼らが抱いていた信仰心や神への愛が知的生命体には必要と古代文明人は考えたんだ。だからローウェルやメドラーにはその丁度良い偶像になってもらった。むしろ彼らはこの瞬間に本物の神となったと言えるのかもしれん。それがこの世界の始まり、『大惜別』だ。そこから国家も神殿勢力も発展していったわけだが……ようやくここからが本題だ」

ヘクターの言葉に、カランは気を引き締めた。

「神様だってずっと大人しく天の国で眠っているわけじゃない。神殿とは別ルートで使徒《エージェント》を雇って監視をしたり、自分の意思をある程度代行させたりしている。使徒《エージェント》にとって神様は信仰対象じゃなくて、雇い主だ。俺は探偵として、神様に雇われてる」

「お前が天使様みたいなものカ……」

少々げんなりした顔を浮かべたカランを見て、ヘクターが苦笑を浮かべた。

「天使様はまた別のポジションだ。神様の外部端末や分身、武器に近い。……で、ついでに言うと、神様ってのは案外ケチだ。使徒《エージェント》に無敵の力を与えてくれはしない。俺も、本当にただの探偵だ。聖剣みたいなアイテムだって持ってねえし、お前らみてえに戦えるわけでもねえ」

「でもお金もらってるんでしょー？」

ダイヤモンドの冗談めいた言葉に、ヘクターはにやっと笑った。

「契約年俸八百万ディナだし、神様の依頼であれば一回だけ不逮捕特権も与えられる。仕事もハードなものは少ない。美味《おい》しい仕事だぜ」

「……う、ウーン？」

ヘクターが得体の知れない怪物に思えていたカランだったが、よくよく話を聞いてみればヘクターはヘクターのままだった。

「てか、そういう外付けの力を与えたら何らかの反応が出て、別の神々の使徒《エージェント》や敵対勢力に察知されちまう。ほとんどは平和に市民生活を送ってる、いわばスリーパーエージェントだ」

「でも今、きみはスリーパーではない。そうだね？」

「ああ。神様もこの状況を注視している。状況を探って報告しなきゃいけねえ。とはいえ、天使が動くほどの事態にはなっちゃいないさ」

「当たり前だよ！　そうほいほいと降臨されて滅ぼされたらたまったもんじゃない」

「……滅ぼされル？」

その言葉に、カランはひやりと冷たいものを背筋に感じた。

「極端に言えば、魔神が受肉するほどの完全性を持って復活したら、天使が降りてきて地上を焼き尽くすこともあり得る。ま、大惜別以降二千年の歴史の中で一度もないんだがな」

「二割か三割の覚醒くらいで何とか防げてきたからね」

「……魔神が復活して人間を襲うんじゃなくて、天使が魔神と戦うからめちゃくちゃになル？」

「そういうことだね。ああ、もちろん魔神が暴れ回っても世の中めちゃくちゃになるけど、みんな破滅的な戦争になる前に物事を終結するために頑張ってるわけさ」

ダイヤモンドとヘクターが頷き合う。

「……話が複雑すぎてちょっと疲れたゾ……」

「だな。休憩入れようぜ。別に逃げねえからよ。つかこれを言っちまった時点で一蓮托生だし、上手《うま》いことお前らを巻き込めたのは悪いことでもないしな」

「……ダイヤモンド。こいつけっこう悪いやつダ」

「使徒《エージェント》ってデータを入手する権利はあるけど、何かの力を行使する存在ってわけじゃないんだ。孤独な傍観者的な立場だから、こうなっちゃうのは仕方ないところがあるのさ。ああ、もっとも、ヘクターくんは中々適性がありそうではあるけど」

ダイヤモンドの少々皮肉めいた評に、ヘクターは反論できないとばかりに肩をすくめた。

「悪いおじさんはちょっとタバコ吸ってくる」

「そうしてくレ。こっちも休憩するル」

そして話し合いが終わった後に、スターマインホールが……いや、迷宮都市全体が揺れた。

迷宮『修羅道武林』の出現。

そして、大規模スタンピードが始まった。

カランの心は千々に乱れ、だがしかし、どうしようもないこともよく理解していた。

オリヴィアが消え、そしてニックが完膚なきまでに敗北し、さらには『進化の剣』を携えて太陽騎士団傘下で『修羅道武林』の攻略を開始したことを聞いたときは、悲しさを覚えた。

ニックはこんなところで負けはしないというしぶとさへの賞賛を抱き、だがしかし、何かが足りていないという予感をひしひしと感じていた。

その予感を証明するように、数日後、デッドマンズバルーンの襲撃が始まった。

「……ってわけで、カランちゃん。逃げよっか」

「ウン。逃げよウ」

「やけにあっさり納得してくれたね……どう説得しようかと悩んでたけど」

ここから逃げるという相談結果を聞かされたカランは、何の頓着もなく頷いた。

「ここにいたらティアーナの邪魔になル。思い切り戦ったらティアーナは負けなイ」

「本当に？　ティアーナの師匠が相手なんだよ？」

「ティアーナより強いならなんでティアーナは生きてル？」

「それは加勢が来たからだよ」

「加勢が来てもあいつらはきっと勝てタ。見逃してくれたんじゃないカ？　マンハントの連中は弱くないけど、ああいう魔術師に対抗はできないと思ウ。無駄に時間かけたって意味がなイ。しかも手配書なんていう、向こうが殺さなきゃいけないやつをこっちに教えてくれタ」

「……まるで、手配書に書かれた人を守れとでも言ってるみたいだ、って？」

ダイヤモンドは、人を試す意地の悪い教師のような微笑みを浮かべた。

「向こうの考えまではわかんなイ。でも、ここにいない人のことも守るんだロ？　やることは決まってるじゃないカ」

「そう、やるべきことは決まってる。問題は、それを誰がやるかだ」

「ワタシたちダ」

カランの決意表明に、ダイヤモンドは満面の笑みを浮かべた。

「最後に確認だ。本当に、いいんだね？　きみは、今のきみの体がどれだけ弱くなっているか、体感として理解できただろう。スイセンちゃんが提案したように、故郷に帰るチャンスがあるとしたら今、ここが最後の分岐点だ」

「いやダ。帰らなイ」

カランが、ペンを強く握りしめた。

それは普段のカランであれば、あっけなくへし折られていただろう。

だが今、カランの震える手は、それを少しばかり曲げる程度のことしかできない。

「安全に暮らすためにこんなことしてるんじゃないイ。それより、まだなのカ！」

カランが叫んだ。

「ニックを、ゼムを、ティアーナを助けるためにやってるんダ！　それができないなら、こんなの全部無駄ダ！」

カランがベッドから上体を起こし、そしてバランスを崩してベッドから崩れ落ちる。

それをダイヤモンドがすぐに支えた。

カランは、調子の良いときは杖《つえ》で歩き、疲労が溜まったときは車椅子を使っている。

どちらにせよ、誰かしらの介助が必要な状態であった。

書を読み、文字を書く力はある。

体力は衰えているが、それでも休憩をはさみながら調査や学習をする力はある。

だが、一人で立ち上がる力はない。

「無駄じゃないさ。少しずつ、少しずつ、きみは強くなっている」

「わかってテル。でもこのままじゃ間に合わなイ。まだ、ワタシはオマエの力を使うのに足りてないのカ。足りてないなら何をすればいイ。無理なら無理って言エ。ワタシはワタシの力だけで戦ウ」

どうなんだと問いかける強い目。

仮に力が失われていても、首を噛《か》みちぎる力はあるのだと訴える肉食動物の目。

それを見て、ダイヤモンドは喜びと悲しみを覚えた。

カランから何を奪ったところで、魂そのものを堕落させることはできないのだと。

「……ボクはきみに、弁明しなきゃいけない。所有者と見定め契約を交わしながら、力を貸そうとはしなかった」

「……ウン、そうダ」

「それは、この力を使った瞬間にきみの世界、きみの認識は変貌するだろうから。それに耐えうる知識や知性を備えておいてほしかった。《合体《ユニオン》》ほど安全じゃないよ。ボクの力、ボクの感覚に飲まれちゃダメだ」

「キズナを握ったときから、それはわかってテル」

「あれは純粋な力の象徴だし、キズナちゃんは優しいからね。きみらに無理をさせることは少なかっただろう。けどボクは違う。甘やかさないよ」

「……やってみロ。オマエこそ、ワタシを使いこなせるのカ」

その言葉に、ダイヤモンドは微笑みを返した。

そして光とともに変貌していく。

変貌した姿は、一度、カランの前に見せた剣とも思えぬ剣であった。

「握って。そして唱えるんだ。《共鳴《ハーモナイズ》》と」

カランが、『響の剣』を握ると、途方もない光が溢《あふ》れ出《だ》した。

すべてが塗り潰され、壁さえ突き抜けるほどに、そしてその強さ以上に美しい光だ。

「《共鳴《ハーモナイズ》》」

災害調査室　室長カラン・ツバキ

迷宮都市西部、表通りから少し奥まった場所に構える料亭「紅梅庵《こうばいあん》」は、大規模スタンピードの報《しら》せを受けてもまったく動じることなく営業を続ける剛毅《ごうき》な店だ。

とはいえ、この店を知る人は少ない。基本的には紹介状を持った高貴な客だけを相手にしている超高級店であるためだ。紹介状を持たない者の認識を阻害するという結界魔術が張られており、金持ちを狙った盗賊や、密談や密会の証拠を押さえようとする記者が忍び込むことはない。

もっとも、金持ちや貴族以外には用がないというわけでもなく、女将《おかみ》は気まぐれに行き倒れを匿《かくま》ったり、河川敷のバラックで炊き出しをしたりする篤志家であり、美食家よりも慈善事業の活動家たちの界隈《かいわい》で名が通っている。つい最近も、博打《ばくち》で身を崩した料理人を弟子入りさせて更生させたとか、ここ数日は満身創痍《まんしんそうい》となった冒険者を匿って治療してやったとか、篤志家としての噂《うわさ》がまことしやかに流れている。

「相談役がこちらにお見えにはならないとは思いますが……。たまにふらりとお見えになる程度ですので」

女将は、一人の客を一室に案内していた。

客は、白いスーツを身にまとった美人だ。そして白スーツとは対照的に、何か見えるのかと思うほど黒々としたサングラス。燃えるような赤い毛と角。爽やかなようでもあり、威圧的でもある。

「構いません。サムライアリー様に一度お会いできればとは思っていましたが、流石《さすが》にいきなり会えるとも思っておりませんし。もしご機会があれば、私のお名前だけでも伝えて頂ければ」

美人は、ある人の紹介状を持って、一人で現れた。

それは女将にとって恩ある人物で、その人直筆の紹介状を持っているのであれば無下にはできない。

もしそれが剣を持った騎士や冒険者であればすぐにお引き取り願うところだったが、美人が持っていたのは楽器ケースであった。武器でないことの確認として女将は中身をあらためたが、確かにシンバルか何かの金属製の打楽器のように見えた。

どうにも音楽家の佇《たたず》まいには見えなかったが、女将は客として案内することに決めた。

「はぁ、そのくらいでしたら構いませんが……。ところで、お食事はされていかれますか？」

「はい、ぜひ。一度ここでお食事をしたいと願っておりました」

「それはそれは、ありがとうございます。奉公人が出払っていて私一人ですので、少々お時間は頂きますが……。ところで、何かお好みのものや食べられないものはございますか？」

ここには献立やメニューなどはない。

そのときそのときの季節の食材を使って、ほぼお任せの形でコースの形で料理を出す。

「少し、梅の香りがしました。確か、ご自身で育てているんですよね」

「ええ、まあ、手習いのようなものですが」

「楽しみです」

美人が静かに微笑《ほほえ》む。

梅は、迷宮都市ではさほど親しまれない果実だ。南方の国から伝来した貴重な樹木だが、定着というほどの定着はしていない。

しかしこの『紅梅庵』はその名の通り、自ら育てた梅を提供してきた。

迷宮都市の郊外の一画に土地を買い、スモモと交雑しないように注意を払いながら樹木を植え、収穫し、そして塩に漬けたり酒に漬けたりと紅梅庵ならではの工夫をしてきた。

「おや……お食べになったことがおありで？」

「旅の途中、自生している梅を見たことがあります。近くの村人は桜ではなく梅を愛《め》でる習慣があるそうです。そのとき頂いた塩漬け……梅干しって言うんでしたっけ。あれはとんでもなく酸っぱくてびっくりしました。迷宮都市の梅味のものとは違って甘さがなくて。でも妙に癖になって」

「おや、それは驚いたことでしょう」

この迷宮都市、というより大陸全土において、梅味はポピュラーだ。

本物の梅を知るものは少ないにもかかわらず。

古代文明期においては梅を利用した味付けはごく一般的なものだったらしく、それを甘味料や、梅以外に栽培されている果実などを使って「梅味」のシロップやジャムの製法は今も伝わっている。

迷宮都市の市民は梅とは何なのかよくわからないまま、梅味の菓子や梅風味を楽しんでいる。

そんな市民に「これが本物の梅だ」とは言わず、あえて梅味の料理を出すのが女将の楽しみだ。

迷宮都市の人間は、梅味のソースよりも強く、そして薫り高い料理に目を白黒させる。そして客が、「もしかしてこれが本当の梅なのでは」と思い始めたあたりで、この店の本当の趣向を凝らした料理を出すのが定番の流れであった。

だがそれゆえに、試せていないことがある。日常の生業の中で当たり前のように梅干しを作り、食べる人に、この店の梅干しを試してもらうことだ。

「だから、仕事の見返りに壺《つぼ》一つ分頂いてしまいました。迷宮都市に着く頃には食べ尽くしてしまったのですけど」

女将に緊張が走った。

本物の梅干しを知っている人間を相手にすることなど、ここ数年なかったことだ。酢漬けも塩漬けも、外から取り寄せたミソやスパイスに漬ける奇妙な香りの漬物など、どれもお手の物だ。

しかしこれは、あくまで迷宮都市の人間の味覚に合わせつつ古代の書物をもとに再現した料理ばかりである。常食している人間の目線、というものが欠けている。

どこの集落の、どのような梅干しだったのか、もう少し具体的に教えてくれませんか、という質問が女将の喉から出かかった。

「では、ごゆっくりお寛《くつろ》ぎください」

そして、女将は食事の用意に取り掛かった。

この店では最初に、米を炊いただけのシンプルな飯物、ミソを使った汁、冷製の魚の前菜が添えられる。量はごくごくわずかなもので、味付けも抑えている。本格的なメイン料理が出される前に胃を整える準備のようなものだ。

冷製の魚の前菜に関して、レアの白身魚を切ったものに梅肉酢を添えて出すことが多い。

だが今回、女将はあえて梅干しをそのままを出した。

魚さえない。大根と人参《にんじん》を細く切った酢漬けが、あしらい程度に添えられているだけだ。

本来であれば、梅肉酢に使われているのを「本物の梅干し」と教えることなく出して、コース料理がすべて終わった後に「実はあれは、迷宮都市で出回っている模造品や梅味のなにかではなかった」と悟らせる趣向をしている。

しかし美人は、すでに梅干しを知っており、しかも懐かしみさえ感じている。

素朴すぎる、というより野趣に溢《あふ》れすぎている趣向だと思いつつも、女将はこれが正解だろうと思って出した。

「ンンッ！　酸っぱイ！　懐かしイ！」

まさしくそれこそ、美人の喜ぶところであった。

今まで怜悧《れいり》なまでに取り澄ましていた大人びた顔が、まるで少女のように爽やかで明るい顔へと変わる。これには女将も驚いた。二十代後半のようにも見えるが、十代半ばにも見える。

「それは何よりです」

女将の言葉に、美人は恥じらうようにはにかんだ。

「確か昔は、飯を握ったものと梅干し、あと……そう、緑茶も出ました。梅干しもこんな風に歯ごたえも小気味よくて、それでびっくりするくらい酸っぱくて」

「緑茶の用意もございます。古代の、茶を楽しむためのコースを当世風に合わせたものでして」

「ああ、そういえば食べる順番なんかもあるんでしたっけ。ごめんなさい」

「いえ、格式張った席でもございませんし、自由に楽しんで頂ければ」

美人は、健啖《けんたん》であった。

お腹《なか》を空《す》かせているのを察して次の料理は多めに出したが、ぺろりと平らげた。

食事の感想もまた率直かつ精緻であった。

美人は食通なのか、迷宮都市ではあまり出回らない魚の名もぴたりと言い当て、味付けの工夫も相好を崩して楽しんだ。食べさせたくなる、という気持ちが見る者に自然と湧いてくる。

料理が終わって茶を淹《い》れる頃には、この美人は何者なのか、一体、何を目当てにこの店の相談役……サムライアリーに会いに来たのかという興味がむくむくと湧いてきた。

その空気を察したかのように、美人は本題に切り込んできた。

「紅梅庵を名乗るのは、氏族の名乗りを誤魔化《ごまか》すためですか？　エルフ族、紅梅の民であることと、紅梅庵の女将であることを引っ掛けて、記憶障害を適度に抑え、あるいは逆に利用している」

その言葉に、女将は困惑を浮かべた。

「えーと……話が見えないのですけれど。来る前に、お酒をお召しに？」

妙な話には付き合えませんというスタンスで流そうとする。

「やはりあなた自身がここの相談役、料理研究家サムライアリーですね」

美人が断定的に言った。

これは困った客だなと、女将が溜《た》め息《いき》交じりに首を横に振る。

「違います。サムライアリー様はここにはおりません」

「仕事上の名義を複数持つことであなたは記憶や人格を分割していますが、同時に『紅梅庵』という店の関係者という共通点を使うことでさらなる分割や破綻を防いでいる」

女将が、頭を押さえた。

戯《ざ》れ言《ごと》を相手にしているはずなのに、女将は何故《なぜ》かその言葉に真実味《しんじつみ》を感じ始めていた。

「ああ、すみません。話が性急すぎました。呼吸を整えて」

「は、はい……」

「でも危険が迫っているから、なるべく早く思い出してもらわなければいけません。あなたには懸賞金が懸けられています」

「け、懸賞金？」

女将が、今までの流れからは想像できない物騒な言葉にびくりと震えた。

「正確には、サムライアリーという過去のあなたの知識が狙われている、と言った方がよいでしょう。あなたがすでに忘れ去ったことが現代に再び蘇《よみがえ》らないように」

「わけがわからないわ。あなた、誰なの。領主様の紹介じゃないの」

「いいえ。領主様に代わってここを訪れています。ああ、申し遅れました」

美人が、懐から一枚の紙を差し出した。

そこには、こう書かれている。

『迷宮都市テラネ領主館　古代文化保全部　災害調査室　室長　カラン・ツバキ』と。

女将が、紙の情報と、カランの顔を交互に見る。

役人であるとはまったく思ってもいなかったようだ。

「……まずい、もう来てル」

『大丈夫、足音や喋《しゃべ》り声が聞こえる時点で大した脅威じゃない。むしろカモさ』

美人――カランが険しげな表情を浮かべる。

だがそのとき、カランが持ってきた楽器ケースが突然喋り出した。

カランは楽器ケースを開けてそれを構えた。

『さあ、自由に弾いてごらん。技巧はいらない。ボクが調整する。心のままに遊んでみるんだ』

「ダイヤモンド、そういうところテキトーだゾ」

渋々とカランが楽器――『響の剣』を展開する。

金属か何かでできた、真ん中に穴の開いた円盤と、スティックが一本。

だがスティックの正体は、先端が伸びて刺突剣のような形状になる。ただし刃はない。剣の柄《つか》と、指揮棒を混ぜ合わせたような奇妙な形だ。

そして円盤の方は、実は円盤ではなかった。扇のような形をした板が何枚も重ねられて、一枚の円盤であるかのように錯覚をしていただけだ。

扇が一枚一枚、カランの周囲を浮遊してその正体を現した。

「鍵……盤……？」

ああ、武器じゃなくて本当に楽器だったと女将が場違いな安堵《あんど》を覚えた。

カランがその鍵盤を叩《たた》いた瞬間、心に直接響くかのような幻惑的な音が流れ出る。

「ここか!?　おい！　出てこいサムライアリー！」

「大人しくせんと火をつけるぞ！」

女将が、その蛮声にひいっと小さく悲鳴を漏らした。

だが声で居所が割れてはならないと思わず自分の口を押さえる。

「え……？」

「デッドマンズバルーン。あいつらが、おまえを狙う敵ダ」

「で、でも、紹介状がなければここはわからないはず……！」

実はこの料亭『紅梅庵』、隠れた場所にあるというのは比喩表現ではない。

ここに入るための小道には結界魔術が張られており、紹介状を持たない客や迷い込んだ人間を遠ざける形になっている。

「向こうは魔道具のプロがついてル。だから助けに来タ」

そんな緊迫した状況の中、温かみのある音色が響いた。

とろんとまぶたが重くなるような不思議な音色だ。

音色の出どころは、『響の剣』を構えたカランであった。

『眠りなさい。遠い遠い、失った故郷のぬくもりを思い出して。あなたを苛《さいな》むものはここには何一つないのだから』

かろうじて沈みゆく視界に映ったのは、そこにはいなかったはずの少女の姿だ。

透き通るような……ではなく、実際に透き通っている。

実体のない少女の手がカランの手に添えられて、まるで音楽を指導する先生のようにカランの演奏を導き、歌を歌っている。

女将がもう少し現代の芸能に詳しければ、その幽霊のような少女の正体が吟遊詩人《アイドル》のダイヤモンドであるとわかっただろう。

「ぐっ……こ、この部屋か……！」

「やめろ、その音……。くそ、魔術防御も効かねえ……！」

そして、女将が寝静まった頃に、乱暴にがらりと戸が開いた。

男の冒険者……いや、魔神崇拝者の手下が、ふらふらになりながら押し入ってくる。

男たちはカランに手を伸ばそうとして、だがその瞬間、後頭部を襲われてその場に倒れ伏した。

「ふう……危ねえ危ねえ。大丈夫か、室長」

「室長、大丈夫かい？」

入ってきたのは、ヘクターとダイヤモンドだ。

「室長はやめろってテ……」

「恐らく懸賞金目当てに独自に動いてたんだとは思うが、お仲間が来るとも限らねえ。さっさと家《や》捜《さが》ししてズラかろうぜ」

「こっちが盗人《ぬすっと》みたいな言い方よセ」

倒れている女将をヘクターたちが抱えた。

こうしてカランたちは、夜の闇へと消えていく。


ダイヤモンド……『響の剣』がカランに与えた力。

その一つは、衣服のような思念外装であった。

「見た目はこんな感じなんだナ……。ていうか鎧《よろい》じゃないのカ」

病室で《共鳴》《ハーモナイズ》を使用した直後、カランの姿は一変していた。

デザイン的には女性用のスーツとの違いはまったくない。

白いスーツにサングラス。その他、手を覆う黒い手袋に角を覆う黒いカバー。

『立ち上がって、鏡の前で回ってごらん。介助は要らないはずだ』

剣の姿となったダイヤモンド……『響の剣』が言った。

「……わかっタ」

カランは恐る恐るベッドから出る。そろり、そろりと、転倒を恐れながら右足を床に触れさせ、そして体重を預けて左足で床を踏みしめる。だが、今までのようにふらつくことはなかった。

カランの表情に浮かんでいた恐怖が困惑に変わり、そして困惑は喜びへと変わっていく。

軽やかにステップを踏むことさえできそうだとさえ思った。

「……うん、動けル。歩いてもふらつかなイ……！」

『身体補助機能だよ。服がきみの動きを感知して支える仕組みになっているんだ。でも腕力や筋力が大幅に大きくなるわけじゃない。戦闘はできる限り避けること』

「ふぅン……」

カランが服の袖や裾をつまむ。手触りの良い生地だ。一流の仕立て職人によるオーダーメイドと言われた方が納得できる出で立《た》ち《い》だと言えた。

一方、鎧としての性能は『絆《きずな》の剣』が生み出すものと比べれば大きく劣る。

『そこらの鎧より遥《はる》かに強い防刃、耐熱、耐衝撃機能はあるけど、過信はしないでね』

「わかってル。戦うための鎧じゃないってことくらイ」

『何が見える？』

「……看護師が歩いてル。一人。毛布を換えに来タ」

『他には？』

「事務室で神官がコーヒー飲んでル。階段の踊り場で冒険者が酒飲んでル。上の階のティアーナが誰かと言い合いしてル。聞き覚えがあル……ああ、ギルドの受付の鹿人族の人ダ。他には……」

『感度を上げすぎない方がいい。そのあたりで十分だ』

「……建物の西北、ガレキの陰……。誰か見張ってル。捕まえた方がいイ。ぐっ……！」

カランが、汗を流してベッドに腰を下ろした。

「驚いた。そこまで聞こえるのかい。カタログスペック以上だ」

「音が、目で見えル。なんだこれ……？」

今、カランの視覚には不思議な光景が広がっていた。

それは色がないかわりに、どこまでも先が見通せる世界だ。

肉眼で見える範囲はいつも通り、色がある。ただし呪いによってどこか濁り、ぼやけている。だが、色の境目だけがやけにはっきりと見える。

そして意識を集中すると、その先が見える。肉眼で見える範囲を超えると一切の色が消えて白と黒だけの、まるで線だけで描いたような世界になった。

その線には、緻密さの格差があった。格差の正体は何なのかと探り始めると、すぐにわかった。看護師の足音や呼吸、その音の位置や距離、音が壁にぶつかって反響し、新たに生まれた音。それらが集約された結果、カランの視覚に三次元的な絵として浮かび上がっている。

緻密さは、音によって生まれている。

粗くしか把握できない場所は、静かな場所であった。誰もいなかったり、何かに密閉されて空気や音が漏れにくい場所だ。

『音だけじゃない。匂いもだ。そして服……思念鎧装が感じるごく微細な触覚や魔力を統合して、きみの視覚に投影している状態だね。視覚情報はむしろあまり使っていないよ』

「これがあったら……スターマインホールに敵がいても大丈夫そうだナ」

カランは、安堵と喜びを込めながら言った。

『え？　いや、ここから出るよ？』

「へ？」

『きみにしてもらうことは別にある。籠城戦には加わらない。ボクらは遊撃であり斥候だ。ここを守るのは、みんなに任せるんだ。そのためにきみには知識と知恵を仕込んだ。いや、あのくらいじゃ仕込んだとは言えないが、そのための力だ』

カランに、納得と不安が湧き出てきた。

確かにこの力は拠点を守ることよりも、さらなる力を発揮できる場所がある。

一方で砦《とりで》を守る、誰かを守るということの方が遥かにわかりやすく、そして実感がある。

きっと一緒にいればここを守り切ることができるという自信が溢れ出てくる。

「……なんダ。ワタシ、寂しかっただけカ。弱くなって、仲間はずれになったみたいで、やっぱり、ちょっとイヤだったんダ」

そもそもティアーナのことを信じると言ったばかりでありながら、自分にできることがあると気付いた瞬間、ティアーナのところに顔を出したくなる自身の気持ちに気付いた。

『その寂しさは尊いものさ』

「でも、行かないとナ」

カランは薄々ながら気付いていた。

ここを守るだけで、何かが解決するというものではないと。

『ここはティアーナちゃんとマンハントの冒険者たち、それとスイセンちゃんに任せておきなよ』

「……ティアーナは、自分の師匠のこと、尊敬してたと思ウ」

『ウン』

「ティアーナの力は疑ってなイ。でも、誰か、側にいなくて大丈夫カ？」

『サンダーボルトカンパニーの元会長ベロッキオ……いや、復帰したから元、は付かないか。彼のことはボクも知ってるよ。ティアーナちゃんが信頼するに足る人物だった。ちょっと奇抜で偏屈で、既存の秩序を何とも思わない反骨心はあったけれど』

「怪しいって言ってるようなもんだゾ」

『それでもおかしいのさ。ベロッキオも、そして人形魔術師《アニメイター》ハボックも、魔神崇拝者に取り込まれるような連中じゃない』

「……どういうことダ？」

『ニックくんの元仲間や、チケットの売人だったエイシュウは、言っちゃ悪いけど軍人から迷宮都市の市民になることに失敗したタイプだ。血なまぐさい仕事に慣れすぎていた。まあ、冒険者ならそれでもなんとかなるんだけど、どうしても浮くことは浮くんだ』

一瞬、カランは怒りを覚えた。荒事に慣れた人間がいるからこそ迷宮の魔物が倒され、ひいては迷宮都市が守られているのではないか、と。

だが同時に、荒事に慣れすぎた冒険者が迷宮都市の市民の平和を脅かしていることも事実だ。真面目に働き、平和に暮らす市民が、罪もないのに一部の冒険者や、迷宮都市に慣れそこなった人間に暴力を振るわれる光景は、確かにある。

かといって、冒険者が異物として、あるいは敵としての視線を市民から受ければ受けるほど、その断絶は深まる。

どうすれば、誰もが人生を過《あやま》たずに済むのだろうか。

『社会の不条理に巻き込まれた人間は不幸だ。ほんとはここも、余所者《よそもの》が集まって好き勝手暮らす自由なところだったんだけど、気付けば世代が変わって土地と家を持って安住する人々と、新たに外からやってきた人々との格差が顕著になった。娯楽芸能で気持ちを一つにできればと思ったけど……なっかなか難しいねー』

あっけらかんとダイヤモンドが言う。

だがその奥にある本物の無力感の匂いを、カランは察した。

「楽しみにしてるやつは多イ。それに吟遊詩人《アイドル》以外にも、誰が誰とか関係なく楽しめることって、あると思ウ」

『うん。いや、そういうのはボクのライバルなんだけどね』

「そこは知らなイ。みんな楽しめる娯楽に負けないようオマエががんばレ」

くすくすと、笑いの気配がダイヤモンドから伝わる。

『ありがとね……。それじゃ、話を戻そう。ベロッキオたちは冒険者と交わり、上級ランクに昇進して、そして自分たちで会社を起こした。元々ベロッキオが貴族だったけど、ハボックは完全にゼロから自分流の魔術を大成させた人間だ。食い詰めた冒険者や、迷宮都市に適応できなかったタイプの冒険者とは違う。彼らが魔神崇拝者となっているのは奇妙だね』

「魔神崇拝者が助けたから昇格できたとか、会社を建てられたとか、そういうのはないのカ？」

『それはない、と思う。ハボックはボクと同じタイプさ。栄誉栄達がほしくて冒険者や経営者をやってるわけじゃない。自分のワガママを通すために会社を作るタイプさ。魔神崇拝者が提供してくれるものと、そういう人間の望むものはあまり噛《か》み合《あ》わない』

「手配書を刷ったり、変な団体名付けたり、他の魔神崇拝者とはちょっと違ってると思うゾ」

『そう、手配書だよ手配書。ボクらや【サバイバーズ】以外に手配された人を保護するんだ。情報を集め、整理し、真相へ近付け。ニックくんやティアーナちゃんは戦っているけれど、状況に対処しているに過ぎない。ボクらが成功しなければ彼らの努力は無駄になる』

そのダイヤモンドの叱咤《しった》に、神妙に頷《うなず》いた。

状況に対応しているに過ぎない。それは、カランにとって辛辣な言葉として刺さった。

【サバイバーズ】を結成する前も、その後も、自分にできることをやっただけで、自分にできないこと、自分にはわからないことを自分の意思でやろうとは思わなかった。

お前はできる、お前は馬鹿じゃないと言われても、それを飲み込もうとはしなかった。

「うん。保護しよウ。それに、他にも近付きたいやつがいル」

『他にも？』

「【武芸百般】に関係してるやつがいル。そいつに話を聞かなきゃいけなイ」

『オーケー。きみが、きみ自身の謎や疑問を突き詰めていくんだ。そのために……まずは練習台で実験といこうか』

「練習台？」

『こっちを覗《のぞ》いてるやつをボクらで捕まえようぜ』

ダイヤモンドが、まるで新品のオモチャに喜ぶ子供のようなことを言い出した。

「……戦闘は避けろって言ったばっかりだロ？　それに、力に飲み込まれるなとか意味深なこと散々言ったばっかりだゾ」

『なぁに、あの程度の輩《やから》を捕らえるくらいなら問題ないさ』

そう言って、ダイヤモンドはカランを外へと誘《いざな》った。

誰かにうるさく言われるのを避けるために、誰かの視界が外れたタイミングを縫うように地下病室から一階に出た。

今、スターマインホールは警戒態勢にある。元々の警備兵はデッドマンズバルーンの襲撃に備えて常に交代で見張りをしている。更にはスターマインホール一階には、救援に来た冒険者も数十人控えている。カランの顔を見知った人間も多いはずだった。

数十人の視界が途切れる瞬間を、カランは正確に見極め、正門から堂々と外へ出た。

カランは、直感としてそれができると思った。

だがそれが本当にあっけなくできてしまい、ようやく実感が湧いてきた。

「すごイ……」

『そんなのは序の口さ。行くよ』

「うん……でも、ひどいナ、コレ」

スターマインホールの外の荒涼とした様子を見て、カランがぽつりと言った。

襲撃によって地面が穿《うが》たれ、あるいは壁に穴が開き、何かが燃えて炭や煤《すす》が飛び散って焦げ臭いにおいがカランの鼻孔に届く。

だがもっとも目立つのは、デッドマンズバルーンが撤退時に使ったトンネルだ。

『そっちには何かある？』

「なんもなイ。途中で完全に塞がれてル。掘ったところで無駄だと思ウ」

『残念……どこに繋《つな》がっているかはわかる？』

「調べて良いなら調べル」

『それはだめ。警戒網を張り、待ち構えてる人間を抑えるのは良い手じゃない。捕らえるべきは、察知されているとさえ気付かない輩さ』

ダイヤモンドの言葉に従い、カランは、スターマインホールを監視しているはずの誰かを探した。

地下の医務室にいても把握できるその敵は、近付けば状況がよりはっきりとわかる。

カランが軽く舌打ちをした。

不利な状況への苛立《いらだ》ちではない。その舌打ちによるごく僅かな音の振動が、周囲のすべてを丸裸にしてカランに届ける。

人間が一人。そして人形が三体。

人間の方は、恐らく冒険者……いや、元冒険者だ。装備品はただの軽装鎧《けいそうがい》と片手剣。吐息は静かだが、ニックほどの注意深さはない。

『大丈夫、動きが妙に固い。ハボックが動かしているってわけでもなさそうだ。恐らく簡易的な制御ができる魔道具か何かを預けられてるんだろう』

「近付いて捕らえるくらいならできそうだゾ」

『なぜ？』

「……あいつは、疲れてル。眠そうダ」

『もっと詳しく。彼の律動を感じられるだろう？』

妙につっ込んでくるダイヤモンドに、カランは言葉を探しながら答えた。

「……ガレキを寝床にしてるから、ちゃんと寝られてなイ。においもあル。風呂にも入ってなイ。隙間風があるから凍えてル。人形と距離があル。多分、人形を怖がってル。さっきからホールの方を監視しなきゃいけないのに、ちらちら後ろを見てル。不安で不安でいっぱい、って感じダ」

『もう少し情緒面を掘り下げて分析した方がいいね。でもフィジカルな部分での分析は問題なし。……さ、ボクを構えて』

「え、ここで……弾くのカ？　弾けないゾ？」

『イチから教えるし動きはサポートするってば。とにかくやらなきゃ始まらない。さあさあ、なるべく壁から離れたところに立って。肩から指先にかけては力を入れないこと。剣の先端は音に影響するから、物がぶつからないように注意する。ほら、呼吸を整えて背筋はしゃんと伸ばす！』

カランの困惑をよそに、ダイヤモンドがあれこれと注文をつける。

あ、これ、吟遊詩人《アイドル》へのレッスンと変わらない、と気付いた。

「言っとくけど、デビューはしないゾ」

『残念だけど、どっちにしろこんな情勢じゃ怖くてデビューさせらんないよ』

そういう問題じゃない、と言いかけたところで、カランはダイヤモンドの姿を幻視した。

まるで初学者に優しく教える教師のように、カランの手の上に、自分の手を添えている。

『さあ、遊んでごらん』

カランは、『響の剣』を展開して、剣に付属した六枚の鍵盤を浮遊させた。

一つの鍵盤を目の前に動かし、指を優しく降ろす。

それは、カランの隣にいるダイヤモンドと同じく魔力だけで編み上げられた存在であり、放たれる音色も摩擦という自然現象として発せられる音ではない。

しかしながら純粋な魔力でもない。

音と魔力の混ざり合った響きは魔術的な防御を掻《か》い潜《くぐ》って人々の耳に到達し、魔力であるがゆえに障害物や鼓膜を通り越して人の魂を揺さぶる。

気付けばカランは、音色に合わせて歌を歌っていた。

自分の放つ音色に、自分自身の魂が震わされる。

詞は、情景と共に自然と浮かび上がった。遠い遠い、母に抱かれていた頃に聞かされた子守唄。

記憶が正しいかさえ定かではない。だがまるで抱きしめられているかのような、何の不安もない安堵が、苛むものが何一つない安らぎが、カランの心を締め付ける。

『きみが見ている光景は、ボクのイメージするものとは異なるだろう。あくまできみ自身が音色に似た思い出を追体験してるだけのことだ。そしてきみの心とボクの剣が共鳴し合って、魂を揺さぶるシンフォニーとなる』

音色が唐突に終わった。

カランは今感じていた感情が、外から起こされたものであることを察して冷や汗を流した。

「これ……ヤバいやつだゾ」

『わかる？』

「幻覚の魔術とか、光の魔術とか、そういう誤魔化しじゃないイ。音を聞いて、ワタシが勝手に、思い出を思い出しただけダ」

『そう。ボクはこの程度のことしかできない。音楽を聞いた人間が勝手に自分の中にある感情を呼び起こすだけのことさ。それゆえに魔術的な防御なんかは意味がないけれどね』

ごくり、とカランが唾を飲み込む。

それはつまるところ、回避できる人間などいないということだ。

この『響の剣』には、相手を打破しよう、戦って勝とうというアプローチがまったくない。

ひたすらに心に響く音を奏でるだけだ。

ただそれだけであるために、恐ろしい力を持っている。意識を持ちながらも感情が発現していない未熟な魔道具や、人間とはまったく異なる情緒を持つ魔物には効果はないかもしれないが、少なくとも会話が可能な存在であれば何かしらの効果は得られる。

だが、その戦慄を否定するようにダイヤモンドが付け加えた。

『ただし、今回は相手が疲労の極地にあったからよく効いただけだよ。この力は音楽の強さが本質じゃない。受け手が何を求めているのかを観察し、自分には何を与えることができるのか。千変万化する人の心に応じることとさ』

「観察……」

『考えること、知ることをやめた途端にきみとボクは最弱の存在に成り下がる。心得ておくように……で、それより今きみが倒した子を拾っておこう』

「あ、そうだっタ」

カランは気を取り直し、すやすやと寝てしまった男を捕縛する。

「どうすル？　尋問とかするのカ？」

『それはスターマインホールの人に任せよう。とりあえずこれで免許試験は合格。次は免許証をもらいにいくよ』

「めんきょしょー？」

『ボクを大手を振るって使うための、公的な資格を取りに行くのさ』

ダイヤモンドは、困惑するカランの手を引く。

二人は今までと違う姿で、今までと違う迷宮都市を歩いていく。

今までと違った感触で踏みしめる大地は頼りなく、しかしその頼りなさに耐えることが本当の冒険なのだとカランはやがて気付いた。


「これより簡易ながら任官式を執り行う！　火竜族、迷宮都市テラネ冒険者、ツバキ・カラン！　そなたを正式な聖剣所有者として認めると同時に、迷宮都市テラネ領主館、古代文化保全部、災害調査室の室長に任ずる！」

ダイヤモンドが連れていった場所は、この迷宮都市テラネにおいてもっとも権威ある場所だ。

迷宮都市の中央にそびえ立つ白亜の城。ふんだんに予算をかけた建物や、美を凝らした見目麗しい建物は他にもあるが、もっとも高貴なる場所はここ以外にない。

迷宮都市テラネ領主館だ。

「………しつちょお？」

その領主館の中でも一際華美な執務室に、カランは待たされることなく通された。

どうやらダイヤモンドがすでに面会予約をしていたようだ。白スーツに身を包んだカランの佇まいに困惑する者はいるが、それは美しさへの称賛と強さへの警戒であって、不審者を見る目ではなかった。

そしてダイヤモンドが面会予約したと思《おぼ》しき壮年の男は、カランの姿を確認すると有無を言わさずに任官式とやらを始めたのだった。

「返事はともかく、署名するのだ」

ずいっと、男が書類を差し出した。

「おまえとダイヤモンド殿が今回の騒動の鎮圧に乗り出そうとしていることは理解している。ま、それも聖宝石共鳴機関《ジュエリープロダクション》が失敗してしまったからであり、おまえたち自身がその尻拭いをするのは当然のことだがな」

そもそも目の前の男は誰だろうという疑問を抱きながら、差し出された紙を見る。

そこには男が今言った言葉と同じ文言が書かれている。文言の下には、カランが自分の名を記載すべき空白の署名欄。そしてこの書類を認可する男の名前が記されている。

『領主代理　迷宮都市テラネ領主館、古代文化保全部　部長　ロバート・クリサンセマム・ワン・テラネ』と。

領主代理という、カランにとって遥か上の身分の貴族であることはわかる。だが根本的に誰なんだろうこいつという疑問がますます深まった。

『実は、ロバートくんはボクが提案した計画の最高責任者なんだ。古代文化保全部の事業として吟遊詩人《アイドル》活動の支援と、それを隠れ蓑《かくみの》にした聖宝石共鳴機関《ディストーション》があった。そこの部長であるロバートくんはボクやジョセフくんの直属の上司ってわけ』

「そういうのもっと早く言エ」

ぶわっと冷や汗が出そうになるのをカランは耐えた。

そもそもダイヤモンドが失敗した計画であってカランは罪悪感など覚える必要はないが、目の前の男がカランを責め立てたとして、反論する言葉がない。

文句の付けようのない敗北を喫しているのだから。

『マブダチだから気にしなくていいよ。領主筋とはボクは昔から付き合いがあってさ。初めて会ったのはこの子が五歳のときで、ダイヤモンドちゃんと結婚するーって、もーかわいくって』

「うるさい。我々はダイヤモンドには莫大《ばくだい》な予算を投入し、手に入れたのはその楽器か剣かもわからない奇怪な魔道具と、華美なばかりに敵の攻撃に晒《さら》されているハコモノのコンサートホールだ。代々の領主が築いてきた秩序と権威、なにより民衆の命が危ぶまれている。その知育玩具を振るってさっさと仕事をして解決しろ」

『ちっ、知育玩具ぅ？　ひどくないそれ!?』

ロバートは、ダイヤモンドの抗議を一切無視して話を進めた。

少々照れ隠しの感情が見え隠れしたが、カランは何も言わないことにした。

「カラン・ツバキ。お前の状況はダイヤモンドから聞いている。呪いを受けて弱りきった貴様ごときが知育玩具を握ったところで、できるかどうかは甚だ疑問だ。逃げ帰るなら今のうちだぞ？」

「エッ」

これはいい人だとカランは瞬間的に思った。

資格と予算を与え、嫌なら断ってもいいですよと提案している。

「心配してくれてありがとウ」

ロバートからまたも照れ隠しの律動が響く。

不真面目な態度のダイヤモンドに怒りを覚えつつ、それの数倍は心配していて、ついでにカランのことも「巻き込まれた被害者」と認識しているのだ。

「しっ、心配だと!?　儂《わし》は多額の費用を無駄にした貴様らを責めているのだ！　馬鹿者が！」

「ダイヤモンドの本体、聖宝石を守れなかっタ。ごめんなさイ。でも、まだ終わったわけじゃなイ。ワタシが『響の剣』の使い手としてできることは、たくさんあル」

ふん、とロバートがつまらなそうに鼻を鳴らす。

「……ならば、ここに名前を書け」

「え、えーっと……」

「ペンがないのか？　ペンくらい普段から持ち歩かぬか」

まじまじと紙を眺めるカランに、ロバートがせかせかとペンを渡す。

しかしカランは首を横に振った。

「そうじゃなイ。納得できなきゃ署名はできなイ」

ロバートが、そのカランの態度にうんざりした様子を見せた。

言いすぎてしまったか、とカランはどきりとする。

だがその悪感情の対象が自分ではないことに、すぐに気付いた。

「……ダイヤモンド殿。もう少し事前に説明してやれ。そなたの悪い癖だ。ぶっつけ本番で迂闊《うかつ》な振る舞いをしないか見たかったのだろう」

『あっ、わかるぅ？』

頭をかいているような、そんな困り笑いをしてる声が『響の剣』から出てくる。

「まったく……。こやつはこういうことをするのだ。振り回されてばかりではいかんぞ。他に聞きたいことがあれば今のうちに言いなさい。こちらもあまり時間は取ってやれんからな」

これから戦いに放り込まれる戦士を気遣う目であった。

カランは、質問ではなく決意を放った。

「……ワタシは、デッドマンズバルーンとかいう連中が指名手配した人を保護しようと思ってル」

「うむ。任務は自然とそうなるだろう。だがそれは本命の目的ではない」

「【武芸百般】のアルガスと、『襷《たすき》の剣』のカリオスが、今まで何をしてきて、これから何を狙っているのか、それがわかんないから困ってるんダ。本当のことを突き止めて、それがヤバいことだったら止めめル。仲間と、迷宮都市のみんなを助けたいからラ」

「……続けなさい」

「そのためには、ワタシ一人じゃ無理なんダ。ワタシは、呪いで体が弱ってル。ダイヤモンドに手伝ってもらわないと外を歩くことだってできなイ。税とか法律のことだって勉強し始めたけど付け焼き刃だから、頭の良い人の知恵も借りたイ。戦えないから、戦える人に剣とか盾になって欲しイ。色んなところに出入りしたり、普通の人が見ちゃいけないものだって見られるようになりたイ。お金も、きっとたくさんいル」

「力、権利、金、すべてほしいというわけだ。そのためにダイヤモンドを守ったのか？」

「あのときワタシたちはダイヤモンドを信じタ。あなたたちも同じだと思ウ。一回や二回失敗しても逃げるつもりはないイ。全部、この事件のために使ウ。一つも無駄にしなイ」

『おっと全部はダメだよ。確実な仕事をするには冗長性が大事なんだ。予算も時間も余裕を見ておくように。それともちろん、カランちゃんのための報酬も用意してもらう』

「ええい、横から口を出さないでください。やりづらい」

ロバートが咳払《せきばら》いをして、カランを改めて正面から見据えた。

「貴様を聖剣所有者、そして災害調査室室長として正式に認め、騎士に任ずる。太陽騎士団の部隊長に準ずる逮捕権、監察権、古文書閲覧権を与えるものとする……ただし」

ロバートがぎろりとカランを睨《にら》む。

「これは極めて特殊な措置であるがゆえに、多くの義務を伴う。貴様の行動は逐一監視され、報告が求められる。また権限の行使は太陽騎士団の監視下で行われることとなる。なにより、成果が出せなければそれなりの罰が与えられると思ってもらおう」

「太陽騎士団……」

「そこは受け入れろ。横やりを入れられたくないのであれば、派遣される騎士と自力で交渉なり何なりすることだ。それとダイヤモンド。貴様も監視されることを忘れるな」

『うへぇー、ヤだなー』

「都市がめちゃくちゃになったら、罰を受ける側も与える側も無事じゃないんじゃないカ」

「秩序というものはそう簡単に崩れるものではない。秩序を守るために多くの人が死ぬだけだ。秩序の盾となって死ぬこともあれば、あるいは盾となれなかった者として処分されることもある。署名した瞬間、貴様は一介の冒険者ではなく秩序の一部となるのだ。ダイヤモンドの推薦でしかない片田舎の娘がどこまでできるのかは知らんがな」

脅しつけるような言葉の数々を、カランは黙って聞いた。

そして、静かに宣言した。

「……ワタシがみんなを守ル。そのために必要なことは、なんだってやル」


領主館の片隅の空き部屋に看板が掲げられた。

白木の板に『古代文化保全部　災害調査室』と、雄渾《ゆうこん》な筆使いで書かれている。

が、その中はごく簡素なものだ。パイプ椅子と長机、ホワイトボードに筆記具などの事務用品が置かれているだけで、調度品らしい調度品もない。

よく言えば質実剛健、悪く言えば粗末な部屋に、災害調査室の構成員が集められた。

「……なんダ。お前カ」

「なんだとはご挨拶だね、カランちゃん」

ロバートが言っていたように、太陽騎士団から騎士が派遣されてきたが、その騎士をカランはうろんげな目で見た。

カランの視線の先にいるのは、太陽騎士アリスであった。

『よーくもまあ、ヌケヌケと顔を出せたものだねぇ？　ウチの子を横取りしておいて』

「いやあ、ダイヤモンドさん。少し見ない間に……薄くなったね？」

今、ダイヤモンドは『響の剣』から映像として投影されている状態だ。

そして、露骨なまでに不機嫌な気配をアリスにぶつけている。

一触即発の気配を、カランが制した。

「そこ、うるさイ。仕事しロ」

『だぁーってぇー！　てゆーかカランちゃんはあんなのに取られて悔しくないのかい！』

「ニックはニックの考えで動いてル。別に取られたとかじゃなイ。アリスが敵じゃないのはわかル。この状況で魔神崇拝者の味方ってことはなイ」

「ほら、カランちゃんはわかってくれてるよ」

余裕の表情でアリスは自慢げにダイヤモンドに語りかける。

だが、カランの話は終わっていなかった。

アリスの目の前でサングラスを外し、うつろな目でアリスをじっと見つめた。

「敵でなくても、何かに利用しようとしてるのもわかル。それがどうなのかは見極めるつもりダ」

今は暴力的な力を持たないはずのカランの威圧感に、アリスは後ずさった。

「……安心してくれ。ニックくんたちを悪用しようも思ってないし、捨て駒のように扱うつもりはない。彼らには彼らなりの勝算があり、わたしもそれに賭けている。『修羅道武林《しゅらどうぶりん》』を順調に攻略しているし、今のところは無事さ」

『今のところは、だろ？　連中の全貌はまだまだ見えてないよ』

「虎穴に入らずんば虎児を得ず、さ。わからないということが行動を保留する理由にはならない。それに結局は誰かしらが『修羅道武林』に潜る必要はあったんだ。……それに、ニックくんはニックくんで追い詰められた状況にあった。彼を止めたところでいい方向には向かわない」

アリスの言葉は、一定の真実を帯びている。

幹部を殺された太陽騎士団も、冒険者の裏切り者、『デッドマンズバルーン』が現れた冒険者ギルドも、今や組織的な余力はゼロに等しい。内側に怯《おび》えながらも都市外の魔物の群れ、つまりスタンピードに対処せねばならず、都市内の治安改善や『修羅道武林』の攻略はごく消極的な対処しかできていない。

聖剣を持ち、攻略作戦の実現性において太陽騎士を納得させたニックたちに白羽の矢が立つのは当然の帰結でさえある。そしてニックたち自身も追い詰められ、動かざるをえない。

カランは、置いてけぼりにされたショックを受けつつも納得はしていた。

納得はしても、目の前の騎士への警戒を解いたつもりは、まったくなかった。

「あー……取り込み中悪いんだが、なんで俺も呼ばれてるんだ？　帰っていいか？」

そこに、ヘクターが居心地悪そうに尋ねた。

『だめでーす。オリヴィアの残した資料の調査どうなったの？「レムリア」とかいう与太《よた》話を集めた雑誌あったじゃない』

「全然わからん」

ヘクターが悪びれもせず肩をすくめた。

『ちょっと！　それは困るよ！　もっと根性出して！』

「いや、本当にお手上げなんだよ。確かに『月刊レムリア』には何かが隠されてる。おまえさんの情報を見つけられたようにな」

『それは言わないでよ』

「いや、言うさ。あんたというサーチキーがあったから情報が発見できた。調べる目的があって初めてオリヴィアの残した書物や記録に意味が生まれてくる。それを見つけなきゃいけねえ」

『「襷《たすき》の剣」ではダメなの？』

「ダメだ。『襷《たすき》の剣』が狙っていたものを把握しなきゃいけねえ」

『それがわかったら苦労しないよ』

「どっちにしろ調べ物はたくさんあル。手伝ってくレ」

人使いが荒くなったなと、ヘクターがぼそっと呟《つぶや》く。

それは当然のごとくカランの耳に届き、にっこりと微笑む。逃がすつもりはないとばかりに。

「ま、わかったよ。迷宮都市がこんな状況じゃ、流石にフリーで活動してる方がおっかねえしな」

「そういえばキミ、【武芸百般】の資料を持っていっただろう？　よくもまあやってくれたねえ？」

そしてカランの反対側にはアリスの微笑みがあった。

女傑たちに囲まれたヘクターが冷や汗をかき、そしてヘクター越しにばちばちとやり合い始める。

「そんなの見つけられなかった方が悪いゾ」

「ほほう。そう言うからには、帳簿を役立ててくれたのかな？」

「ディネーズ冒険者信用金庫から【武芸百般】は金を借りてタ。返済スケジュールがおかしイ。アルガスが借用書を書いただけで、何の資料も返済計画もなしに百万とか二百万の金を引っ張ってきてル」

「そうかな？　冒険者ランクというのは、冒険者パーティーの強さの階級であると同時に、迷宮から生きて戻って金を稼げるかどうかの信用力ランクでもある。【武芸百般】はCランクの中でも限りなくBやAに近い実力を持ってると噂されていた。百万や二百万の金を引っ張ってくるのはさほど苦労することでもないさ」

「なんども未納が起きててもカ？」

カランの指摘に、アリスが沈黙した。

「新しい金を借りてそれを返済に当てて、新しい借金に変えてル。返済利率も妙に少なイ」

「そこは……ニックくんも似たようなことは言っていたな。アルガス氏の顔があるから金を引っ張ってこれた、と。ただ借金額は膨らむばかりで頭を悩ませていたようだ」

「帳簿はニックが書いてるけど借金絡みの申請は全部、リーダーのアルガスがやっててル」

「……アルガス氏が書いたと思しき借金の申請書類は残ってる？　金融機関の担当者は？」

「ディネーズ冒険者信用金庫　頭取マーデ・ブロンデル」

カランの言葉に全員が絶句した。

それは、デッドマンズバルーンが出した手配書と同じ名前であった。

「……おいおい、マジかよ。こいつ、実在するのか？　冗談で書いた書類じゃないだろうな？」

『それがホントなんだよ。あ、カーテン閉めて。今、投影するから』

ヘクターがカーテンを閉め、部屋が暗くなったあたりで『響の剣』の宝玉の部分が光った。

すると、そこにはカランがにらめっこしていた帳簿が、画像としてその場に浮かび上がった。

「ダイヤモンドさん。そういう機能持ってるのズルいな……」

『まー便利だからいーじゃんいーじゃん。それよりこれ』

アリスが指で膨大な量の書類画像をかき分ける。

そして該当する書類……ディネーズ冒険者信用金庫の借用書の書式を発見する。

「本当だ……。しかも、幻の本店営業部じゃないか」

「……信用金庫が幻っておかしいだロ」

カランが、何を言ってるんだこいつという顔でアリスを見た。

だがアリスは至極真面目な調子で話を続ける。

「いいや、何もおかしくはないさ。ディネーズ冒険者信用金庫の本店営業部はすでに滅ぼされたはずなんだから」

「エ？」

「ディネーズ冒険者信用金庫は魔神との戦争で財をなし、ディネーズ聖王国のみならず他国や大陸全土に支店を進出させた最大規模の武装金融機関だった。だが七百年前、時の王が危険視し始めた」

「ああ、それは俺も知っている。銀行業務だけじゃなくて冒険者向けの質屋もやってたらしいな。魔剣やアーティファクトを担保に金を貸してて、そのまま質流れになったアーティファクトを数多く所蔵してたらしい」

ヘクターが口を挟んだ。

カランはその夢があるようでない過去の事件に、複雑な表情を浮かべる。

「その後、ディネーズ冒険者信用金庫の本店営業部は国と太陽騎士団と戦争になり、叩き潰された。ただ、各地、各都市に残ったディネーズ冒険者信用金庫は、本店営業部のような武装勢力というわけでもなくて普通の金融機関だった。その支店が別個に独立して営業を再開したのさ。このテラネに存在してるディネーズ冒険者信用金庫も同様で、他の都市の信金とは無関係だ……が、一つの噂がある」

「それが、本店営業部？」

カランの問いかけに、アリスとヘクターが頷く。

「ああ。頭取は長命種で、本店営業部が破壊されながらも今も逃げているんじゃないかって、な」

「でもそれ、何かあるのカ？」

「本店営業部の破壊によって帳消しになったはずの債権……つまり、借金を回収する権利を持っている可能性がある」

「ダイヤモンド、借金してないよナ？」

『……な、ないと思う』

『響の剣』の声はなんとも弱々しかった。

『い、いや、大丈夫だよ！　ただ……昔の相棒は、どうだろう……コンサート開いたりライブハウス造るのにお金借りてて、彼女の遺産を相続したから絶対に紛れ込んでないないとは断言できないっていうか……』

「……ま、まあともかく、当面の疑問は、なんで幻の本店営業部にいたはずの頭取の名前が手配書に出てくるのかってことだ」

ヘクターの言葉に、皆が頷く。

『……魔神崇拝者にとって、頭取マーデの存在は都合が悪い。そう解釈するほかないんじゃないかな？』

「都合が悪いって、魔神崇拝者が借金でもしてるっていうのカ？」

カランはダイヤモンドに、懐疑的な言葉で返した。

だがカランは自分の発言で気付いた。

陰謀を張り巡らせる悪党は、悪党であるがゆえに資金が必要だ。それは魔道具の強奪など非合法的な活動で得た金銭かもしれなければ、誰かから借りた金かもしれない。

だが、決して無から生まれたものではない。馬鹿馬鹿しいと切って捨ててはいけない。

「……いや、なくもないのカ」

『まあ、他にも考えられる点はあるよ。マーデが今も生きてるならば、様々な人間の情報や弱みも握っているはずだ。マーデが率いる本店営業部は特殊な契約魔術や鑑定魔術を使い、どんな相手であっても投資や融資を成功させてきた。その鑑定眼の確かさから、マーデは与信王とまで言われた』

「しかし、保護するにしたってどうすればいいんだい？　他の手配書と違って人相書きさえないよ」

「後回しにして、捕まえられそうな人から捕まえるしかないだろう」

ヘクターが手配書の一枚を指差した。

そこには、婀娜《あだ》っぽい女の人相書きが書かれている。

黒と赤の二色の髪を編み込み、目は鋭い。まるで蜂を彷彿《ほうふつ》とさせる佇まい。

「外食コンサルタント、サムライアリー……って、誰？」

アリスは心当たりがないようだ。

ヘクターも同様で、首をひねっている。

が、カランは思い当たるところがあった。

「……聞いたことあル。グルメ雑誌にたまに寄稿してるゾ」

『カランちゃん教えて。覚えてること、なんでもいいから』

「ええと、確か古代の料理の復元に詳しくて……レストランとか料亭の監修をしてル。コンサルタントってあるけど、料理研究家とか料理人とか、そういう肩書もあったはずダ。でもめったに人前に出ないらしイ」

『実在はするんだね？』

「わからなイ。会えた人はいないから、監修した先の料亭とかレストランのオーナーを通して、数ヶ月待ってようやく原稿が来るんだとカ」

「謎めいてることには違いないが、所在が把握できない人間の中じゃ一番手がかりがありそうだな」

「でも、その料亭だって予約でいっぱいのはずダ。貴族の会食にも使われるらしイ。紅梅庵は、ノゾミ国の伝統料理が出るとかで美食家界隈だと……」

『……そこ、使ったことあるかも』

「え、ずるいゾ」

『多分、ロバートくんの名前を出せば入れるよ。それでも普通なら数ヶ月待ちになるけど、今の迷宮都市の状況なら会食キャンセルも普通に発生してるはずだ。予約をねじ込める』

「悠長に予約だなんて言っててていいのかい？　デッドマンズバルーンが狙ってるなら、それこそ無《む》理矢理《りやり》にでも確保した方がいいだろう」

『いや、予約せざるをえないのさ。用のない人間が迷い込めないような結界を張っている。領主のお墨付きの店だから、そうした自衛措置を取る許可が出されている』

「許可が出されていると言っても、所詮は料亭だろう？」

『それができるんだな。紅梅庵に張られた結界魔術《無車小路》は、敵意を持った人間であればあるほど辿《たど》り着《つ》けない。そういう高等魔術なんだ』

「ますます怪しいじゃねえか。なんで料亭にそんな結界が張られてるんだよ」

『初代オーナーが残した遺産だとは言われてるけど、機嫌を損ねたら二度と使えない気がしてあんまり突っ込んだこと聞けなかったんだよ。ボクだってロバートくんの付き添いで二、三回行っただけだし』

「しかし人が作ったものには違いない。ベロッキオなら破る手段を用意できてもおかしくはないんじゃないか？　相手は元A級冒険者で魔術学校で教鞭《きょうべん》をとり、今や魔神崇拝者のリーダーだ」

どうするか、というところでカランに視線が集まった。

どうしようとカランは一瞬考え、そしてニックのことを思い出した。

こういうとき、ニックはどうしていたか。

例えば、レオンに算数ベアナックルを提案されたとき。

例えば、ステッピングマンを捕まえる仕事を始めたとき。

例えば、吟遊詩人《アイドル》事務所の護衛依頼を受けて、怪しげな陰謀に直面したとき。

「……ヘクターはサムライアリーの経歴を調べてほしイ。アリスはデッドマンズバルーンの動きを警戒。もしこっちより先にサムライアリーを捕まえようとしてるならそっちの妨害に切り替えル。

ダイヤモンドはロバートさんに掛け合って、店に入る許可を取り付けてくレ」

カランがよどみなく指示を出した。

全員、納得したように頷く。

「それとヘクター。手配書で正体不明の人が長命種ってこと、ないカ？」

「普通なら『そんなにいるわけねえよ』って返すところだ。十万人いて一人いるかどうかも怪しい。本来はな。けど、どうしてそこを疑った？」

「勘」

「そういうことをちゃんと言葉にしろ。お役所務めにゃそれが必要だ」

ヘクターの口調は厳しい。だが、カランの成長を見守る優しさがあった。

「……この店、マナーにうるさいらしイ。植物の保全活動とかもしてて、滅んだ国の礼法に従って、滅んだ国の料理を再現して、後世に語り継いでいル。滅んだ国の料理を再現して、今はめったにない本物の梅を数百年ずっと大事にしてるって聞いタ。記事を読んだときはすごいなって思っただけだったけど、ダイヤモンドみたいに古代の文化を伝えることができるのって……長命種だったら可能だよナ」

「なるほど……お前さんの食通趣味は案外この仕事と噛み合うかもな。記事やインタビューが載ってた雑誌名はわかるか？」

カランは、メモに覚えてる限りの雑誌名を挙げてヘクターに渡す。

「調べてみる。それと、俺もそんな感じがしてた。魔神崇拝者……特に聖剣みたいな長命種が警戒するとしたら、同じ長命種って可能性は十分にあると思う」

『厄介な話だよまったく』

ダイヤモンドが溜め息をつき、カランが苦笑した。

「それで、ワタシの仕事は……」

『あ、カランちゃんはやることあるよ。はい、方針は決まったんだから動いた動いた！　時間ないよ！　朝礼は朝八時にやるから、それまで解散！　ゴーゴーゴー！』

「おう、わかった」

「吉報を待ってるといいよ。それじゃまたね」

唐突に、ダイヤモンドがヘクターとアリスを部屋から追い立てる。

まだ自分の仕事を伝えていないとダイヤモンドに抗議しようとして、カランが椅子から立ち上がり、しかしその瞬間カランの足がふらついた。

思わず机に手を伸ばして転倒することは防げたが、それでも足腰には力が入らず、上半身の力でようやく立ち上がった。

『無理しすぎ。休憩はちゃんと取らなきゃダメだよ』

「……ダイヤモンド」

『言っておくけど、身体サポート機能をいじわるで切ったとかじゃないよ。ていうか機能の操作権限は常にきみ側にある。けど、サポート機能の限界を超えたらそりゃ足だってふらつくさ』

カランの文句を、ダイヤモンドが完璧に封殺した。

「でモ……」

『急ぐべきことではある。だからこそ休むんだ。そうだね、一日八時間の睡眠。それと三時間仕事をしたら一時間は休憩してもらおうかな』

「そんなんじゃ……！」

『そんなんじゃ、なに？　間に合わない？』

ダイヤモンドの問いかけにカランは反論できず、言葉に詰まった。

「……休ム」

『お、素直だね』

「これ、迷宮探索よりも長い、持久戦なんダ。敵だって二十四時間休まず動いてるわけじゃなイ。ちゃんと休んで、ちゃんと全力を出せる状態にしとかなきゃ、自分や味方が死ぬんダ」

『そういうことだ。ここ、実は仮眠室を設けてある。休んでいる間はボクが警戒しておくから、食事を取り、寝るんだ。吉報を待つ立場の人間は慌てないものさ』

ダイヤモンドがそう言った瞬間、突然書類棚が動いた。

その先にあったのは、まるで高級宿ホテルの一室のような部屋だ。しっかりとした寝具に、事務机。コーヒーポットから冷蔵の魔道具、その他、各種アメニティや雑貨が揃《そろ》っている。

「……金かけすぎダ。こんなに豪華なのいらなイ」

『えー、これでもかなりケチったつもりなんだけどなぁ。何か食べたいものはない？』

「……迷宮チキンが……」

カランは、ぱっと思いついた食事を思い出して、しかし複雑な表情を浮かべて首を横に振った。

「いや、いイ。胃に優しいものならなんでモ」

カランが食べたいと呟いたのは、少し臭みのある鴨肉《かもにく》を干しトマトや雑多な野草で煮込んだ、チキンではない迷宮チキン。迷宮での帰り道、ニックたちが作ってくれた料理だ。

カランの仕事は石を組んだ即席の竈門《かまど》に火入れするまでで、味付けには一切関知していない。無性にそれが食べたく、だが今は遠い情景となっている。

「仕事がしたイ」

そして、あの日に帰りたい。

『壺中蛇仙洞《こちゅうじゃせんどう》』の帰り道、背中にいたニックの呟きを思い出す。だが帰りたいと言ってしまえば、それが確定した過去となってしまうようで、恐ろしくて恐ろしくてたまらなかった。

『きみの望みは叶《かな》う。そのためにきみは忍耐を覚えなければならない』

カランはダイヤモンドに促され、黙々と食事を摂《と》った。

今まさに戦っているニック、ゼム、キズナ、そしてスターマインホールで粘っているであろうティアーナに思いを馳《は》せ、彼らのためにこそ罪悪感を押し殺し、静かに眠りについた。

「室長。良い報告と悪い報告、どっちから聞く?」

三日後、領主館の端の端、災害調査室に再びメンバーが揃った。

カランは前回と同様、『響の剣』の聖衣を身に纏《まと》って席に着いている。奥に用意された私室にそのまま泊まり、十分な休養を取って体力を取り戻していた。

『グッドニュースから聞くのが相場ってもんだね』

「それでいイ。眠そうだけど大丈夫カ?」

カランが言った通り、ヘクターの目の下には隈《くま》ができている。

だが、何か喜ばしい成果があったようで、満足げな雰囲気を醸し出していた。

「こいつ長命種だな。恐らくはエルフだ」

「ダイヤモンドみたいに、過去の雑誌に出てきたのカ？」

『それほんと頼りになるよね……自分の迂闊さを思い出すよ』

ダイヤモンドは以前、ヘクターに正体を摑《つか》まれたことがあった。長命種名寄せという、人より長い寿命を持つ人間の身元を特定する、ヘクターの特技によるものだ。

ダイヤモンドは人間ではなく、あくまで意思を持つ魔道具であり、そして魔道具は自分のアイデンティティとなる名前に縛られる。ダイヤモンドという名を自覚的に名乗るようになってからは他の名前を名乗ることは難しく、しかも吟遊詩人《アイドル》にまつわる活動をしている以上、雑誌の記事などに名前が載ることは避けられない。『レムリア』のバックナンバーによってダイヤモンドは本人特定されてしまっていた。

「エルフ族の肉体の寿命は七百年から千年と言われているが、精神としてはまた別だ。二百年から三百年程度で記憶障害を起こし、五百年頃から長い眠りにつく。肉体は自然と一体化し、精神は人語を介さない一種の自然現象や魔術的現象……精霊になると言われている。だがエルフ自身、それを嬉々《きき》として受け入れているわけじゃない」

「そういえば、人格障害を起こすから何かやってるって話だったナ」

「自分の魂や人格が散逸しないように、自分の氏族を常に名乗るんだ。我こそはなんとか族のなんとかの息子、誰々である、って感じでな」

「魔道具系の長命種と似て、名前を大事にしてるってことカ」

『けど、動機が少しばかり違うよ。ボクのような聖剣や魔道具は、自分の機能、自分の体と自己認識が直結しているからさ。エルフのような種族の場合、名前やアイデンティティの喪失は肉体に大きな影響はないが、記憶が欠落したり思考力が落ちる。端的に言えば、ボケる』

「……忘れちゃうってことカ」

『うん。だからエルフ族やその派生種族は自分の名前を大事にするんだけど……サムライアリーは記事を書くときに名乗りをしてるのかい？』

「直接は名乗ってはいない。店名だ」

「店名？」

「過去の紳士録に、『紅梅族』という氏族のエルフがいた。で、こいつがプロデュースしている料亭の名前が『紅梅庵』。店名を出すことでエルフと悟られないようにしつつ記憶障害を防いでる可能性が高い」

「でも、梅の木にあやかった店名、そんなに珍しいとは思えないゾ。ていうか『紅梅庵』って数百年前からある店ってわけじゃないだロ？」

「確かに、この店のオープンは二十年前だ」

「だったら」

「だが紅梅庵の『紅梅』というのれんが問題でな。三百年前から売買され続けている。紅梅麵職人とか、紅梅大酒家とかな。これを見ろ。七十年前のグルメレポート記事の写しだ」

そこには、染め物と思しき紅色の生地に白抜きで『紅梅』と書かれている店構えの絵があった。

だが『紅梅庵』ではない。記事の写しには『紅梅食堂』と書かれていた。

『これ多分、今ののれんと同じだ……。ていうか、のれんって名義じゃなくて物理的な「のれん」

だったんだ』

「店名を出すのと氏族を名乗るの、一緒にしていいのカ？　しかも店名を」

「記憶や人格を封印しているのかもしれない。あるいは分割したか」

「ぶ、分割……？」

「氏族に近い店名を名乗ることで、『自分は外食コンサルタントである』という認識の人格を作って、記憶や人格がバラバラになるのを防いでいる……って可能性がある。エルフは偽名を名乗るうちに本名や氏族を忘れちまうことがあるが、それを逆手に取る奴《やつ》もいる。完全に別人になりすまして犯した犯罪や借金から逃げたりとかな」

「かなりリスキーな方法に感じるけどね。自分が自分じゃなくなるわけだろう？」

アリスが問いかけ、カランも同意するように頷いた。

「そうだゾ、おっかないゾ」

「そこで、物理的なのれんだ。名乗りに冗長性が出れば一貫性が弱まる。それを補うための強化アイテムってわけだ。王様が王冠を被って、高位の神官が特別な法衣《ほうえ》を着るようにな」

「そこまでして身元を隠すのはなんでダ？　……もしかして、こいつもマーデに借金をしてル？」

カランが疑問を投げかける。

「そこまではわからん……っつーか、今言ったのも憶測だ。実際に合って話してみないとわからんな。サムライアリーが長命種だったら？　って前提での予測に過ぎねえ」

『うーん、ちょっと憶測や推察が多すぎるね』

「そこはすまんな。ま、とりあえず俺の報告はこんなところだな」

お次どうぞとばかりにヘクターがアリスに話を促した。

アリスは苦笑を浮かべながら切り出した。

「こっちは悪いニュースだ。デッドマンズバルーンの人間が都市西部……その紅梅庵があると思しき界隈に出没しているよ。しかも何か怪しげな杖《つえ》を持って、測量らしきことをしている」

『測量っていうか、結界破りだろう。動きが早いね』

ダイヤモンドが、警戒を滲《にじ》ませながら言った。

「だろうね。魔術的な痕跡を探しているんだろう。もっとも西部は貴族の邸宅や商家が多い。居所の特定には時間がかかるとは思うけど」

「向こうもサムライアリーの居所を摑んでるのカ？」

『サンダーボルトカンパニーは実験的な魔道具を開発していた。それはボクらのような吟遊詩人《アイドル》向けであったり、あるいは高級レストランのキッチンで使うものであったり、A級冒険者や騎士団のための武器防具であったりと多岐にわたる。何らかのツテで知り得たとしてもおかしくはないね』

「こっちはどうだ？」

『会食キャンセルが発生してたから、それを利用して上手く潜り込めそうだ。ヴィシュマちゃんの名前を借りるから、後でお礼に行こうね』

「だったら結果を出すんダ」

「けど、『紅梅庵』に客として出入りするのはともかく、内情を探るのは難しいかもしれないぜ」

ヘクターが懸念を漏らした。

「どういうことダ？」

「マナーにうるさいんだ。ノゾミ国由来の古代の礼法に則《のっと》ってないと女将が気分を害するらしい」

「古代の礼法は勉強しタ」

カランがぽつりと言うと、ヘクターは驚いた。

「マジか？　ノゾミ国のマナーやルール、ディネーズとは違う部分も相当あるし難しいぞ」

「ウソじゃなイ。公園でやってる茶席体験教室とか、ノゾミ国の伝統料理コースとか、何度か行ったことあル。それに、この店に行くことになると思ってマナー本とか料理研究の本とかは目を通しておいタ」

『ふふん、この三日間、きみらと同様サボっていたわけじゃないさ』

「ただ……この紅梅庵のマナー、食べる順番とか所作とか色々難しイ。食べ方に集中しすぎて、情報を探るとか、おざなりになりそウ」

『なら、会話はこっちがサポートするよ。声帯模写してカランちゃんが喋ってるように見せかける。……あ、あー、あ。あえいうえおあお。こんな感じかナ？』

『響きの剣』が喉の調子を確認するような声を出したかと思うと、その声を唐突にカランの声へと変化させた。声色も、アクセントも、カランそのものだ。

「うわっ。本当にカランちゃんじゃないのか？」

「それ、嫌な特技だね……」

ヘクターとアリスが複雑な表情を浮かべながら、カランと『響の剣』を見比べる。

「……喋り方、似せすぎなくてもいいと思ウ。後で勘付かれるくらいにしておいて、本気の声真似《まね》は取っておいた方が何かの役に立ツ」

『慎重だ。いいね、室長。その調子さ。それじゃあ夕方になったら早速、紅梅庵に行ってサムライアリーに会えないかアクションをかけよう。カランちゃんは食事を楽しみながら、できる範囲で周囲に気を配ってくれたら良い』

「……あんまり、食事を楽しめる気分じゃなイ」

ダイヤモンドの提案に、カランは窓の外を見ながら気のない返事をした。

紅梅庵は迷宮都市テラネの中でも美食家の憧れの店の一つのはずで、カランも行きたいと願っていた。だが、このタイミングで、仕事として行きたいかと言われたら、頷けるところでもなかった。

『……気持ちはわかるよ。けれど素直に食を楽しむきみ自身もまた、こういう仕事では力になる』

「ちょっと言ってる意味がわかんないゾ」

『きみが美味《おい》しいものを食べる姿は魅力的だということさ。それより、他のメンバーはどうする？』

カランが顎に手を当てて考える。

答えはすぐに出た。

「……案内されてない人は入れないんだロ？　だったら、周囲で警戒してもらうのが一番ダ。もしデッドマンズバルーンが店を特定して侵入しようとしてるなら、そこを抑えてほしイ」

「わかった」

「サムライアリーがいるとわかったら、すぐに確保ダ」

カランの言葉で、災害調査室が動き始めた。

間一髪、という程でもなかった。

カランが紅梅庵に入って食事を始めて、一時間もしないうちにデッドマンズバルーン側の冒険者が『紅梅庵』を見つけ出すことに成功していた。

だが素性は元D級冒険者、それもたったの二人だけだ。魔道具頼りで、何か特殊技能や魔術を持っているわけでもない。純粋に幸運が味方し、店を見つけられたようだった。『響の剣』の放つ音をまともにくらい、あっさりとアリスとヘクターに捕縛された。

カランはアリスにデッドマンズバルーンの冒険者の処遇を任せ、気を失った女将を連れて災害調査室へと戻っていた。

「う……ここは……？」

室内のソファーに寝かされ、ブランケットを掛けられていた女将が、目を覚ました。

「気がついたカ」

「……あれ、お客様……？　って、店じゃない!?」

カランが声をかけると、急速に女将の意識が覚醒した。

青い顔をして髪を振り乱して叫ぶが、すぐにヘクターが取り押さえた。

「待て待て待て！　落ち着け！　手荒な真似はしねえって！」

「かっ、帰して！　のれんを、のれんを仕舞《しま》わないと……！」

「大丈夫ダ。持ってきてル。悪いが、結界破りされてるから勝手に店仕舞いさせタ」

カランが落ち着かせるように女将に語る。

女将は落ち着くというより、静止した。まるで発条《ぜんまい》の止まった絡繰《からく》り人形のようだ。

「……う、ウン？　大丈夫カ？」

カランに声をかけられると、止まった人形のような目がぎょろりと動いた。

「破られたのは、入り口ののれんの結界かね？　なら構うことはない。あっちはダミーの簡易結界。本命が破られなければどうということもなかろうて」

気付けば先程までの、狼狽《うろた》える少女のような雰囲気は完全に消えた。

荒事には慣れているとでもいうような落ち着きぶりだ。

そして口調も変わった。妙に古めかしさを感じさせる言葉遣いだ。

「娘。妾《わらわ》の名前を尋ねよ」

「……名前を言えじゃなくテ？」

「わかっておろう。まだ完全に覚醒をしておらぬ」

「……お前は誰ダ」

「妾は紅梅族。族長プラントマンラビリンスの娘。無車庭園の紅梅姫、サムライアリー」

エルフ族の名乗りだとカランは気付いた。

そして名乗った瞬間、サムライアリーの頭髪に変化が起きた。

髪の一部が赤く染まっていく。

瞳の色も、黒目だったものが燃えるように赤々とした色へと変わる。

「うむ、うむ。ようやく目が覚めてきたの」

『……名乗りを変化させて記憶の欠落を防いでいた……というより、別人格を生成して本来の記憶を封印していたんだね。本当の名乗りは記憶と人格を解凍させるパスワードというわけだ』

「そこな楽器よ。そういうことは逐一言うものではない」

『楽器じゃなくて剣なんだけどなー。ごめんごめん』

サムライアリーが軽く叱るが、『響の剣』は悪びれた様子もなく軽薄に謝る。

「改めて、妾はサムライアリー。女将を守ってくれたこと、感謝するぞ」

「ワタシはカラン。火竜族の族長の娘ダ」

「おぬしも姫ではないか。いや、妾は姫という年でもないがの」

「そうカ？　きれいだゾ」

「ふふ、世辞でも嬉《うれ》しいわ。さりとて、おぬしらに感謝はするが、礼は期待するでないぞ。そちらも思惑があってのこと。そうじゃろう？」

「そうダ」

「ま、聞くだけは聞いてやろう。申せ」

つまらない話だったらすぐに打ち切るぞ、とでも言いたげな尊大な態度で、サムライアリーはカランに話を促した。

カランは咳払いをして説明を始めた。

今、迷宮都市が大規模スタンピードの危機にあること。その背後では『襷《たすき》の剣』を中心とした魔神崇拝者が活動していること。それを阻止するために迷宮都市の領主勢力や太陽騎士団、冒険者ギルドが一致団結……とまでは行かずともそれなりに協調して活動していること。

そして最後に、デッドマンズバルーンが賞金を懸けて手配書を回し、カランたちは手配された人々を保護するために動いていることを説明した。

「ああ、面倒じゃ面倒じゃ。本当に面倒じゃ……」

サムライアリーの反応を見る限り、彼女を保護したのは正解だったという手応えがあった。『襷《たすき》の剣』、『与信王マーデ』の二つの名前が出たときに、露骨に顔を顰《しか》めたからだ。

「なんでアイツらがオマエを手配したかわからなイ」

「ということは、おぬしらは妾が何者であるかは今一つ摑めておらぬ。そんなところじゃな?」

「わからなイ。ついでに言えば与信王マーデってやつもダ。オマエが外食コンサルタント、オーナー、女将、料理長。名義を細かく使い分けるのは知ってル。今のオマエと女将、雰囲気が全然違ってビックリしタ」

「ふふん。良い子であったろう女将は。少々融通の利かぬところはあるがの」

「ウン、料理、楽しませてもらったゾ。……でも、別人みたいな言い方だナ?」

「妾であって妾ではない。説明が難しいの。記憶は共有しておるが……それにおぬしも先程とは言葉遣いが違うであろう」

「ちょっとズルしタ。作法に慣れてなくて、喋るのはこっちに任せてたんダ」

『ボクがおしゃべり担当。あ、でも食事の感想はちゃんとカランちゃんのイメージを伝えたよ』

「そう気負わずに楽しめばよい。紹介状のある客だけにしているのは、単に人手が足りぬのと素性を知られてほしくないだけじゃ。料理だってそこまで気取ったものではなかったじゃろう」

「ウン。最近食欲なかったから、ああいうご飯食べられて嬉しかったゾ。気付いたらけっこう満腹だっタ。最初に梅が出てきたし、そういう流れにしてるのカ?」

「そうじゃ。元々は懐を暖めて、茶を楽しむという趣旨があってな……」

しばしの雑談を続けるうちに、サムライアリーは脱線が激しいことにふと気付いた。

「ええい、雑談をしに来たわけではあるまい。本題じゃ」

「本題ナー。つまんないからごはんの話をしてたいゾ」

「……おぬし、本当に役人か。迷宮都市も空気が変わったのう」

サムライアリーが呆《あき》れながらカランを見る。

カランは気分を悪くすることもなく、皮肉を受け止めて笑った。

「まあよい。……妾が魔神崇拝者に狙われているのは、恐らくマーデの手配のついで、といったところじゃろう。あやつが雲隠れしておるから、そのヒントを摑みたいのであろうな」

サムライアリーの言葉に、全員に緊張が走った。

「……じゃあマーデって、実在するんだナ？」

「なんじゃそこからか。無論、実在はしておるとも」

呆れ気味にサムライアリーが首肯した。

「今より二百年ほど前のことかの。あやつは『襷《たすき》の剣』に命を狙われておったから身を隠すのを手伝ってやっただけのことよ。そうしたら妾のことも狙ってきおって、まったく……！」

サムライアリーは、怒りながら自分の身の上話を始めた。

そもそもエルフ族とは、他の種族……竜人族や人間族、その他の獣人族などとは違って特殊な種族だ。寿命が長いだけではなく、古代から伝わる特殊な文化を継承していることが多い。

だがその継承をするにあたって、村や町といった集落を形成して守ることは少ない。長命であるために時の権力者にとって不都合な真実を知っていたり、あるいは超越的な力を持っているだろうと憶測で恐れられ、迫害されることも多々ある。

そのためエルフの多くは山や森の奥などの秘境に隠れ住むか、あるいは町から町へと旅をする生活をしている。

「我が一族は紅梅族。梅に関する文化や伝承を後世に伝えることを生業としていた」

「梅干し美味しかったゾ」

サムライアリーもそうしたエルフらしい生活をするエルフであった。

若い頃は各地を旅して木々の滅びた山に植樹をしたり、あるいは梅が自生する地域に梅の保存方法や調理法を教えたりという活動をしていたらしい。

「うむ、恐らくはおぬしが食べたものも妾か父上が……って、脱線させるでない。ともかくエルフ族は時の王や政権とは一線を画し、自分の持つ文化を守るために生きてきた。ゆえに、よく聞かれることじゃから前もって言っておくが、過去の魔神戦争などもよう知らぬ。長生きしておると新聞の記事や事件などいちいち覚えるのも面倒での。おぬしらとて子供の頃に起きた遠くの出来事など覚えておるまい」

『ボクは一応調べてるけどね』

「聖剣などの魔道具はデータ収集が趣味のようなものじゃろ。物事を分析し、現代の人々に奉仕する生き方はエルフ族の在り方とは異なる。こちらは現代への過剰な適応は避けねばならぬからの」

『だろうね。エルフ族は保守的……というより保守や保存そのものが使命だから。でも、だからこそ疑問が残るね』

「何がじゃ？」

『きみが伝承する文化は、言い方が悪いかもしれないが、社会に大きな変革を与えたり、知る者に多くの力を与えたりするといった性質のものじゃない』

「……そうじゃの。むしろそうした知識を持つエルフの多くは戦いに巻き込まれ、多くの氏族が守るべき伝承と共に滅びおった。悲しきことじゃ」

『……そんなエルフが、マーデとどういう関係があるんだい？　エルフの使命を考えれば実にリスキーだ』

「預金利用者と信金職員じゃな。あ、いや、向こうは頭取じゃったか」

『それだけじゃないだろう？』

ダイヤモンドの瞳が妖しく輝く。

しかし、サムライアリーは微笑みとともに受け流した。

「ここから先は言えんの。守秘義務というものがある。マーデを見つけ出せ。話はそれからじゃ」

「そのマーデがどこにいるかわからないから聞きたいんダ。そいつも賞金を懸けられてる。向こうが先に足取りを摑んだら、多分、マズいことになル」

「あやつのことじゃ。どうせどこぞで金貸しをしておるとも」

「金貸しをしてる……？　ってことは、手がかりは【武芸百般】の帳簿だな」

今まで成り行きを見守っていたヘクターの言葉に、カランが頷く。

「アルガスはマーデを知ってるはずダ。もしかしたらニックも、知らない間に会ってるかモ」

『……本物で、なおかつ当人だったってわけか。でも不可解だな』

「ウン。てっきり魔神崇拝者の仲間だと思ってたし向こうが把握済みなんじゃないかってテ……」

「そんなわけがなかろう。何か資料があるなら見せてみよ」

サムライアリーに促されて、『響の剣』が借入時の帳簿や借入の明細書などを空中に投影する。

「……間違いないの。あやつの印じゃ」

『彼も魔神崇拝者に追われてるんだろう？　なんで実名で融資なんかをするんだい？』

「あやつは逃げているが、同時に借金取りでもある。逃げながら『ところで返済はまだですか？』という、債務者にだけ伝わるメッセージを放っておるんじゃ。そういうやつじゃ」

「……性格悪そうだゾ」

「悪い。じゃが少なくとも『襷《たすき》の剣』と戦うのであれば、避けては通れぬ」

「どうすれば会えル？」

「知らぬ」

「人種ハ？　年齢や顔立ちハ？　声や口癖、特徴、なんでもいイ」

「それも言えぬ」

サムライアリーが、妙に頑《かたく》なな態度になった。

訝《いぶか》しげな視線を受けて、サムライアリーは焦って弁明する。

「そ、そんな目で見るでない。過去の姿は知っておるが今の姿は知らぬ。顔や特徴、性別さえも容易に変えるやつじゃ。話せば話すほどそれが思い込みになると思うて、内容を吟味しておる」

「姿を変えル……？」

「あやつは魔道具の一種。『マーデの魔鏡』という古代文明が開発した魔道具じゃ。そこな聖剣のとは違って所有の条件が緩い。適性や才能を選ばず所有者を次々に乗り換えることができる」

『なるほどね。所有者から所有者へと引き継がれていくから隠れ続けられる、と』

『響の剣』が感心するように頷く。

「けど、インチキ記事の化け物や幽霊じゃなイ。ちゃんと活動してて、記録を残す『ヒト』ダ」

そうじゃ、とサムライアリーが頷いた。

「うむ。この街にいることは明らかであり、あやつはヒントを残しておる。その帳簿や借用書のように な。地道に、丹念に調べ上げた者を拒絶することはない。あやつは金融業を己の使命と見出《みいだ》した者。新規融資業務を止めることはなかろう」

「……金貸しに人生懸けてるやつ、いるんだナ」

「そりゃいるさ。金融業界ってのは冒険者とはまた違った意味でハードな世界だからな」

ヘクターがさも当然とばかりに頷いた。

「金が欲しい、ってわけじゃないよナ？」

「目先の金で釣れるやつではない。ディナ、マドカ、マーズダラー、不動産に魔道具、のれん、今はご禁制の魔力結晶通貨など、あらゆる資産を貯《た》めておる」

サムライアリーの言葉に、ヘクターが顎に手を当てて考え込む。

「となると……このタイミングで投資すれば大きなリターンがある人間。大きな貸しが作れる相手。そいつに近寄っているのが与信王マーデってわけだ」

「うむ。あやつにとって金とは貯めるものでもなければ守るものでもない。貸して、稼がせることに至上の喜びを見出す都市伝説のごとき奇人変人の類いよ。それを理解すれば辿り着けるであろう」

「……都市伝説？」

サムライアリーの言葉に、カランが訝しげな表情を浮かべた。

そしてヘクターに目だけで訴え、ヘクターはすぐに察した。

「おいおい、『月刊レムリア』を疑ってるのか？　あの雑誌にゃマーデの名前なんざ一つも出てこなかったぞ。俺は何度もあの与太話の雑誌を読んでるんだ。間違いない」

「それがおかしいだロ。ここまで怪しげな金貸しが迷宮都市にいるのに。マーデってやつは昔から有名なんじゃないのカ？」

カランの言葉に、ヘクターは呻《うめ》いた。反論できない自分にすぐに気付いた。

「……それもそうだな。白仮面よりも昔からある伝説的な人物で、生きているって噂さえある。だってのに与太話を集めた記事に一つも名前が出てこない。意図的に省いてきたってことか……？」

「マーデはともかく、マーデに関連しそうな記事ってないのか」

「その雑誌とやらは知らんが、あやつは他人の野心や夢に投資して、それが成功したときに返済を迫る奴じゃ。つまりは願いを叶え、その代償を求める。資本家や投資家、銀行マンというのは、ある種の妖怪や悪魔と同じ属性を持つ」

ヘクターが、何かを掴んだ。

「前にヘクターはサーチキーがないって言ってタ。ダイヤモンドを探すためにレムリアを調べたら出てきたように、マーデを、あるいはマーデの関係者……金を借りた奴をレムリアから探せば」

「マーデに行き着かなくとも、マーデと契約した債務者に行き着く。そしてそいつらに聞き込みをすれば、マーデに辿り着く」

その男は、長身の痩せた男であった。

「いるぞ。魔物のにおいだ」

黄色と黒の入り混じった体毛に覆われた前腕に鋭い爪。猫科動物の尻尾。どれも強靭《きょうじん》で知られた虎人族の特徴だ。

だがそんな種族的な特徴よりも彼自身の性格を強く訴えるものがあった。伸び放題の毛を乱暴に刈った獣と人の境目のような髪型や、つまらなそうに周囲を見る不遜な視線から、男が平和を謳歌《おうか》する類いの人間ではないと示している。

その男は今、のっぺりとした床に伏せ、獣が獲物の匂いを嗅ぐかのごとく周囲を探っている。

「……この通路を一直線に歩けば、おそらく両方向から魔物が雪崩《なだれ》込んでくるな。挟み撃ちになる」

ここは迷宮『修羅道武林《しゅらどうぶりん》』内部、地下五層。

最深部への到達者がいないために難易度は測定不能。身体接触を伴わない攻撃魔術を阻害する結界が張られており、探索者は言葉の通りに体を張り、命を賭して無明の闇へ潜らなければならない。

それゆえに、男とニックたちは慎重に慎重を重ね、歩みを進めていた。

「なんでわかるんだ」

ニックの問いに、男は振り向きもせずに答える。

「人数をカウントするセンサーがあるのに、攻撃的なトラップの気配がねえ」

「しかし人数をカウントする必要なんてあるのか？」

「あるさ。一人二人の人間を殺したいだけなら渋滞するほどの魔物を投入しても仕方がねえ。同士討ちによるロスの方がはるかに大きい。逆に、人間側の人数が多いなら魔物も防御を固めて、少しずつ圧死させるように押し潰すのが最適だ。迷宮にだってリソースってもんがある」

「……迷宮側の視点があるわけか」

「俺の話はタダじゃねえからな。報酬に乗せておけよ、ニック」

「それは生きて戻って、雇い主の騎士様に直接言えよ。レオン」

男の正体は元【鉄虎隊】、そして今は容疑者のレオン。

粗末な囚人服を脱ぎ捨て、軽装鎧《けいそうがい》に身を包んでいる。また不思議なことに、体格や筋肉が遵法保安センターに収容される前の状態と遜色がない。冒険者らしい、雄々しい姿を取り戻している。

「そもそも、お前が勘を取り戻せたのは『武の剣』のおかげじゃねえか」

「ま、そこは感謝してるぜ。お前らとの戦闘のせいでボロボロになった体だったがな」

『トレーニングがコミットしたみたいでよかったです！　これからも一緒にフィットネスを続けていきましょうね！』

「お、おう」

皮肉に気付かず快活な様子の『武の剣』の言葉に、レオンが曖昧に頷《うなず》いた。

「……ニック、お前は珍妙な剣に好かれる体質だな」

「お前に言われたくはねえ」

ニックは、レオンの背中にある禍々《まがまが》しい剣を見て感想を漏らした。

今のレオンの外見において一番目立つのは虎人族特有の体毛ではなく、雄々しく強靭な体軀《たいく》でもない。どこか禍々しさを覚える、鞘《さや》に封じられた大剣だ。

鍔元《つばもと》に付けられた宝玉は、大きな肉食動物の瞳のようにぎらついた光を放っている。これこそレオンが手にして、そしてニックたちに封じられた聖剣『進化の剣』であった。

『……珍妙なのはお前たちの方だろう。それと我は「滅の剣」だ。間違えるな』

「ふん、そういう称号めいた名は冒険の結果、他人から呼ばれて初めて得られるものじゃ。自称するものではなかろうに」

聖剣同士で気が合うというわけでもなく、キズナが『進化の剣』をせせら笑った。

『なっ……なんだと！　だったら貴様は「不道徳の剣」だ！　あるいは「詩人偏愛家《ドルオタ》の剣」でもよかろうな！』

「なにー！　減らず口を！　暇しておると思うて時々映像資料や書籍を渡してやったとゆーのに、まるで感謝がない！」

『趣味が偏っているのだ！　不道徳なものばかり寄越《よこ》しおって！』

「不道徳なのは我じゃなくて【サバイバーズ】の趣味じゃ！　おぬしらも今は臨時の【サバイバーズ】じゃから、流儀には従うことじゃの！」

今の『修羅道武林』の探索メンバーは【サバイバーズ】のニック、ゼム、キズナ。

そして、なし崩し的にニックを使い手とみなした『武の剣』。

更にそこに、レオンと『進化の剣』が加わった。

ニックが考えたアルガスと『襷《たすき》の剣』を打倒する作戦には、『進化の剣』が必要不可欠であった。

過去に『進化の剣』は、レオンを意のままに操ってニック／ティアーナと戦い、そして封印された。封印した場所とは、実はキズナが封じられていた『絆《きずな》の迷宮』の最下層であった。

そもそも『絆の迷宮』のセキュリティは、キズナが握っている。アマルガムゴーレムの暴走などもあったが、キズナが時折忍び込んではシステムの修復作業をこっそりと行っていた。もはや『絆の剣』が書類上存在しない迷宮に冒険者ギルドも用はなく、忍び込むのは容易であった。最下層までの直通エレベーターも稼動している。

そこでキズナたちは、『進化の剣』のための隔離部屋を最下層に作ることを思いついた。ここならば泥棒に狙われることもなく、またギルド職員や太陽騎士団が目をつけることもない。

しかし『進化の剣』がいかに都市内で暴れまわったとはいえ、同じく封印された聖剣として不憫《ふびん》に思うところがあったのだろう。

キズナは時折『絆の迷宮』に忍び込んで差し入れをしていた。吟遊詩人《アイドル》の歌声を録音した宝珠や、あるいはティアーナからもらった競竜雑誌や競竜年鑑、カランからもらったグルメ雑誌などなどだ。なおゼムが推薦した図書は倫理的な問題があるため選書から外されていた。

キズナはそうした援助についての恩、そして冒険者ギルドや太陽騎士団に突き出すことなく隠したことへの恩を盾に、『進化の剣』に助力を要請した。

だが当然、『進化の剣』はゴネた。

理由はあれど本人の意思を無視して一方的に封印されたことには違いない。

事あるごとにキズナと『進化の剣』は衝突していた。

『何が【サバイバーズ】だ！　安直なネーミングセンスに単細胞な神経が現れているというものだ！』

「おぬしこそ中二ネーミングセンスじゃろがい！」

そんな口論を見て、レオンが溜《た》め息《いき》をつく。

「……ま、俺もこいつも、牢獄《ろうごく》から出られるならなんでもいいさ。それ以外はどうだっていい」

だが『進化の剣』としても、無罪放免の状態で外に出るチャンスは惜しい。レオンを扇動して太陽騎士を昏倒《こんとう》させ、カジノを破壊したという罪を問われたとき、『進化の剣』は今よりも更に悪い境遇に陥ることは目に見えていた。最悪、破壊命令が下ることもありえる。

また、それ以上に『進化の剣』にとって我慢がならないのは『襷の剣《たすき》』の暗躍であった。

『進化の剣』は、端的に言って人間という存在を見下している。

ニックたちは『襷《たすき》の剣』の思想に『進化の剣』が同調しないかどうか、そこを懸念していた。しかし意外なことに、状況を聞かされた『進化の剣』は怒りを露《あら》わにした。

『レオンよ。どうでもよいということはあるまい。「襷《たすき》の剣」は危険だ』

「……意外だな。人を人とも思わねえお前がどういう風の吹き回しだ？」

『勘違いをするな。我は何も、人の世が滅んでよいなどとは思っておらぬよ。古代の美徳を忘れた者共の国家や秩序など守るに値せぬとは思っているが、「襷《たすき》の剣」のような破滅的な思想の持ち主と一緒にされるのは心外というものだ』

実のところ『進化の剣』は、現代の人間を見下してはいるものの、聖剣を鍛造した古代人や超古代人に対しては一定の敬意を払っている。むしろ過去の文明を築いた人々に敬意を払うからこそ、今の人間の堕落が許せないというスタンスであった。聖剣の権能は革新的ではあるが、本人の思想としては保守系タカ派といって差し支えなかった。

実はキズナが教えた吟遊詩人《アイドル》の文化についても、古代ゆかりの文化であることに気付いたために全否定はしなかった。「これはアーティスティックだ。悪くはない」とか「顔だけに頼っている。肝心の声もリズム感もない。吟遊詩人《アイドル》として論外だな」などと評していた。

ともあれ、『進化の剣』は協力要請に渋々ながら同意したが、一つ、注文をつけた。

それはレオンを作戦に同行させることだった。

「にしては、オレの体をいじって好き勝手やらかしてくれたじゃねえか」

レオンが毒づくと、『進化の剣』は嘲笑するように言葉を返す。

「そのくらい大したことではなかろう。人が剣を道具として操るのであれば、意思を持った剣である我が人を道具として何が悪い？　特に、欲得と恐怖に突き動かされ、状況次第でいかようにも流される……そんな意思を持たぬでくのぼうを操るなど、お前も得意だったではないか」

「そうだな。否定はしねえ」

『レオンよ。我に玩弄されたくないのであれば意思を持て。痛みや恐怖を避けるための戦い、飢えを凌《しの》ぐためにひねり出す知恵など、下等生物の神経の反射や本能と何一つ変わりはしない』

「それはお前も同じだ。そこのチビに負けた理由を教えてやる。自分を過信して他人を侮ったからだ。状況を見誤り、知識をアップデートさせることを怠った。それこそ下等なんじゃねえか？」

痛いところを突かれ、『進化の剣』が呻《うめ》く。

『……言うではないか。お前を所有者に選んだ甲斐《かい》があったというものよ』

「ただの腐れ縁みてえなもんだ」

妙なことに、『進化の剣』は依然としてレオンを所有者と認めていた。

そして、収監されているレオンも『進化の剣』にいいように扱われたはずだが、所有者として求められていることを聞き、うんざりした顔は見せたものの嫌とも言わなかった。むしろ自分が呼ばれることを納得する素振りさえ見せていた。

「だったら真面目に働くんだな。今の体を取り戻したことくらい、大したことがないくらいの功績を挙げるチャンスでもあるんだぜ」

「言われるまでもねえさ」

そしてニックたちは、遵法保安センターにアリスを通して仮釈放を依頼した。

ボランティア・プロテクション・プログラムという司法取引によって、太陽騎士団の業務を忠実に実行する者に特別に認められるものだ。所属する犯罪組織の情報提供などに留《とど》まらず、スパイとなって内部捜査に協力するなどの危険な任務を命じられるかわりに、報酬と減刑が得られる。

とはいえレオンの罪は決して軽くはない。太陽騎士団の命令系統が混乱している状況でなければ、こうして外で活動することなどはできなかった。

「おしゃべりはそこまでだ。そろそろ来るぞ」

レオンが手を上げて、ニックたちを制止した。

ニックたちが無言で各々の武器を握り、準備態勢を作る。

前方にあるシャッター式の扉が、下から少しずつせり上がっていく。

そこには一糸乱れず整列している奇妙な魔物がいた。

「オーガフェンサー……？　だけじゃねえ。色々いるぞ。なんだあれ」

そこにいたのは、剣を持ったオーガたちだ。

だがそれだけではない。狼《おおかみ》の頭をして鎧《よろい》と剣で武装した魔物もいれば、蛸《たこ》が無理矢理《むりやり》足を変形させて、人間用の武器を携えている魔物もいる。暗黒の気体状でありながら鎧を着て人の姿を象《かたど》っている魔物もいる。それが合計で二十体ほど。

背格好と武装が似ている以外、種族はどれもバラバラだ。

「……ベルセルクじゃな。戦いを繰り返し己を磨き上げた魔物が、魔神に『戦士』と認められて進化する存在と言われておる。魔物の種族というよりも身分や位階に近いじゃろう」

『……気をつけてくださいね。ただの魔物じゃありませんよ。魔物として長く戦いを生き抜いた選ばれし者共です』

『武の剣』の忠告が示すように、身のこなしがまるで普通の魔物とは違った。

魔物の方が圧倒的に数で勝っているにもかかわらず、一切の油断がない。

ここで確実に殺すという冷徹な計算を、一匹一匹が抱いている。

「ニックよ。我を使うか？」

「お前の出番はまだまだ先だ。力は温存しておけ」

「いや、でも、ちょっとくらい良いのじゃよ？」

「いや、いいって。オレが中に飛び込んで攪乱《かくらん》する。お前は外側から敵を討っていけ。狭いから無理はするな」

「そうじゃなくて！　我を握れとゆーておるのじゃ！」

『どうせ我よりも成果を挙げて目立ちたいだけだろう。ニックとやら。そんな矮小《わいしょう》な自己顕示欲の塊に振り回されるなよ』

「むっかっつっくぅー！　自己顕示欲の塊はおぬしじゃろうが！」

キズナがぷんぷんと怒る。どうやら本当に対抗心を燃やしている様子であった。

「お前ら、そろそろ集中しろ。ニック、てめえが持ち主なんだからちゃんと仕切れ」

レオンが真剣な様子で警告を飛ばす。

「……お前にだけは言われたくねえがすまん。キズナ」

「わかっておる。そろそろ真面目モードじゃ。しかし、おぬしら存外に冷静じゃの」

「なんだよ冗談ならそう言え」

「半分くらい本気じゃぞ！」

キズナは緊張をほぐすためにあえて茶化《ちゃか》したつもりのようだったが、ニックもレオンも、この状況に慌ててはいなかった。

『ゼムさんは大丈夫ですか？』

『武の剣』の心配に、ゼムが微笑を浮かべた。

「中々恐ろしげな魔物ですね。しかし彼らはあなたの鍛錬よりも厳しい世界を生き抜いてきたと？」

『まさか。私のプログラムについてきたあなた方であれば問題はないでしょう。この程度で手こずるのであれば帰って荷物を纏《まと》めた方がよろしい……と、オリヴィアであれば言っていたと思います』

その『武の剣』の言葉に挑発されたかのように、ベルセルクたちが各々の武器を掲げた。

野山や洞窟に住まう魔物にあるまじき一糸乱れぬ動き。まさに騎士団の如き規律を守り、そして戦意を滾《たぎ》らせている。

「じゃ、行くか。俺が攪乱する」

だがニックは怯《おび》えることもなく、落ち着いた様子で軽く屈伸をした。

『修羅道武林』での、初めての戦闘が始まった。


魔物たちにとって驚くべきことが起きた。

気付けば魔物たちの眼前にいたはずのニックが、背中側にいた。

数匹の魔物の首から、血しぶきが飛んでいる。

「ガガガッ！」

ニックはまるで幽鬼のごとく、不確かな気配の足取りで魔物と魔物の間をすり抜け、行き掛けの駄賃とばかりに短剣で魔物の首に斬撃を放っていた。ほんの数秒の出来事に、魔物たちは事態を正確に摑《つか》めてさえいなかった。

「うおらっ！」

「《並列《パラレル》》！」

そこに、レオンが鉈《なた》のような大剣で斬りかかり、さらには五体に分身したキズナが片手剣で舞うように刺し、魔物を翻弄する。すでに魔物たちの前線は崩れかかっていた。

後方のニックを抑えることもできず、そしてレオン、キズナの猛攻を凌ぎ切ることもできない。レオンを攻撃対象と見定めた魔物は、その瞬間にニックに首を斬られた。

直後、五匹の魔物が、ニックの前に立ちはだかった。

狭い通路で身を挺《てい》して盾となり、他の魔物が体勢を立て直す時間を確保するために命を賭してニックにへばりつこうとする。

「典獄の鎖よ。罪深き者を縛れ」

それを、床を這《は》うように動く蛇の如き鎖が封じ込めた。

これは、ナルガーヴァの遺品の鎖であった。

その名も『典獄の鎖』。魔力に感応して自在に動き、時には敵を縛り上げ、時には自分の身に巻き付けて鎧のようにすることもできる、利便性の高い鎖の魔道具であった。

アリスがレオンを保釈する際についでとばかりに、ニックたちに渡してきたものの一つだ。とはいえ正直ニックもレオンも、これを自在に使うには少々難があった。ナルガーヴァが使ったように、柱や突起に引っかけて縦横無尽に動き回るのは訓練がいる。そもそも本来の使い道ではない。

アリスが言うには、『典獄の鎖』とはそもそも犯罪者や野盗を捕らえるために騎士に支給される魔道具なのだそうだ。元々ナルガーヴァは騎士から神官へと鞍替《くらが》えした男だった。迷宮都市に来るまで、過去のツテなどで手に入れたのだろうと予想していた。

そして正しい使い方……つまり敵を捕縛したり攻撃する道具として使う上で、所有するに相応《ふさわ》しいのはゼムであった。魔力を通し、捕らえたい者に敵意を向けて魔力を込めれば十分に動く。

『はい、合格です！　《武窮門《ぶきゅうもん》》でのトレーニングはしっかりと肉体にフィードバックされているようですね！』

『武の剣』が嬉《うれ》しそうに戦果を褒《ほ》め称《たた》える。

実はここにいる生身の人間のメンバー全員、『武の剣』の権能によって身体技能が向上していた。

「ああ。イメージの世界にいたときの感覚は、体にはしっかり刻まれてる」

「僕もあちらで覚えた魔術は問題なく使えるようです」

「……二度と体験したくはねえがな」

レオンが苦い顔で言葉を吐き捨てると、ニックもゼムもしみじみと頷いた。

《武窮門》とは古代の修業法にして儀式魔術である。『武の剣』が展開する精神的な世界に体験希望者たちを招き入れ、肉体と遊離した魂に過酷な修業を課す……というものだ。

そこでは『武の剣』の精神体が現れてトレーニングメニューを提示したり、あるいは実戦形式で複数体の『武の剣』がひっきりなしに襲いかかってきたり、あるいは本人の記憶の中に存在する強敵と再び対峙《たいじ》させられたり……と、ひたすらに自己を鍛えるための試練が与えられる。

しかもそこでは、時間の概念が薄い。修業しようと思えば、一晩で一週間でも一ヶ月でも修業できる。魂だけを磨きすぎるのも問題があるために年単位での修業は推奨されないようだが、それでもニックたちは一年程度の鍛錬を経験していた。

言い換えるならば、ニックたちは一年間、何度となくアルガスと白仮面との戦闘を繰り返し、無惨に殺される経験をしていた。

『しかしニックさんたちは凄《すご》いですよ。普通の人なら、きっと鍛錬の途上でギブアップしていたかと思います』

「……オリヴィアだったら、首に鎖をつけてでも逃しちゃくれなかっただろうよ。あいつはアホだったが、こういうところで甘やかしてくれるやつじゃなかった」

『あ……』

ニックが、懐かしむような声で憎まれ口を叩《たた》いだ。

だがそれは、今ここにいる『武の剣』の存在意義に関わるものでもあった。

「……悪い。あんたのトレーニングに不満とか、そういう話じゃない。むしろよくやってくれた」

『ですが……もっと私が皆さんの力を引き出せたなら……』

「あんたに無理なら、誰だって無理だ」

実のところニックたちは、トレーニングの中で現れた仮想のアルガスに何度挑んでも勝利することはできなかった。『武の剣』はそれを今も悔いている。

「だが現状は認めなきゃいけねえ。この作戦、成功すると思うか？」

『心配のしすぎだ。我の能力を疑うか？』

レオンの問いかけに、『進化の剣』が答えた。

「お前には聞いてねえ。お前の力を引き出せるかどうかは人間の能力の問題だ」

『まったく、小心なことよ』

『進化の剣』がやれやれとばかりに言うが、それ以上文句をつける気もない様子だった。

「ニック、お前はどう思う」

「……正面から戦ってあいつらに勝つのは無理だ。だが、成功はする」

レオンの問いかけに、ニックは強く頷く。

状況は最悪に近く、立ちはだかる敵は最強である。

だが、ニックたちはそれでも勝算を見出《みいだ》していた。

そして、再び歩みを進めた。

新たな部屋に入り、新たな階層に入る度に、新たな魔物、新たな戦いと遭遇する。

先程と同様に魔物が大量に押し寄せる広間もあれば、あるいは慎重に床を調べて一歩一歩罠《わな》を解除しなければいけないフロアもあった。

また、矢や投石が放たれる中で魔物を倒さなければいけないフロアもあり、ゼムとキズナが矢を防ぎながらニックとレオンが魔物を蹴散らす……という状況もあった。

一切の光が失われるフロアでは、ニックが《魔力感応》を使って感覚を強化し、敵を倒した。

そして。

「おい……はっ、早くなんとかしろ……！」

「喋《しゃべ》るな……失神するぞ……くそっ！」

「くっ……《星界耐性》！」

酸素が欠乏するという悪辣なトラップに対しても、ゼムが新たに覚えた魔術が効果を発揮した。

「もって五分です！　それまでの間に早く！」

「よし……どこかに空気を生み出す宝珠があるはずだ、探せ！」

『ニックさん、魔力感応です！　呼吸を整えたらすぐに！』

「もうやってる！　キズナ、床下だ！　こじ開けるまで魔物を食い止めろ！」

「人使いが荒いのじゃ……！　ぬわわわ！」

こうして、合計十部屋ほど通過したあたりでニックたちは小休止に入った。

命の危機が迫るほどの状況には陥ってはいないが、少しずつ疲労の色が見え始めていた。

「案外やるじゃねえか、神官さんよ。青瓢箪《あおびょうたん》ってわけじゃなさそうだな」

レオンがトラップの解除されたフロアに腰掛け、ゼムに話しかける。

「後衛と言えど自分が穴になるわけにもいきませんからね。特に、このような殺伐とした場所では」

「穴とか言うなよ。……あのじいさんの言葉、気にしてんのか」

心配そうなニックの言葉に、ゼムが自嘲気味に微笑《ほほえ》んだ。

ニックが言っているのは、ナルガーヴァのことだ。

彼はゼムを執拗に攻撃し、【サバイバーズ】との戦闘で優勢を保っていた。お前がパーティーの穴であると、率直に責め立てた。

「……耳が痛い話でしたからね。僕は倒れるわけにはいきません。守られることにも躊躇《ちゅうちょ》はありませんが、かといって無防備なままというわけにもいきませんから」

「わかった。だが無理はするなよ」

「ええ。と言いますか、僕から見ればあなた方の方が心配ですよ。お二人とも、モチベーションが非常に高い。平常心を保とうとしつつも、共に戦っていれば感じます」

「それは……」

ニックが反論しかけた。が、ゼムの真剣な表情を見てやめる。

「無責任な言い方にはなりますが、負けられない戦いだとは思わない方が良いでしょう。もし想定外のことが起きたときは、一度地上に引き返して準備を整えて再アタックをすることも視野に入れなければなりません。そうしなければ、より恐ろしい事態を招く」

「お前らはそれでいいんだろうが、俺は娑婆《しゃば》と賠償金減免が掛かってるんだ。それにタイムリミットがないと考えるのは早計だぜ。地上じゃスタンピードも起こってる。十分な支援が受けられると思うのは甘い」

ゼムの言葉に、レオンは悪態と共に反論した。

だがその無礼な態度に気分を害することもなく、ゼムは問い続けた。

「……あなたは本当に、自分の身柄や金銭だけが目当てなのですか？」

「なんだと？」

「あなたは意欲的に仕事をしてくれている。心強い」

「にしては文句多いぞこいつ」

ニックの反論に、ゼムがくすりと笑う。

「少々の憎まれ口程度など冒険者ならよくあることでしょう。しかし、この長丁場でモチベーションを維持し続けられるかは未知数です。一瞬の交錯に命を賭すことについては何も言いませんが、最下層はまだまだ遠く、費やす日数も正確には見積もれてはいません」

「焦って消耗するって心配してんのか？　ハッ、てめえみてえなアマチュアと一緒にするな」

「一緒にはしてませんよ。ですが今のうちに理由は聞いておきたいですね」

一向に挑発に乗ってこないゼムに、レオンは渋い表情を浮かべた。

「話す義理はねえ」

「義理はなくとも、我々は運命共同体です。今のうちに疑問は解消しておきたい。むしろレオンさんもこちらに聞きたいことがあれば躊躇せず聞くべきです。誰かが死に、誰かが生き残って帰るとなったとき、互いのことに無知であるのは危険でさえある」

「運命共同体？　神官さんよ。そりゃ首輪を繋《つな》げてねえやつに言うセリフだぜ」

レオンが、うざったそうに自分の首を親指で指し示した。

その丸太のように太い首には、銀色の輪と錠前が取り付けられている。

これはボランティア・プロテクション・プログラムを望んだ容疑者の証《あかし》であり、だが外見も役割も、首輪にほかならない。所属ではなく隷属を示すものだ。

容疑者や受刑者を監督する側には、首輪ではなくとある宝珠が騎士団から与えられる。行動中に命令に背いた場合や反抗的な態度を取ったとき、監督側はその宝珠を手にして念じ、首輪を締めることができる。

呼吸を感知して死ぬことがないように負荷は調整されてはいるが、当然、締められた方はすぐに行動不能になる。まさに自由と反抗の意志を奪うための拘束具だ。

「では壊しましょうか。僕としてもそのような道具は不愉快極まりない」

「……はぁ？　何を言ってやがる」

レオンが呆《あき》れた声を出したが、やがてゼムが本気であると気付いて思わず鍵穴を手で押さえる。

「その手、邪魔ですよ」

「ばっ、馬鹿野郎！　大体、犯罪者を解き放つバカがいるか！」

「どうせ無用の長物でしょう。この迷宮においては聖剣や聖遺物クラスの魔道具でなければ上手《うま》く機能しません。特に、ある種の信号を送るような魔道具は効き目が悪いでしょう。吐息が掛かるほど近い位置まで宝珠を近付けなければ意味がない」

ゼムがレオンに近付く。

まさしく吐息が掛かるほどの近い距離だ。

「だからって、そんなことすりゃお前らも罰が下るんだぞ！」

「攻略が終わった後にまた付ければよいだけの話でしょう。いや、太陽騎士団が崩壊して有耶無耶《うやむや》になる可能性も少なくはありません。我々とて無事に帰れる保証などないのですから。命懸けの戦いに邪魔ならば外すべきです」

ニックもキズナも、ゼムの悪い癖が出たなと思い、介入せず眺めている。

「レオン。こいつ本気だぞ」

「うむ、ゼムはやるときはやる男じゃ」

「だったら冷静に見てんじゃねえ！」

レオンがニックたちに思わず反論しながら後ずさった。

「言っておきますが、僕はあなたのことは好きではなかったですよ。いや、はっきり言って嫌いでした。賭博の沼に落ちた男を騙《だま》した手口はまさしく邪悪。人の心の弱さを知り、そして利用する。下手な道具などに頼らず、弁舌と演技に生きていればきっと今も居場所は娑婆だったでしょう」

ゼムが言っているのは、レオンの過去のことだ。

留置場に入れられるより、そしてカジノで暴れた日よりも前。レオンは『スパローポート』という酒場の店長の男を騙し、違法な賭場へと連れ込んでいた。そして遊び人仲間を装いながら、イカサマを使って生かさず殺さず搾取し続けていた。

「へっ、確かに俺ぁあいつ……ドニーで稼がせてもらった。丁寧な仕事はしたくねえくせに夢だけは一丁前に語る。自分の無能から来る辛《つら》さに耐え凌ぐ日々を努力と勘違いして、いつか報われると思っている。理想的な客だった。そういうやつは、少し背中を押しただけで下り坂を真っ逆さまに転がってくからな」

「あなたと同じように？」

「……ああ、そうだ」

「人間など一皮剝《む》けば誰もが同じであると証明したかった？」

「俺たちは違うって口ぶりだな？　ティアーナとかいう女はそう言ってたぜ」

レオンの言葉に、ゼムは首を横に振った。

「僕は僕のように堕落する人を見つけると、優しい気持ちになれる。この世の汚濁に飲み込まれる人がもがいているのは共感を覚える。もがくことさえ捨てて完全に水底へ落ちきった人を見るのは寂しさを覚えはしますが、かといって足の指先さえも濡《ぬ》れることのない綺麗《きれい》な人も、ああ、とても嫌いですね。揺らぎの中で生きていく普通の人の方が僕は好きです」

レオンの額に、たらりと一筋の汗が流れた。

「ところで、獲物にした男の名前を覚えていましたね？　あなたは、以前出会ったときとは少し違うように感じますよ」

「人は変わるもんだ。牢の中にいればな」

「ええ。入る前と出た後ではまったく違う。わかりますよ」

「ハッ、何がわかるっていうんだ。狭くて小汚え部屋に押し込められた気分がわかるってのか。たまにこの野郎が来るだけで、見張りもクソ野郎揃《ぞろ》いだ」

「わかります。目に映るものが極端に少ない。やがて音に敏感になる」

「ああ」

「自分を嘲笑し脅しに来る看守の声がいやでいやで、しかし一週間、二週間と無視され、日に二度あるはずの食事さえも時折忘れられる」

「……あ、ああ」

「牢の中で声を上げれば、狭い獄で、音が反響して跳ね返ってくる。たとえ無機物の反射であったとしても、ほんの一瞬だけこの世界にいる自分を感じて癒やしが得られる。それを続けているうちに、時折、自分が放っていない声が返ってくることがあります。ほんの一瞬、ああ、誰かが言葉を返してくれたのだと、絶頂を覚える。もちろんそんなことはありません。牢番は僕など忘れて早々に自分のベッドで寝ているか、声の届かない場所でカード賭博に興じていましたから」

「…………そこまで追い詰められてはいねえ」

レオンがニックに、こいつを黙らせろと助けを求める。

だがニックにもこうなったゼムを止める術などない。

「だから今のあなたには奇妙な共感を覚える。あなたはどこを目指しているのですか？」

ゼムは人の心の鍵穴の匂いを嗅ぎつける。

特に同族の匂いには敏感であった。色街の女の中にも、建設放棄区域《ガーベージコレクション》の中にも、猥雑《わいざつ》な世界であれば数多く棲息《せいそく》している。レオンの心もまたゼムの芳香と似た何かがある。

「……昔、【銀虎隊】というパーティがあった。ニック、お前には少し話していたな」

「あの後オレも軽く調べた。お前の古巣だったたな」

「ああ。それなりに名前は売れてたが、分配の問題で殺し合って全部パァよ。馬鹿げた最期だった」

【銀虎隊】とはレオンの兄がリーダーを務めた冒険者パーティーであり、レオンの古巣だ。

今は亡きリーダーは遺跡の知識や古文書の解読に明るく、罠に満《み》ち溢《あふ》れた高難易度の迷宮を数多く攻略する、名の知れた冒険者集団だった。

だがレオンが言ったように、難関と言われるB級難易度の迷宮『機鋼遊月獄《きこうゆうげつごく》』で発見した宝物……貴重な魔道具の所有や分配を巡って内部分裂を起こし、メンバー同士が殺し合うという陰惨な結末を迎えていた。

ここに奇妙な縁がある。レオンは【銀虎隊】が崩壊する直前に、ある男と出会っていた。

「……カリオス……つまり『襷《たすき》の剣』に騙されたとか言ってたな」

「ああ。奴は魔道具の商人を自称していたが、なんてこたぁない。経歴を誤魔化《ごまか》して表向きの商人に偽装して、魔道具の架空の取引を持ちかけただけだ。予想……いや、妄想と言われても仕方ねえ話だが、仲間を疑うように何か嘘《うそ》を吹き込んだか、幻惑系の魔術で騙されたかした可能性もあると思っている」

「……誤魔化しの経歴か。そんな話は聞いたな」

「具体的な手口まではわからん。ただ、仕事を終えれば煙のように痕跡を消して名前だけが残る」

ニックは、カランのことを思い出しながら頷いた。

「ああ、そこに疑問があった。カリオスって名前を使い回して活動している。魔道具のブローカーといえど看板がなきゃ商売はできねえが、だからって偽名くらい用意するもんだ」

「オリヴィアやダイヤモンドと同じく、名前に縛られてる可能性はあるな。聖剣のはしくれだ」

「だろうよ。だから別に、俺はカリオスの首だとか、復讐《ふくしゅう》だとかは求めちゃいない」

「え？」

「そう、なのですか？」

ニックとゼムが、驚きの表情を浮かべた。

「俺の元パーティーがクソ野郎に騙された馬鹿野郎だという話までは正直に認めるしかねえし、俺がやらかしたことも誤魔化しはしねえさ。実際間違ってはいたし俺は今も間違い続けている」

「……じゃあ、なんだ」

「いいか、『修羅道武林』はA級難易度より上をいく難易度かもしれねえ。この部屋の魔物なんて序の口よ。魔物の強さ、トラップの悪どさはますます上がっていくだろう」

「だろうな」

「ここを攻略して真相に行き着けば、【銀虎隊】の生き残りの強さだけは証明できる。正しかったなんて証明はどうでもいい。汚名であったとしても、俺たちは何かを成し遂げたという過去に繋がっていく。それさえあれば、死んだ連中も報われる」

冒険者とは見栄《みえ》っ張《ぱ》りなものだ。

間違っていたとしても、強かったならばそれでいい。

それがどんなに愚かしくとも、正しく生きていけないはみ出し者にとってのちっぽけなプライドだ。それをニックは、そしてゼムは、否定できなかった。

「ま、それはそれとして……見てみたいものはある」

レオンがにへらっと笑いながら、言葉を付け加えた。

「見てみたいもの？　なんだ？」

「カリオスの名前が公に出て、手札を晒《さら》して大がかりな活動を始めたってことは、魔神崇拝者の仕事が大詰めってことなんだろう。こっちとしちゃピンチだが、追い詰めるチャンスでもある。足下は決して盤石ではねえはずだ。今まで余裕ぶってきたやつの吠《ほ》え面《づら》を、見てみたいとは思わねえか？」

「思う」

「思いますね」

「趣味は悪いが、ま、そこは認めようぞ」

『そこは同意する』

『は、はぁ……』

『武の剣』を除く全員が強く頷いた。

下世話な趣味を共有したときの意地の悪い笑い声が迷宮内にこだまする。

「神官さんよ。首輪、外してくれ」

「良いのですか？」

「別に自由が欲しいってわけじゃねえ。だが、ここから先、もっと繊細な感覚が必要になってくるだろう。余計なものはなるべく身に着けておきたくねえ」

「……ええ、わかりました」

ゼムが頷くと同時に、ニックは武の剣を握って軽やかに振るった。

錠前だけが鋭利に切断され、からんからんと音を立てて床に落下する。

「ふう……案外気分がいいもんだな」

「これでオレたちもお前も、共犯者だ。ヘマするんじゃねえぞ」

「言ってろアマチュア」

悪態と悪態がぶつかる。

だがそこには言葉ほどの険悪さはなく、一時撤退の提案もレオンは素直に受け入れた。

そして休憩とアタックを繰り返して、二週間ほど過ぎた頃のことだ。

ニックたちは手応えと見積もりを手にしていた。

迷宮の癖や構造を掴み始め、「おそらく最下層までは残り半分ほどだろう」と見当を付けた。

だがそこで次なる階層に進んだときに、驚くべき光景を目の当たりにした。

ニックたちを待ち受けているはずの魔物が、すべて惨殺されている。

いや、魔物だけではない。

見れば、冒険者や騎士の死体さえも転がっている。

「おいおいおい……話が違うんじゃねえか？　最下層にいるって話だろう」

レオンが冷や汗を流しながら文句を飛ばす。

「見ねえ顔が増えたな。まあ、その顔もすぐ胴体と離れることにはなるが」

巨体に見合わぬ圧倒的な速度と、無駄がなく優美とも言える剣閃。

レオンが必死に食らいつくように剣を振るう。

初太刀《しょだち》を受け止められたことに、男は驚いた。

「こいつが本物のアルガスか……。『武の剣』のやつ、加減してたんじゃあるまいな」

今、ニックたちの目の前に現れたのはアルガスだった。


大きな広間……というよりただの空間に近い。

『絆の剣』が安置されていた絆の迷宮の最下層のような、古代文明の色濃く残る無機質な部屋に、アルガスは佇《たたず》んでいた。

だが絆の迷宮とは大きく異なる光景と言えた。

「……死んでるやつら、【一角流】じゃねえか」

レオンが戦慄と共に言葉を漏らし、ニックも同様に頷く。

ゼムだけはわからなかったが、すぐにレオンが察して答えた。

「【武芸百般】と同じように、武術の流派がそのまま冒険者パーティーになった連中だ。リーダーは竜よりも希少な麒麟《きりん》族で、槍術《そうじゅつ》の天才。アルガスと対をなすと言われてた最強格の冒険者だ」

「ギルドが彼らを派遣して、アルガスに倒された……というわけですね」

ゼムの言葉に、アルガスが溜め息を漏らす。

「強い連中だった。だが、こいつらは天賦の肉体に振り回されていた。贄《にえ》としては微妙だ」

アルガスのその言葉に、ニックが問いただした。

「生贄。それがお前の求めているものか。『襷《たすき》の剣』に食わせて、あいつの目的を叶《かな》えて、お前はどうなるってんだ。あいつの理想がそんなに素晴らしいのか」

「知らん」

「知らねえだと？」

「【武芸百般】はただの殺しの技と言ったはずだ。『襷《たすき》の剣』の所有者や契約者を効率的に殺すために一門としてオリヴィアたちがまとめたものだ。獲物を自分の意志で選ぶものでもない。そして精神を養い己を鍛える武道でもない。俺たちを使っていた雇い主の考えなんぞ俺の知ったことじゃねえな」

ニックは戦闘に入る前に、聞いておきたかったことがあった。

アルガスはなぜ人々を裏切り、『襷《たすき》の剣』に味方するのか。

だがそれは甘さだ。アルガスは常にそれを態度で示している。

殺せ、殺す気がなければお前が死ねと促している。

それに本気で応えるために来たのだと、ニックは自分を叱咤《しった》する。

「やるぞ、お前ら」

ニックの言葉にもっとも早く応じたのは、アルガスだった。

一切の前兆も予備動作も手加減もない、まるで落雷のように逃れえぬ不運を象徴する一撃。それを辛くもレオンは受け止め、窮地を脱した。

「……焦るんじゃねえ！　むしろこっちにとって有利だろう！　ゼム！」

「はい！」

「「《合体《ユニオン》》」」

ニックが怒号のような指示を飛ばし、すぐさまニック／ゼムへと姿を変えてアルガスに襲いかかった。

「「レオン！　わかってんだろうな！」」

「当たり前だ、いくぞ『進化の剣』！」

『失われし月の光よ！　我が願いに応え今一度顕現し、古きよすがを焼き捨て変革をもたらせ！《進化《エヴォリューション》》！』

その声とともに『進化の剣』が金色に輝く。

レオンの体毛が伸び、筋肉が膨れ上がり、顔が虎へと変容していく。

虎とも人ともつかない肉体へと変化したレオンは、縦横無尽に広間を駆ける。床を蹴り、壁を蹴り、天井を蹴り、人には決してできない、《軽身》ともまた違った曲線的な獣性の動きだ。

「……何っ!?」

アルガスが初めて驚愕《きょうがく》の表情を浮かべた。

『確かに優れた肉体の持ち主のようだな。だがそれだけだ。なぜ『襷《たすき》の剣』が固執するか理解に苦しむよ。……さあゆけレオンよ！　己が肉体の万能性を示せ！』

『進化の剣』の呼び声に応えるように、アルガスが自分の肉体に力を込める。

すると肉体が更に膨張し、通常時のレオンの姿の三倍以上の背丈となった。伸びた体毛がさらに長く、そして強靭になり始める。例えるならば、巨大な針鼠《はりねずみ》だ。レオンはそのままアルガスに向けて突進を敢行する。

「ぐっ……！」

アルガスが大剣でレオンを両断しようとした瞬間に、ニック／ゼムが弩弓《どきゅう》のごとき掌底《しょうてい》を放つ。

これが『武の剣』の作り出したシミュレーションで編み出したコンビネーションだ。

レオンは全局面において防御と攻撃を兼ね備えた巨体となり、『面』での攻撃を敢行する。

「甘いッ！」

アルガスがニック／ゼムの乱打を抜け出して斬撃を振るう。

その威力はまさしく死神の鎌のごとき威力を伴い、レオンの首を両断した。

だが、そこで突進は止まらなかった。

『ふふん。ガワだけを斬られたところで何の痛痒《つうよう》も感じぬさ』

両断されたかに見えた首は、針のように硬質化した体毛によってできた偽物であった。

本来のレオンの頭脳はそこにはない。硬質化した体毛を鎧のように着ることで誤魔化し、自分の弱点となる部位を巧妙に隠していた。

そして首から下の体がアルガスの体に絡みつく。針金の束のような体毛がぎりぎりとアルガスの体を締め上げる。

「「駄目押しだ！」」

ニック／ゼムが、捕縛されたアルガスに渾身《こんしん》の一撃を繰り出す。だが凄《すさ》まじい豪腕によってレオンの捕縛を無理矢理抜け出し、それどころかレオンの巨体の方を振り回した。

「「がっ……！」」

鎖分銅のように振り回されたレオンの体は凶器と化してニック／ゼムを襲う。

テクニカルな戦闘でも、力任せの戦いでも、アルガスに隙はなかった。

「なんて野郎だ……！　シミュレーションよりも数段上だぞ」

「「そんなことはわかっていた話だ。仕切り直すぞ！」」

ニック／ゼムが《奇門遁甲《ステッピング》》を駆使してアルガスに殴り合いを挑む。お互いに人の体ではありえない重さの衝撃音が響き渡り、金属製の床に放射状のクラッキングが走る。アルガスに滅多打ちにされながらも治癒魔術を何度となく自分に施して耐え、そして反撃を試みる。

そこにレオンが新たな肉体を作り上げて戦闘に介入する。奇怪な光景が、人と人との戦いとさえ思えぬぶつかり合いが何度となく繰り返される。

しかしそれも徐々に対応されていく。

《進化《エヴォリューション》》によって変化する肉体は、人間の筋肉の動きとも違い、そして魔物の変異や変態とも異なる独特のものだ。だが決して不規則でランダムであるとは言えない。

「もういい。お前たちの技も練度も見切った。『武の剣』の促成栽培で鍛えた体では俺には勝てん。その聖剣も……大した力ではなさそうだ」

落胆に満ちた言葉。

アルガスは決して無傷ではない。だが、そこから命を取るまでに至るにはあまりにも高い壁がある。今までと同じ繰り返しの末に、ニックたちに敗北が訪れる。

「「……試してみろよ」」

ニック／ゼムが再び構えを取る。

そのとき、今まで沈黙を保っていた『絆の剣』が輝きを放ち始めた。

柄《つか》、鍔の左右、そして刀身部から光の粒を放ち、周囲を満たしていく。

「む……治癒魔術……？」

「「治癒魔術の結界ですよ。ここにいる人間は穢《けが》れや負傷、そして死が許されない。一瞬で浄化して治癒する」」

ニック／ゼムやレオンの傷のみならず、今まで命懸けで与えてきたアルガスへのダメージまでも消えていく。一瞬困惑したアルガスだが、すぐにその真意に気付いた。

「……なるほどな。剝《は》がした体も治癒を受けるのか。傀儡《かいらい》魔術に近いな」

アルガスに斬り落とされたレオンの偽の首や、剝がされた体毛や皮が人の形を象る。

レオンの分身とでも言うべき人形が蠢《うごめ》き始める。

『体が温まってきたところではないか。何もかも終わったかのように語るとは、アルガスという男の底が見えたものだな』

「勝ってから言え」

アルガスが大剣を構え、また嵐のような戦闘が始まる。レオンの分身が絡みつこうとして斬り伏せられ、あるいは打撃によって粉々にされる。物量が増えた程度で、アルガスの動きを止められるはずもなかった。

そして今もレオンの分身の腕を摑み、引き剝がそうとした。

『かかったな』

それは腕のようであり、腕ではなかった。

レオンの分身体の中に巧妙に偽装して仕込んでいた、『進化の剣』の鞘だ。

『進化の極地へとそなたを誘《いざな》おう！　水面の月よ歪《ゆが》め！　《誤月光《イレイショナル・ムーンライト》》！』

その言葉と共に『進化の剣』が怪しい光を放ち始めた。

「なっ……こ、これは……！」

アルガスが剣を離そうとした瞬間、アルガスの腰から、腕が生えて剣をがっしりと摑む。

刀身を叩き折ろうとした手を、別の手が摑む。

目が血走り、額から角が生える。

肌の色が目まぐるしく変化する。

まるで、それは、人が魔物に変化するかのようだ。レオンの《進化《エヴォリューション》》よりもいびつで、そして激しい肉体の変化が起きる。

「馬鹿野郎が！　お前みたいなやつにまともに付き合うわけがないだろうが！」

ニックの心が、涙を流しながらアルガスを嘲笑する。

そして駄目押しとばかりに《復元《リストレイション》》の魔術を拳とともに叩き込む。

これこそが、ニックの考え出した作戦であった。

アルガスは魔術に頼らず、聖剣『襷《たすき》の剣』の所有者でありながらも特別な能力は一切持たない。技能こそは『襷《たすき》の剣』がもたらしたものかもしれないが、それを駆動させる五体は、どこにでもいる人間と変わるところはない。

例えばニックが今からさらに数十年、研鑽《けんさん》を重ねていけば、アルガスと同じ境地に辿《たど》り着《つ》く。獣人族や竜人族の生来の頑健な体ではない。魔力に恵まれた人間でもない。それゆえに『襷《たすき》の剣』が目を付けた。人間の次なる可能性を模索するために。

であればこそ、素の人間に近いという状態そのものを破壊すれば、『襷《たすき》の剣』の目的そのものを破壊できると考えた。

特に『進化の剣』は、所有者の肉体に大きな影響をもたらす。生命を顧みず酷使した、いや、酷使させられたレオンは大きな反動を受けて消耗していた。

だが今回は逆にその消耗をニック／ゼムの治癒魔術の結界で食い止め、進化を加速させるという荒業に出た。

アルガスが生身の人間としての優秀性を保ったまま『覚醒』する可能性を食い潰す。

ニックがひたすら、アルガスと『襷《たすき》の剣』の目的を妨害することのみに思考を巡らせて辿り着いた、最悪の嫌がらせ。

「『このまま進化が進んでいけば、精神にも影響が出る。お前はお前でなくなる。行き詰まった進化の果てが、普通の人間みてえな自意識を持った生物とは限らない。さよならだ』」

愛憎の入り混じった目で、ニック／ゼムはアルガスを睨《にら》みつける。

今やそのアルガスが何を考えているのかさえわからない。そう、思い込もうとした。

「……逃げろ」

本当はアルガスの目に浮かんだのは、純粋な、心配であった。

「『まだ手があるならやってみろ』」

「俺は……失敗した。だが俺の限界はここだった」

「『ああ、そうだ。お前はここまでだ』」

『襷《たすき》の剣』に魂を囚《とら》われるくらいならば……この手で殺してやるのが俺の務めだと……だが、見誤っていた……」

何を今更、という言葉がニックから湧き出る。

だがそっとゼムの心が押《お》し止《とど》める。耳を傾けろと。

レオンもまた冷静に、その状況を見守っているが、ニックたちとは違った緊張感を抱いていた。

この先、何かを一つ間違えたら大きな破滅が訪れる。そんな予感を感じていた。

「……これ以上お前が魂を高めたら、次はお前が……あるいは、お前の仲間が……『襷《たすき》の剣』の所有者として目をつけられる……。あいつは、常に可能性を見つめていた……」

「『可能性……？』」

「俺が考えていたよりも、お前は遥《はる》かに強くなった……誇らしささえ、感じる……」

どくん、とニックの心が動揺する。

一度でよいから、アルガスの口から聞きたかった言葉。今までの努力と研鑽が報われる瞬間。

それが、相手への期待や親愛をすべて捨てた瞬間に訪れるとは、思ってもみなかった。

「……だから、今は一度、引け……。『襷《たすき》の剣』に囚われるな……。あいつは、人間を、人間に『覚醒』させるためならば……あらゆる非道に及ぶだろう……」

『そ、そういうことですか……！　まずい、まずいです！　一旦退却しましょう！』

今まで沈黙を保っていた『武の剣』が、突然大きな声を上げた。

まるで悲鳴のような声に全員が注目する。

ニック／ゼムが説明を求めようとした瞬間。

『そいつは困るな』

禍々しい声が広間に響き、ニックたちを苛《さいな》むようにこだまする。

天井から響くようでもあり、地下から聞こえるようでもある。

「……おいでなすったな」

『進化の剣』を手放し、普段の姿に戻ったレオンが戦慄しながら言った。

やがて、声の出どころが判明した。

ニックたちは知らなかったが、もし仮にカランがいたとしたら、こう思っただろう。

ガロッソのときと同じだと。

今まさに変異しているアルガスの胸元に、黒々とした穴が開いた。

「『契約者を中継点にしてる。なるほど、事前情報通りだ』」

ニック／ゼムが注意深く『穴』を睨みつける。

だが『穴』の中の悪意に満ちた瞳は、ニック／ゼムではなくレオンを見据えた。

「お前は……誰だったか……。ああ、思い出した。【銀虎隊】のレオンだったな。やるじゃないか。お前、俺たちにまで徹底的に『進化の剣』を秘匿してたわけだ。カジノで暴れたときは何かしらの魔道具を使ったんだろうとは思ってたが、まさかそんな代物だったとはな。偶然もあるんだろうが、今の今まで俺の目から逃れられていたとは驚きだよ」

「そいつは悪いことをしちまったな。謝罪が必要かい？」

「いいや。目を掛けた甲斐があった。人間が成長するのは純粋に嬉しいさ」

「なんだと？」

皮肉と嘲笑を浮かべていたレオンの顔が歪んだ。

「【銀虎隊】はよいパーティーだった。全員が可能性に満ち溢れていた。俺の与えた試練をくぐり抜けた男が今、この場に立っている。それが喜びでなくてなんだと言うんだ？」

レオンは、そしてニック／ゼムは、目の前の穴蔵の奥底にあるおぞましいものに感じ取った。人の行動を、人の人生を、ただ純粋に、小動物や微生物を観察するような好奇心で見つめている。他の聖剣にはない高慢さを超えた何かがある。

『ふん。余裕だな。勇者どもの肉体を吸収し、その身に宿した天啓や技巧を濫用している。聖剣の面汚しに相応《ふさわ》しい末路を与えてやろう』

だがそれに、『進化の剣』が反論した。

「『進化の剣』か。つまらねえ権能だとは思っていたが、こんなに見苦しいものとは思ってなかった。お前のことは真剣に不愉快だよ。俺のかわいい所有者をこんな目にあわせやがって」

『襷《たすき》の剣』が、暗い怒りに満ちた声を放った。

今まで人間に向けてこなかった感情の揺らめきがある。

『我とて少々不本意ではあるよ。肉体を変異させ魂を改竄《かいざん》させるなど、おおよそまともな使い方ではないからな。……だが、効果はあった。どういう縛りを受けていたかは知らんが、そこのアルガスとやら。お前は今、「襷《たすき》の剣」に対抗できるはずだ』

今、『進化の剣』はアルガスの所有となっている。

そして所有者の心理を読み取り、扇動し、暴走させようとしている。

『一度相対してわかったさ。お前は倦怠感《けんたいかん》を、底なしの絶望を感じている。あの聖剣が憎いのだろう？　あやつに何をされた？　何を奪われた？』

「勘違いするなよ。俺はこいつから何も奪ってはいないさ。お互いに納得ずくの契約を交わした」

『納得？　とてもそうは思えんがな』

「お互いの行動を縛る者だからな。不満があるかどうかで言えばお互いにあるさ」

その言葉に、『進化の剣』が黙る。

ニック／ゼムも、レオンも、『絆の剣』も、警戒を浮かべつつ黙った。

予想外の何かが起きていると、ひしひしと感じていた。

そのとき突然、『襷《たすき》の剣』がからっとした声を出した。

「……ああ、なるほど、なるほど、そういう風に思ってたわけか。……大いなる勘違いを訂正したいと思うんだが、少し話を聞いてくれ」

「「勘違いだと？」」

「アルガスも俺も秘密を守る約束になってるからわかりにくかったんだろう。こいつも昔気質《かたぎ》というか頑固というか……弟子としちゃ困っただろう？」

「「本題を言え」」

仕方がない、とばかりに『襷《たすき》の剣』が肩をすくめた。

「大筋として理解してるとは思うが、俺がやっているのは人の可能性を研究し、追求することだ。できる限り特異な能力を持たず、汎用性や進化の可能性を残したまま次なるステージに辿り着かないことには、神々の気まぐれに振り回され、あるいは神でさえ食い止められない破滅的な状況が訪れ、星そのものが死に至る……と言ってもわからんだろうが、とにかく俺は星と人々の利益のために行動していてアルガスもそれに同意してくれている。オリヴィアも、あいつも、理解しちゃくれなかったがな」

「「それがどうした」」

「……『武の剣』オリヴィアが作り出したアルガスは至高の戦士だった。マーデの奴との戦争を思い出すと今でも背筋が震える。勇者セツナの技も、魔神に対抗したあらゆる技巧も道具も、アルガスの率いる【武芸百般】には敵《かな》わなかった。負けたと思った。だが同時に、やつらも俺に勝てる術はなかった。ゆえに俺たちは契約を結んだのさ」

ニック／ゼムが、『襷《たすき》の剣』の話に耳を傾ける。いや、引き込まれていく。

「俺は、俺の加護を自ら進んで受け入れた者以外に極力人を殺すことはしない。少なくとも、死に近い方向に誘導したり、それなりのダメージを与えられる攻撃を放つことはできるが、致命傷を与える攻撃を放つことは無理なんだよ。数百年ずっとだ」

一瞬、ニック／ゼムはその言葉の意味を摑みかねた。

これだけの悪意を振りまく男が、実は加減しているという事実に衝撃を受けていた。

「試練や誘惑を与えてその結果、死が訪れることはある。破滅を促し、敵対を煽《あお》ったこともある。それでも最期のとどめを刺すことはできない。常に生き残る可能性を残す。敵対する人間を即座に殺さず呪いの杭《くい》なんて面倒な魔術を使うのも、アルガスが俺に課した縛りだ。俺は常に、自分のプラン、与えている試練が直接的な死をもたらさないかの証明を求められていた。少しでも瑕疵《かし》があればペナルティが発生し、俺の力は大きく減退する。……けっこうピンチだったんだぜ？」

その言葉に、ニック／ゼムは驚愕する。

「そのかわりに、アルガスは自分の魂を鍛え上げて『覚醒』に至り、俺の目的を達成させる。お前らが邪魔をしなければ、アルガスが全部解決してくれた可能性だってあったのさ」

つまり、危機として陰謀を巡らせていたのではない。

そうせざるをえないよう、アルガスが仕組んでいたのだ。

「……と、言いたいところだが、俺たちは少しばかり行き詰まっていた。アルガスが魔神を討伐できる可能性は高かったが、こいつが『覚醒』に至るかは微妙なところだ。覚醒に至る試練ってのは、客観的に計測可能な困難さだけじゃあない。挑戦者にとって奇跡というほかない難行を成功させなけりゃいけないようだ。ちとレベリングをミスった」

やれやれ、とカリオスは肩をすくめる。

まるで外れ竜券を破り捨てる、賭博者のような気楽さで。

「何にせよこうなるのは必然だったのかもしれないな。プランの見直しにはいいタイミングだった」

その言葉とともに、『襷《たすき》の剣』から攻撃的な魔力が煌《きら》めき始める。

『まずいぞ……契約主体のアルガスがアルガスでなくなるということは、契約破棄と同じじゃ。あやつは、本気を出さなかったのではなく、今まで出せなかったのじゃから……』

今までにない殺意の具現が、徐々に『襷《たすき》の剣』から吹き上がる。

少しずつ、契約の縛りが外れつつある。

「……アルガスよ。その体じゃ『武芸百般』の技などもう出せないし覚醒にも至らないだろう。そして契約から解き放たれた俺に勝つこともありえない。ありがとうよ相棒……そしてさよならだ」

こうして、絶望的な戦闘が始まろうとしていた。

人たらしのカラン

迷宮都市テラネの噂《うわさ》。

東区用水路跡地の入り口、誰も使わなくなった階段を降りた先にある祭壇に毎日祈りを捧《ささ》げ、それが七十七回に達すれば願いを叶《かな》える悪魔が祭壇の割れた鏡に映る。

そんな噂を真に受けて立入禁止の札を乗り越えた少年が太陽騎士から補導を受ける。そもそも用水路の階段もそこに勝手に置かれた祭壇も、撤去作業の予算がないため放置されたものに過ぎない。

迷宮都市テラネの噂。

南西部、ガスパール高等魔術学校が管理するガスパール天文台で、学問を志す者が真夜中に望遠鏡で流星を見ながら夢を呟《つぶや》くと、望遠鏡のレンズに美しい悪魔が教えを諭し、学者への道が拓《ひら》ける。

研究の行き詰まった研究者がその噂を真に受けて天文台に忍び込むが、夜間立入禁止区域に鍵を破壊して侵入したために不法侵入と器物破損で太陽騎士が身柄を確保。

迷宮都市テラネの噂。料理人の夢を叶える、鏡のように磨き上げられた天使のキッチンナイフ。

迷宮都市テラネの噂。吟遊詩人《アイドル》オーディションで左から三番目のロッカーの扉についている小さな鏡の前で、一人でリハーサルをする。迷宮都市テラネの噂。建設放棄区域《ガーベージコレクション》でクスリ断ちの部屋に自分を軟禁すると天窓に現れた天使が治療を手伝ってくれる。

願いを叶える噂。

『月刊レムリア』は刊行されて百年を超える。しかも迷宮都市に大きな事件があったときは増刊号を出し、あるいは創刊前にもフリーペーパーを出していたりする。そのときから数々の不確かな噂話をまとめてきた。

その中の読者投稿欄の、一ページ内の十分の一にも満たないスペースに時折、願いを叶えてくれる謎の存在の噂話が出てくる。

古来から存在する、ごくありきたりなフォークロア。似たようなものは王都にもたくさんある。あるいは新聞さえ届かない辺境の村にだってある。ヘクターが雑誌からピックアップしなければ気付かない頻度で現れるありきたりな噂話の記事に、ある法則性の存在に気付いた。

ここ十年以内で、鏡、あるいは鏡のように姿を反射する金属表面、あるいは湖の水面。そうしたキーアイテムが出てくる噂話が増えている。

そして、その噂を信じた者にはちょっとした悲劇が待っていた。不法侵入や器物破損によって太陽騎士に注意されたり賠償命令が下っているのだ。

つまり願いを叶える噂の真偽はさておくとしても、それを信じて無茶《むちゃ》な不法侵入や器物破損を犯した人間と、それを捕らえた太陽騎士がいるということであった。

ここから、カラン、ヘクター、ダイヤモンドの地道な情報収集が始まった。

川で砂金をすくい上げるような、あるいは砂漠でオアシスを探し求めるような苦難に満ちた難行かと思いきや、補導や逮捕された人間は簡単に見つかった。

なぜなら彼らの多くは何らかの成功を手にしていた。

あるいは成功とまでは言わないまでも、堕落から免れて一線を越えた犯罪に手を染めることのない、穏やかな人生を手に入れていた。

一人は、迷宮都市のスラムから這《は》い上《あ》がって更生し、『マンハント』でも一、二を争う腕前で名を馳《は》せている冒険者。デッドマンズバルーンを倒すためにスターマインホールで精力的に活動中。ティアーナを姐御《あねご》と慕って忠実に働いている。

一人は、領主館付きの魔術研究者としてスタンピード対策の作戦立案に関わる魔術師。職を辞して逃げることもできたが、家族だけを疎開させて今は領主館に寝泊まりしてほぼ不眠不休で働いている。

一人は、料理人。今や迷宮都市全体にチェーン店を広げるオーナーシェフ。『紅梅庵』の女将《おかみ》と同じように、貯蔵品の食料を放出して家を失った人に炊き出しをしたりとボランティア活動に従事している。

一人は、吟遊詩人《アイドル》。ジュエリープロダクションから独立し、現在はフリーランスとして活躍中。新人の吟遊詩人《アイドル》のプロデュース業にも手を出し、更にはチャリティーコンサートを開催するイベンターとしても活躍。マルチな才能を発揮している。

一人は、門番。建設放棄区域《ガーベージコレクション》の門番として、十年近くずっと立ち続けている。スタンピードが起きて建設放棄区域《ガーベージコレクション》に潜り込もうとする人々を適切に施設内の派閥に振り分け、あるいは外でも生きていけそうな人間を叩《たた》き出《だ》している。

老いて亡くなった者もいるが、多くは生き残っている。

そしてこのスタンピードと迷宮出現という動乱期にあっても、迷宮都市から脱出せず、危険を顧みずに仕事に邁進《まいしん》し、あるいは財を放出して炊き出しや難民の保護といった慈善事業に取り組んでいる。

問題は、彼らから情報を引き出すことの困難さであった。

彼らは恐らく、マーデとの契約を結んでいる。

そして自分にコンタクトを取りに来る人間がマーデの手の者か、それともマーデの首を取るために現れた魔神崇拝者なのか、相当注意深くなっているはずであった。

カランはどうやって自分の味方に引き込みマーデの情報を得るべきか悩みに悩み、ごくごくシンプルな手段に訴えることにした。

「差し入れ持ってきたゾ！　鰻《うなぎ》の串焼きと酒ダ！　ティアーナには内緒にしておいてくれヨ！」

「ん？　奢《おご》りだから気にするナ。どーせ経費で落とすからいいんダ！」

「オマエ、領主館付きの学者だから変なところで遊ぶナ。あそこの酒場《キャバクラ》はやめとケ。建設放棄区域《ガーベージコレクション》と繋《つな》がってるヤクザが用心棒ダ。斜向《はすむ》かいの酒場《スナック》の方がまだ安全だからナ。ていうか飲みすぎダ。酒臭いゾ。仕事忙しいのはわかるけど体壊すなヨ」

「競竜好きなのカ？　あれは母父《ははちち》の血が強いんダ。暑くて湿度が高いと元気になルル。次の夏にはまた一回り大きくなってるから重賞取りまくるゾ。スタンピードが終わったら勝利記念の重賞レースが新設されるらしいし楽しみだナ」

「作詞するから読書してル？　そういえば作家連盟と出版社がシェルターを作って、作家とかライターとか演出家とかを守ってるらしイ。印刷会社が落ち着いたら続刊も出るって話ダ。でもシェルターのホントの目的、実は締切破ってる作家に続きを書かせるためのタコ部屋って話だゾ。チャリティーコンサートしたイ？　やめとケ、マジでやめとケ」

「オマエ久しぶりだナ！　ゼムは迷宮に潜ってるゾ。戻ってきたら顔出すよう伝えとク。飯食ってるカ？　オマエもだけどみんなもダ。食料が少ないなら手配しとくゾ」

カランは、迷宮都市のあらゆる娯楽に精通していた。

ニック、ティアーナ、ゼム、キズナの趣味。そして自分自身の趣味。

自分の趣味を通して知り合った人々の別の趣味。

そして同時に、あらゆる階層の人々を、直接この目で見てきた。

冒険者として活動する以前に、愚かすぎて右も左もわからない田舎者。

元は貴族令嬢や神官といった名誉ある立場だった冒険者。

そんな冒険者たちを率いる冒険者。

低ランクで日々の仕事にも苦労する弱い冒険者。

パーティーを組むことなくたった一人で活躍し続ける強い冒険者。

ちょっとした詐欺に騙《だま》された冒険者。

詐欺を仕掛けた冒険者。

魔物ではなく賞金首を捕らえる冒険者。

賞金を懸けられた側の犯罪者やならず者。

冒険とは無縁の世界で働く人々。

無邪気な子供。無邪気ではない子供。子供を守る親。子供を守れなかった親。

夜の仕事に勤《いそ》しむ女性、あるいは男性。

華々しいショービジネスの世界で切磋琢磨《せっさたくま》する人々。

華々しい世界をその裏で支える人々。

そして騎士や政治家といった、秩序を守る側の人々。

あらゆる人々を、素朴な目線で見つめてきた。

偏見や思い込みがないわけではなかったが、それを捨てることを覚え、成長してきた。

どこかの誰かと仲良くなるという才能が、この瞬間に開花したのだ。

「それで、そっちは何か困ったことはないカ？」

カランがコンタクトを取った人々は成功者ではあったが、同時に今、困難に直面していた。

恐らくは各々が何らかの契約を結んだがためにここに踏み留まり、人々に手を差し伸べている。

それが自分の使命と受け止める者もいれば、重荷と感じている者もいる。

そして皆、共通して、「本当に何とかなるのか」という漠然とした不安を抱え、それは日に日に大きく肥え太っていく。

だからカランは人々に手を差し伸べている彼らに手を伸ばし、信頼関係を築き上げ、その果てに様々な情報を引き出した。

「バラックの人が増えて、小麦の減りが早くて困ってル？　ああ、店仕舞《みせじま》いするレストランがあるから在庫分けてもらえないか掛け合ってみル」

「不安で眠れなイ？　でも酒飲みすぎるナ。心配事はしっかり解決してやるからラ」

「子供が帰ってこなイ？　ばか！　すぐ探セ！」

「メシ食え、メシ」

「肉と酒持ってきてやったゾ。でも酒はほどほどにしとけヨ」

「ワタシがなんとかしてみせル」

彼らが何かの見返りに約束した義務は、ごくシンプルなものだった。

迷宮都市が危機に陥ったときに人々を助けること、ただそれだけ。

債務者たちはこの使命の意味を理解し、実行している。

だがその先の調査は難航した。

マーデ本人の情報はまるで浮かび上がってこなかったからだ。

書類や借りた金も存在し、返済金も発生している。だがマーデ自身が債務者の前に現れたことは一度もなかった。気付けば枕元やデスクの引き出しに手紙や手形が置かれており、返済も銀行を介した振込だけで、そこにはマーデの影も形もない。

捜索は行き詰まったかに見えた。

だがそれでも、カランは一つの答えを導き出そうとしていた。


サムライアリーは幾つもの隠れ家を持っている。

その一つ、『紅梅庵』は現在使えない状況だが、東部にある何の変哲もないラーメン屋、南西側にある食品の卸問屋、菓子店など、幾つもの彼女の息が掛かった店舗があった。

今、カランが来ている迷宮都市の外れの小さな果樹園も、サムライアリーの隠れ家の一つだ。

カランは、立入禁止の立て看板を無視して中へと入った。

「この梅の木、植えてから三百年くらい経《た》ってるみたいダ」

カランは果樹園の小径《こみち》を進み、小屋を目指して歩いている。

その横にアリスが並んでいた。

「これがエルフ族の守っている梅の木ってわけだ。人間にとっては長いけど、長命な種族にとっては普通ってくらいだねぇ」

「いや、わかんなイ」

「わからない？」

「これが古代や超古代の梅の木と同じなのかは、わからなイ。純血種として数千年守って育てるのは無理なんだそうダ。そもそも梅って木自体、超古代の頃から品種改良されてて、原種がどういうものだったのか完全に失われているっテ」

「ってことは、ここにある木は……」

「定義の上では、梅ダ。梅っぽい木って言っても、まあ、間違いじゃなイ」

カランの説明に、アリスはもやもやした表情を浮かべた。

「納得できないカ？」

「そうだね……種や苗木を魔術的に凍結すればいいんじゃないかな。一般の人が使えるような魔術じゃないけれど、エルフ族ならば古代の魔術や技術も詳しいだろうに」

「それだと人の営みが守れないって、サムライアリーが言ってタ」

「営み？」

「梅の花を見たり、梅って言われたら酸っぱいのをイメージしたり。あとは古典の歌にもよく梅は出てくル。木、果実、花だけじゃなく、昔の人が大事にしてきたイメージも一緒に現代に受け継いでいくのが大事なんだそうダ」

「けれど、果実としての梅が市場で出回るほど量を確保できてないんじゃないかな？」

「ウン。もっと育てやすい果物はたくさんあル」

「だから梅味のシロップや菓子で梅を模倣させたり、イメージを後世に伝えて、文化として生き長らえさせる……か」

皮肉な笑みがアリスの口元に浮かんだ。

「こういうの嫌いカ？」

「涙ぐましい生存戦略だと言いたいところだが……確かに、子供の頃に梅味のキャンディをよく食べたよ。思い出の味と言ってもいい。そういう立ち位置を上手《うま》く確保しているのであれば、称賛すべきことなんだろうね」

「ウン。ワタシも、それでいいと思ウ。そういうのアリだなって思えるようになっタ」

「それで古代文化の講義をするために呼んだわけじゃないだろう？　皆は先に着いたのかい？」

災害調査室の外で打ち合わせをするという名目で、カランはアリスをここに招いていた。

この小径の先に果樹園を管理する職員のための小屋がある。

だが、数分歩いても小屋は一向に近付かない。

小屋自体は肉眼で確認できる。

丸太を組み上げた簡素な建物で、そう大きくはないはずなのに何故《なぜ》か近付いた感覚がない。

実は大きな大きな建物で、遠近法による錯覚をしていた、というわけではない。

「アリスは、【武芸百般】とニックのことを調べてたよナ」

不審な顔を浮かべ始めたアリスに、唐突にカランが尋ねた。

「……ああ、そうだね」

「だったらアルガスがニックの親を殺したことも、調べたんだナ？」

初夏らしからぬ冷たい風が吹いた。

夕暮れの赤々とした日差しが、木々の隙間を縫ってカランとアリスを照らす。

「ニックくんのご両親は行商人でね。恐らく、酒場で気が緩んだのか、商売を終えて金に換えたのを野盗に聞かれて、宿へ帰る途中に殺されたようだ。ニックくんも殺されそうになったところをアルガスが野盗を殺して助けた……というのが書類上の話だ」

「だけど、そうじゃなかっタ。ニックの両親を始末したのはアルガスだっタ。……でも、なんでそんなことをしたんダ？」

「なぜと言われても、それこそアルガスしか知らないことだろう」

「けれど、当時の状況を調べることはできルル。ニックの両親の素性。アルガスの当時の行動。殺人事件として処理したならそれなりの情報が残ってるはずで……っていうか、当時の責任者が死んだんだよナ。だったらもっと調べられるんじゃないカ？　事件を担当した他の騎士に聞くとカ」

アリスから、飄々《ひょうひょう》とした態度が消えた。

寒々とした目線でカランを見つめる。

「探し出して、聞いてみればいいさ」

「……オマエは殺人現場を見ていタ。現場すぐ近くの屯所にいたんだから」

二人とも、完全に足を止めていた。

アリスが音もなく剣を抜く。

「さて……昔の話だからよく覚えていないな。勘違いじゃないかな？」

「ヘクターに当時の資料を渡していけば絞り込めル。オマエがどの地区で働いていたのか、そこが殺人事件の現場近くだったかくらいはナ」

斬撃が放たれた。

「オマエは十年前、何の役職もついていないヒラの騎士だっタ。けれど突然、難事件を解決し始めて、どんどん昇進しタ」

だが、それは空を斬った。

斬られたはずのカランが微笑《ほほえ》みながらアリスの方を振り返る。それは幻影だ。

すでにアリスはカランの術中にある。音を風に紛れ込ませ、『響の剣』の力を発動させていた。

「難事件を解決できたオマエが、どうしてアルガスが犯人だってわからなかっタ？」

「殺された野盗。殺されたオマエが、殺された行商人。行商人と友人だった冒険者。疑う余地はあるかな？」

「何か、見返りに力をもらったのカ？」

「それは謎というよりも陰謀というものだよ」

「じゃあもう一つ、陰謀ダ。マーデから支援を受けた人間は、太陽騎士団の尋問を受けてル。閉鎖された水路や、真夜中の天文台に入って、不法侵入を注意されてル」

「不審者に事情を聴取するのは騎士の義務だよ？」

「それはここ十年くらいの間だけダ。オマエが騎士として活動を始めて、アルガスがニックの両親を殺してから、願いを叶えてくれる都市伝説の記事が増えた。都市伝説を真に受けた人と、真に受けた人を追いかけてる騎士がいル。……騎士はもしかして、マーデを追う魔神崇拝者じゃないカ？」

ざああと風が吹いたかと思うと、周囲の景色に変化が訪れた。

季節外れの花が咲き、今まで青々としていた梅の林が白く塗られていく。

地面から木が芽吹き、数メートルの高さまで成長して枝と花が空を覆い尽くす。

「……魔剣、風鯨！」

アリスが魔剣を抜き払った。それは魔力を喰《く》らい、魔術を破る魔剣の名だ。自分に放たれた攻撃魔術も、広範囲に仕掛けられた幻惑魔術も打ち破る。

しかし、その魔剣を発動させても一向に周囲の様子は元に戻らなかった。

『むやみに剣を振り回すのはやめといた方がいいよー。幻惑は破れないし、木を斬ったら数千万ディナくらいの弁償になっちゃうからね。梅の林自体が領主の文化保全事業の一環なんだってさ』

突然響き渡る、ダイヤモンドの声。

「今そういう話題出す!?」

アリスが反論するも、カランの姿は木々や花に隠れて見えなくなった。

そして『響の剣』の力……音の反響を利用して四方八方からアリスに声を届けている。どこからカランが声を放っているのか、アリスにはわからない。

見えるのはヴィジョンだ。

『響の剣』の外周の鍵盤部が展開して、それを思うがままに弾いて幻惑的な音楽を奏でているダイヤモンドの幻影が、まるで風と戯れる精霊のように現れては消える。

ポップでキュート。そしてミステリアス。現実に生きる人々を幻想に誘《いざな》う魅惑の調べは、魔力を断ち切る防壁を貫いてアリスの精神を揺さぶる。

「だが、ここまでされて黙っている謂《いわ》れもない。覚悟をしているということだね？」

「もちろんダ」

それでもアリスは、音の作り出した幻惑の中で強く剣を握りしめる。

「風鯨！　食らった魔力を吐き出せ！」

アリスの魔剣から、さざなみのように魔力が放たれた。攻撃として放たれたものではない。木々は燃やされることも千切れることもない。障害物によって跳ね返り、魔剣のもとへと返ってくる。

ティアーナが使う《魔力索敵》よりも精緻に周囲を把握するスキルだ。アリスはこれを使って、視界を塞がれた場所や敵が潜む場所で、一切の不自由なく戦闘することができる。

「そこかッ！」

幻惑の花や木と本物の梅の木を感覚で見分け、アリスは一足飛びにカランのもとへ近付いた。

「病人相手に物騒だナ」

「今のキミが病人だって？　バカを言うな。魔力を伴わない広範囲な幻覚に、近距離攻撃さえも弾《はじ》き飛《と》ばす。恐ろしい手腕だよ」

「おっと、勘違いするでない。この庭園は妾《わらわ》のもてなしじゃぞ。これが本来の結界魔術《無車小路》。花を愛《め》でるのはよいものじゃろう」

そこにいたのは、カランではない。

枝切り用の大きな鋏《はさみ》を手にしたサムライアリーであった。

戦闘に向いているとは思えない得物のはずなのに、サムライアリーは余裕の表情を浮かべている。

「流石《さすが》に本職には勝てぬが、嗜《たしな》み程度には剣は覚えておるからの。観念してはどうじゃ？」

「この仕掛けはあなたか……！　普通の幻惑じゃないな……！」

「花を愛でる文化は人々の心の奥深くに刻まれておる。すでに花の散った枝を見て、そこにありもしない花を幻視するのは容易なことよ」

サムライアリーが鍔《つば》迫《ぜ》り合《あ》いを打ち切るように、雪駄《せった》でアリスの胴を蹴り飛ばす。

「幻惑の極意はイマジネーション。小さな魔力で人の思い込みの背中を押すことじゃ。魔力に物を言わせて人の認識を捻《ね》じ曲《ま》げる幻惑魔術はちょっとしたことで破られるからの」

サムライアリーは、嘘《うそ》をついてはいない。だが真実を語ってもいない。

この結界魔術に使用される魔力は決して弱いものではない。果樹園の木々の一つ一つに仕掛けがあり、結界の発生源となっている。どこかの木が切られたり、強引に魔力が失われることがあっても、他の木々が治癒魔術を施して果樹園全体の機能を維持する。仕掛けを破らせないための惑わしの言葉に過ぎなかった。

「……なら、長々と付き合うこともないね」

アリスは溜《た》め息《いき》をつき、サムライアリーに背を向けた。

そしてその場で跳躍したかと思うと、木を蹴り、枝を蹴り、木々の中に紛れていく。ニックの《軽身》よりも鋭敏な動きで一瞬でその場から離れた。

「む……《軽身》ではないな……『愚者歩方』か……！」

それはブーツの靴底から衝撃破を発生させ、跳躍力や瞬発力を得られる攻防一体の魔道具の名だ。

「カラン！　気をつけるのじゃ！　衝撃破で音を乱すつもりじゃぞ！」

「問題なイ……《共鳴：鏡音《ハーモナイズ》》」

どこかざわついた歌が、鍵盤を叩く音と共に響く。

歌っているのはダイヤモンドの幻影だ。

その声が、突然重なり、そして分かれた。一人の幻影が六つの鍵盤を自在に操作していたはずが、気付けば六人に分身したダイヤモンドがそれぞれに鍵盤を叩き、あるいは歌い、楽団となって音楽を奏でている。

音は魔道具の発する衝撃破を貫き、アリスの鼓膜を、その先にある神経、感情、記憶を揺さぶり激情に囚《とら》われていく。

「ぐっ……」

『凍《い》てつき、あるいは燃えるような怒りの律動《リズム》。きみに耐えられるかな？』

アリスの体に衝撃が走った。

物理的な重さではない。まるで毒に侵されたかのような痺《しび》れや目眩《めまい》がアリスの体を蝕《むしば》む。

「これは……うっ……」

激しい音楽によって伝わるのは、カランの記憶、そして記憶に紐付《ひもづ》いた怒りと哀《かな》しみ、そして痛みだ。今までカランが受けた苦痛の記憶を、音楽を通してアリスに転写している。

「ポットスネークの毒ダ。けっこうキツいだロ」

「死ぬでしょこれ……。毒は……受けないようにバフを張ってるんだけどな……」

アリスの顔色はもはや蒼白《そうはく》を超え、死人のような土気色に変わりつつあった。

「大丈夫。ワタシが毒を受けて倒れたときの痛みの記憶をそっちに転写しただけダ。本当に毒を受けてるわけじゃないから、死んだり傷が残ったりはしなイ。逆に、ワタシの痛みの記憶だからオマエがどんなに我慢強くても意味はなイ。音楽が鳴る限りは苦しむし、止めればすぐ治ル」

カランとダイヤモンドが演奏を止めると、アリスの顔はすぐに普段の血色を取り戻す。

アリスはしばらく虚脱した顔でカランを見つめていたが、やがて剣を地面に下ろした。

「……見事な手際だ。降参だよ」

「これでテストは合格ってことでいいカ？」

カランの言葉に、アリスは疲れた表情で頷《うなず》いた。

「もう少し穏便な問答で良かったんだけどね」

「脅すようなことを言ったのはそっちダ。逃げ道を封じて追い詰めろってナ」

「あれは叱咤激励《しったげきれい》のニュアンスだったんだけどね」

苦笑しながらアリスは上半身を起こす。

「それにアルガスや魔神崇拝者と繋がってる可能性は、最後まで捨てられなかっタ。ニックの両親が死んだ事件、謎が多イ。オマエが魔神崇拝者から支援を受けてなかったとは断定できなかっタ」

「そうだね。わたしが魔神崇拝者側の内通者なのか、そうでないのか、はっきりとはわからなかったはずだ。味方に味方と打ち明けることもリスクにも繋がるからね。敵に全貌を知られるわけにはいかない……しかし、どこで確信を得たんだい？」

アリスの問いかけに、カランが静かに頷いた。

「……建設放棄区域《ガーベージコレクション》で死んだ女の子がいタ。覚えてるカ？」

「ああ、よく覚えてるさ。ニックくんに責められたよ」

「それだけじゃなイ。オマエは、オマエが見ていれば、それが誰なのかわかったはずだから、偽ステッピングマンが誰なのかを突き止めて解決できていたはずだから、悔やんでタ」

「え、それだけかい？」

「オマエ、ニックに甘いよナ。見守ってるって感じがスル」

アリスが口を噤《つぐ》む。

恥じてるような、そんな表情を浮かべていた。

『……そろそろいいだろう』

そのとき、どこからともなく声が響いた。

凛《りん》とした女の声だが、この場にいる誰のものでもない。

「先生、よいのですか」

『ここまでされて隠れているわけにもいかない。よくやった』

「結局は負けましたが」

『勝ち負けの問題ではないよアリス。私は試せと言ったんだ。こういう流れになったのは正直、予想できていなかったが』

「姿を現セ。そして話セ。ここならば誰も聞いてはいなイ」

「うむ。ここは妾の結界《無車小路》。あらゆる魔術的な索敵も呪術的な追跡も通しはせぬ。『襷《たすき》の剣』に聞かれることは絶対にないと断言しよう」

カランとサムライアリーの言葉に、アリスが行動で応じた。

懐に手に入れ、とあるものを取り出す。

「鏡……？」

「これこそキミが、そして魔神崇拝者が探し求めている人。ディネーズ冒険者信用金庫頭取マーデ。正式名称、『マーデの魔鏡』さ」

『鏡の魔道具ということか。なるほどね……』

アリスが取り出した鏡は、まるで煉瓦造《れんがづく》りの建物の小さな窓のような不思議な形をしていた。手鏡よりは二回りほど大きな楕円形《だえんけい》の鏡で、艶のない銀色の縁に覆われている。

そこから、光が発せられた。

光の中に誰かがいる。

『魔鏡ってパッと見は普通の鏡だけど、あえて歪《ゆが》みが作られていてね。反射した光の当てられた先に隠された絵が浮かび上がる。とはいえ、これは魔術的に姿を投影しているのだろうけど』

『流石に博識だな。こうして相見《あいまみ》えるのは初めてだな、「歪曲剣《わいきょくけん》」』

その姿は、妙齢の女性であった。

浅黒い肌に、長い金色の髪。憂いを帯びた切れ長の目。

その静かな佇《たたず》まいからは、その悪名は想像もつかない。

『その口ぶり……ということは古代の魔神戦争よりも前からいたんだね？』

『ああ。もっともその頃にはあまり自我らしい自我もなかったから、挨拶もできなかったであろう。色々と長命者とは言葉を交わしたいところではあるが……用があるのはあなたではない』

そこで、カランに皆の視線が集まった。

「そうダ。オマエの方の用は知らないが、こっちもオマエに用があル」

カランが鏡に映る姿を、正面から見据えて言い放った。

『ツバキ・カラン。あなたは今、真実を得た。そして私が望む条件を整え、もてなしを用意した。ゆえに姿を現し、名を名乗ろう。私がディネーズ冒険者信用金庫頭取、マーデである』


まずはその謎に答えよう、とマーデが昔話を始めた。

それは、なぜニックの両親がアルガスに襲われ、そしてアリスが今マーデの魔境を手にしているかについて率直に明らかにするものであった。

『ニックの両親……。リチャードとロビンは商人だった。何を取り扱っていたかは知っているか？』

「交易品を運んでた……んじゃないのカ？　糸とか、油とか、食べ物とカ……」

『それはついでに過ぎぬ。主力取り扱い商品は、金融商品じゃ』

何を言ってるんだ、と言いそうになったが、カランは言葉を飲み込んだ。

なぜそんな商品を扱っていたのか、考えてみれば理由は明白だ。

「……ニックの両親は、ディネーズ冒険者信用金庫の人間だっタ」

『その通り』

マーデは、古代の時代から所有者を乗り換えつつ、金貸しの仕事をしていた。

前情報にあった通り、その時代、その世界にとって有益な人間を見出《みいだ》し、投資し、そして大きく成長した頃に利息とともに返済してもらうという生活をずっと続けていたらしい。

『そもそも私は、神代の古代魔術《鑑定》《アナライズ》と《無限倉庫》《アイテムボックス》を使用するために生み出された魔道具。常ならざる事態に備え、人々の資産を物理的に守り、そして経済的な価値を保全するために生み出されたものである……とはいえ、常ならざる事態となれば長命者たる魔道具は所有者を失うこともある。そこで私は、職を見出した』

《鑑定《アナライズ》》とは、人や魔物、あるいは道具など、様々なものを鑑定する魔術だ。

強さ、特徴、資産価値、あるいはそれらが伸びる可能性や潜在力を把握できる。

そして《無限倉庫《アイテムボックス》》もまさに名前の通りに、無限に等しいほどの量を収納できる亜空間の倉庫へアクセスする古代魔術だ。

『勇者のための力とされるものが、銀行の仕事にもぴったりとマッチしちゃうわけか』

ダイヤモンドの言葉に、マーデは正解と言うように頷く。

『人々の資産を守るためには、人々に仇《あだ》なす人間、あるいは反人類勢力との取引は避けねばならぬ。また経済的な価値を守るためにはそもそもの経済基盤が存在し、強固に成長してゆかねばならぬ。だから私は、人々への投資を始めた』

『それにしては、ちょーっとばかり悪名が大きいんじゃないかな？』

ダイヤモンドの指摘に、マーデは渋面を浮かべた。

『……まあ、少々資産を増やしすぎて睨《にら》まれることもあったのは事実だ。だが人倫にもとることはしておらぬとも。人々が破産したときも素直に応じておったし、貸《か》し剝《は》がしなどもしておらぬ。まあ、ちょっとばかり武器や魔道具の質草が多かったとは思うが、それだけのことよ』

『アリスが持ってる風鯨も愚者歩法もきみのでしょ？　あれはちょっと目立つと思うけどねー』

「あはは、あれ便利なんだよね」

『それはさておき、リチャードとロビンのことだ』

マーデが咳払《せきばら》いをして、話を戻した。

『二人は利に敏《さと》いが義侠心《ぎきょうしん》もあり、よい夫婦であった。ニックも、素直で利発な子であり、彼に私が継承されるのを楽しみにしていた。……楽しかったよ、四人での旅は』

その言葉に、ニックが商人となって旅をしている姿を幻視した。

今とは全く違う性格なのかもしれない。

だがそれも見てみたかったなという思いが去来する。

「金貸しの仕事って、そんなに楽しいのカ」

『投資と言え。楽しいものだぞ。夢を語る者を支援するのは。……上手くいかぬことも多いが』

マーデの口調に翳《かげ》りが差した。

「……なんで、ニックの両親は殺されタ？　アルガスの正体を摑《つか》めなかったのカ？」

『摑んではいた。あの男が、「襷《たすき》の剣」の所有者であることもわかっていた。やつを調略すればすべてが解決するはずであった』

「調略って……」

『つまり、「襷《たすき》の剣」の所有者であることを辞めてもらい、こちらに与《くみ》しないかというヘッドハンティングをかけていた……ということだ。アルガスという男は謎めいてはいるが、何かしらの利得や目的があって「襷《たすき》の剣」と行動を共にしていた。不可能ではないと思っていた』

「けど、失敗しタ……いや、本当に失敗した、のカ？」

『気付いたか』

アルガスの行動には、不可思議な点が幾つもある。

一つは、ニックを今まで冒険者として育て上げたこと。

もう一つは、調略を持ちかけたマーデが今こうして無事に存在していること。

そして最後に、アルガスがマーデから融資を受けたことだ。

『なぜニックが無事なのかは私にもわからぬ。アルガスとリチャードたちの交渉は、「お互いに上位者に聞かれない状況であれば真実を話す」という条件のもとで行われた。ゆえに私は交渉の場において一時的に封印されて、アリスに拾われるまで外の情報を見聞きすることができなかった。その後、私はアリスと出会うこととなった』

マーデの言葉に、アリスが重々しく頷く。

「……わたしが屯所から現場に駆けつけたときには、すでにニックくんの両親も、それを襲った野盗も、全員事切れていた。生きていたのはアルガスだけで、事情聴取の後はニックくんを引き取ってすぐに去ったよ。遺品を漁《あさ》ることさえなかった。……その後、ニックくんの両親の馬車をくまなく探していたところに、護符で封印された頭取を発見したんだ」

『アリスにはディネーズ冒険者信用金庫の新たな職員となってもらった。太陽騎士として取り組む事件解決に協力し、そのかわりに信用金庫の業務と【武芸百般】の監視をしてもらうことにした……というわけだ。やがてアルガスはアリスの監視に気付き、敵意がないことを示した。こちらの提案する融資を受け入れた。彼は必ずしも「襷《たすき》の剣」の味方ではないという意志表示だ』

カランが目を瞑《つぶ》ってじっと話を聞き、静かに考え込む。

そして、やがて目を開いてマーデを見た。

「話はわかっタ。でも、オマエはなんで『襷《たすき》の剣』に狙われてんダ？」

『「襷《たすき》の剣」を《鑑定》すれば、やつが保有している魂の総数や能力を把握できるからな。《鑑定》

とは魂の本質を視《み》ること。魂を収集する「襷《たすき》の剣」は相性がいいんだ』

その言葉に、カランは光明が見えた気がした。

今まで防戦一方だった状況を、変えられるかもしれないと。

『もっとも、私自身には何か攻撃的な能力があるわけでもない。割られたらおしまいさ。だがサムライアリーの結界魔術さえあればやつの攻撃を防ぐこともできるだろう。少なくとも、聖剣保持者を中継点として遠距離攻撃を放つことは完全に妨害できる』

「……オマエは、ワタシたちに味方してくれるのカ」

カランが問いかける。

『私はお前たちテラネ領主や太陽騎士団とは違う。あくまでも一金融機関に過ぎない』

「じゃあ、取引には応じルル？」

その通り、とばかりにマーデは微笑《ほほえ》みを浮かべた。

『公益性と収益性が見込まれる事業であれば、否《いや》とは言わんよ。事実、ここ十年で多くの人に融資を実行した』

「それをアリスに監視させてタ？　だから融資を受けた人は、太陽騎士団……ていうか、アリスに不法侵入とかで逮捕されてタ？」

『そうだ。活動を秘匿したい一方で、状況証拠を残しておく必要があった。サムライアリーの結界を利用し、そして他の債務者から信用を得られる人間が行き着くことを期待して待っていた。……オリヴィアも、私の考えを何も説明せずとも理解して実行してくれたよ』

マーデが、切なげにオリヴィアの名前を出した。

オリヴィアの残した情報が、今ここに繋がっている。

殺しても死なないような冒険者の不在に、カランもまた切なさを感じていた。

「……じゃあ『月刊レムリア』ってオマエの趣味なのカ？」

『ないないそれはない。それはオリヴィアの趣味だ。なんだったのだあれは』

「えエ……」

その微妙な反応に、カランも複雑な表情を浮かべた。

『ボクは嫌いじゃなかったけどね、レムリア。古代文明の色香を残しながらもしっかりと役目を果たした。褒《ほ》め称《たた》えてあげなよ』

『嫌いではなかったさ。彼女の文筆は、この都市の悪徳も美徳も反映していた』

『……きみの目から見て、迷宮都市テラネはどうだい？　公益性はあるかい？』

ダイヤモンドの言葉に、マーデはふんと鼻を鳴らすように答えた。

『不徳の街だ。公序良俗は乱れ、悪人ははびこっている。弱き者は殴られ、愚かな者は騙される。なにより、共に歩いた部下が害され、大事に育てたかった子が奪われた街だ。嫌いだよ』

マーデの声には、怒りが満ちていた。奪われた者が抱く、煮えたぎる感情だ。

『与信王の評価がそれかぁ。厳しいなぁ』

『だが……文化が花開き、古き良きものと新たに生まれたものが交錯している。澱《よど》みに生きる者を受け入れ、よりよい明日を迎えようとする活力がある。この街を守ろうと奔走する者がいる。そうした人々の日々の営みが害されてよいとは思わない』

マーデはそう言って、カランたちを見た。

『大いなる自然の流れで魔神が復活し滅ぶのならばまだ納得もできるさ。しかし陰謀家にすべてを台無しにされるのは我慢がならない。大事な職員を害されたのだ。黙ってはいられんよ』

「……にしては、慎重だったナ」

『恨みに飲まれて自分自身が破滅するわけにもいかないからな。お前もそうならないか、慎重に見極めていた』

カランが、虚を衝《つ》かれたような表情を浮かべた。

「見ていタ……。ニックを見ていたから、ワタシも見ていタ？」

「わたしとマーデ頭取は、ニックくんを見ていたよ。アルガスのもとから引き剝がすべきかどうか、手を差し伸べるべきかどうか、ずっと見ていた」

「力を貸してくレ。デッドマンズバルーン、アルガス、カリオス……『襷《たすき》の剣』を倒すためメ」

『……倒すためには力は貸せんな』

気まずい沈黙が流れた。

何を言っているかわからないがゆえの沈黙ではない。

そんなことできるはずがないだろう、という理解ゆえの沈黙だ。

「もしかして……あいつらと、交渉しろって言ってるのカ？」

『そうだ。おまえはそういう戦いを決意したはずだ。そもそも相手はあらゆる英雄の力を吸収し、なおかつ様々な魔道具や魔術を手にしている。一朝一夕で相手を上回る力を手に入れて打倒するという方針ではそれこそ勝ち目が薄いのはわかっておろう』

「けどそれは、味方を見つけるためであって、戦わないためじゃなイ」

『戦士としての力量を見込んでのことであれば、他の者を頼っている。……カラン、お前は強く、そして将来はフィフスのようなS級冒険者と肩を並べることもできるかもしれない。ニックと共に「絆《きずな》の剣」をより極めれば、それこそ当代の最強の戦士となることもできるだろう。だが、今このとき、最強の戦士はお前ではない。それはおまえ自身よくわかっているはずだ』

「……ウン」

『力を失い、それでも立ち上がったこと。そして話すことを諦めなかったこと。それこそが私の求める資質に他ならない』

マーデは、カランを褒め称えるように言った。

だが、カランは称賛を素直には受け取らなかった。

「……話すことを諦めたこともあル」

『それはなぜ？』

「その方が丸く収まると思ったからダ。ニックのかわりに、ガロッソを殺そうとしタ」

『……そうだな。状況を鑑みるに、おまえがガロッソを殺したと言っても差し支えはないだろう』

だがそのマーデの言葉に、それは違うとダイヤモンドが異を唱えた。

『あれは「襷《たすき》の剣」が配下を使い捨てにしたんだ。そしてボクがその襲撃の現場での責任を担っていた。カランちゃんが殺したわけじゃない』

『勘違いするな。別に責任を求めているわけではない。賛同もできないが』

「言い訳かもしれなイ。でも、ガロッソは本当の戦士で、本当の暗殺者だっタ。こっちが殺す気もなく相手をするの、無理だし、失礼だと思っタ」

『相手の誇りを尊重すること。それは美徳ではあるが必ずしも倫理的とは言えないな』

「頭取は武張った人が相変わらずお嫌いですね」

『嫌いだとも。より強く、より優れた存在になれるのであれば痛みではなく富を生むべきだ』

その態度に、鏡の後ろに控えるアリスがやれやれと肩をすくめた。

何かを嫌って持論を振りかざすときの口調が、誰かを彷彿《ほうふつ》とさせる。

『む？　なんだ。なにがおかしい？』

「ニックと似てル。本当に、ニックと一緒にいたんだナ」

『……昔の話だ。手出しするべきかどうか迷って、こうして数年間放置してしまったから保護者顔などはできないがね』

「けど、金は貸していタ」

『アリスを通し、コンタクトを取ってもらっていた。交渉は決裂したが、休戦状態ということになった。アルガスはこちらのことを「襷《たすき》の剣」に報告せず、ニックを保護し育成する。そのかわりにこちらは資金援助をする、という約束でな』

「……本当に、アルガスがオマエのことを報告してないって信用できるのカ？」

カランの言葉は、お前の部下を殺した男となぜ交渉するのだという、責めの意味を伴っていた。

『節操がなく見えるか？』

「ウン」

『そうとも。話し合いも交渉も、節操がないもの。もちろん多少の節度は意識しなければ相手に信用はされないが、かといってそれに囚われて目的達成や合意が遠ざかっては元も子もない』

「けどアルガスは、ニックの両親を騙し討ちしタ。信用するのはおかしイ」

『だがニックを害することはなかった。それどころか育てさえした。追放したこともニックの身の安全に利するものだった。……聖剣の持ち主として真実に直面するとは思ってもみなかったが』

「……だからアルガスに金を貸しタ？　ニックを助けるたメ？」

『そうだ。そしてアルガスがこちらとの対立を今後も望んでいるかどうかの試金石であり……そして「襷《たすき》の剣」への挑発も兼ねていた』

『お前が殺そうとした相手は今こうして生きていて、お前の部下に金を貸している。そういうメッセージでもあったわけだ』

ダイヤモンドの呆《あき》れた様子に、マーデが意地悪く微笑んだ。

『こちらの活動をちらつかせて、牽制《けんせい》する程度のことはしなければならなかったからね。向こうは向こうでやるべきことが多い。多少なりとも警戒を促して、力を分散させたかった』

粘り強く見守り続けたことに、カランは畏怖を感じた。【武芸百般】で鍛錬をし続けたニックの十年は、マーデの忍耐の十年でもあった。

『カランよ。今のお前ならガロッソにどう対抗していた？』

「……魔術的に動きを封じたいところだけど、何か対抗手段を持ってたと思ウ」

『だろうな。状況を見るに、恐らくは《休眠》を使っていたのだろう』

「《休眠》？」

『《軽身》の応用魔術で、肉体の動きを極端に低下させる。気温と体温を同化させ、魔力も限りなく薄くし、心臓の鼓動も数分に一度、といった風にな。その状態では音に対する反応も鈍い。おまえたちの技も効くかどうか怪しいところだろう。もっとも弱点も多い魔術ではあるが』

「なら……警備計画にあえて穴を開けル。ここなら入れます、お話ししましょうっていうメッセージを計画書や図面で表現すル」

『乗ってこさせる自信はあるか？』

「あいつはニックにこだわってタ。ニックを餌にすれば釣れル。というより実際、釣れタ」

『そうだ。お前にはそうする力がある。ならばなぜ戦闘を選択する？』

問いかけにカランはしばし考え込み、そして首を横に振った。

「……デッドマンズバルーンとアルガスは、もう遅いと思ウ」

『なぜ？』

「だってもうハッキリと魔神崇拝者だってバレてて、賞金首と変わらなイ。死刑になるやつだって少なくないと思ウ。もう、魔神崇拝者として暴れるしかない連中に、言葉が通じるとは思えなイ」

『なるほど』

「殺された人や、店や家を焼かれた人もいル。そういう人を無視して、暴れてる連中を許していいのカ？　もう後戻りできない状態なのに話し合いにこだわるのは……ちょっと、甘いと思ウ」

『別に許す必要はない。和解し、協力させ、その上で最終的に秩序を守るために刑を執行すればよい話だ。罪は罪。罰は罰。情状酌量はあるにしても、罪そのものを消せとまでは私も思わんよ』

「エ……？」

カランはマーデの言葉に虚を衝かれた。

『極論、減刑を約束して反故《ほご》にしたって構うまい？　死んでしまえば文句も出ないだろう』

「ず、ずるゥ……」

『甘いと言ったのはお前だろう？　その都度その都度約束を違《たが》えていては誰も信用してはくれなくなるが、一度だけ、すべてを破壊するつもりで約束を破棄してしまえば、なんとかなる。……ああ、安心してくれ。半分は冗談だし、道義的にはもちろん避けた方がよいとも』

「そういう思惑で話をしたって、信用されるとは思えないゾ。約束を果たすために動かなきゃ、人は動いてくれないイ」

それは、カランが災害調査室で働き始めて得た実感であり、同時に、【サバイバーズ】として冒険をして培った意識でもある。

『そうだな。それができるのであればこそ、死が迫る人、後戻りできない人であっても交渉の余地はあるとは思わないか？』

「それは……」

無理だと思う一方で、可能性はあるとカランは思った。

自分自身がニックに説得され、こうして今に行き着いているのだから。

『人は誰しも死すべき運命にあり、報いを受ける日がいずれ訪れる。それが可視化されているからといって、誰もが自暴自棄となり、欲望の赴くままに行動しているわけではない』

「……敵と交渉するなら、力を貸すっていうのカ？」

『少なくとも、真実を追求する前に押し潰すような戦略は採るべきではないし、その力もない。仮にあったとして、その果てにあるのは都市や大陸といった規模のものとなるだろう。それを避けるために尽力しているのであろう？』

『だからって、ハードル高いなぁ。今まさに、デッドマンズバルーンはボクの砦《とりで》を攻め落とそうとしてるんだ。そこに割り込んで停戦交渉となると……』

『ああ、困難であろうとは思うよ』

軽く言ってくれるよ、とダイヤモンドが不平を言う。

だがそのとき、カランはまったく別のことを考えていた。

上の空で、話を聞いていないのかと周囲が心配し始めたとき、ぽつりぽつりと言葉を紡いだ。

「……なあ、もしかして、もしかして、だけド」

『どうしたの、カランちゃん？』

「『襷《たすき》の剣』が魂を奪ったなら、その魂って、説得できると思うカ？」

そのカランの言葉に、マーデが沈黙した。

アリスも、ダイヤモンドも、サムライアリーもまた沈黙している。常識外れなことを言ってしまったかと思い、カランが心配したところでようやくマーデが口を開いた。

『いや、素晴らしい。常識的に考えればお話にもならない……はずだが、複数の聖剣があり戦略の幅は広い。可能性はゼロではないな』

『……ボクとカランちゃんなら一考に値する案だ。凄《すさ》まじく困難には違いないけどね』

「わかってル」

カランは、そう言いながらも困難さに嘆くことはなかった。

プレッシャーに押し潰されることもなく、平然と頷く。

『疑心暗鬼に囚われ、希望と信頼を捨て、戦うことを選んだ人々を説き伏せて矛を収めさせるのだ。

ツバキ・カラン。お前がニックに救われたように、お前が【サバイバーズ】の仲間と再び集い、この街にはびこる数多くの人間不信の冒険者たちを救い、この街を、ひいてはこの世界を救え』

そしてマーデのあまりにも重すぎる言葉に、カランは笑った。

「ま、今まで通り、やれることをやるだけダ」

カランが笑う。

言葉とは裏腹に、その表情には希望と自信が満《み》ち溢《あふ》れている。


その日の晩、ヘクターはカランからこの顛末《てんまつ》を聞かされ、頭を抱えた。

なすべき仕事の困難さは凄まじいもので、楽観できないどころか死を覚悟する必要すらある。

だがそれでも、「もしかしたら」という希望を抱いた。

この少女ならば、【サバイバーズ】ならば、やり遂げるかもしれないと。

そしてヘクターは自分の本業を思い出し、雇い主たる天啓神メドラーに向けて報告書を書くことにした。自分の主観、そして希望的観測が多分に混ざっていることを自覚しつつも、胸を張るような心で筆を獣皮紙に走らせる。

ヘクターは使徒《エージェント》だけが使える、神と交信するための儀式を執り行った。

天啓神メドラーに与えられた祭壇に報告書を捧げ、祈りを捧げながら燃やす。

燃え尽きて灰と煙となり、天へと捧げられた報告書の末尾にはこう綴《つづ》られていた。

人間不信の冒険者たちが世界を救うようです、と。

MFブックス

人間不信の冒険者たちが世界を救うようです ~修羅の巻の願い鏡編~ 5

2023年3月25日　初版第一刷発行

著者　富士伸太
発行者　山下直久
発行　株式会社KADOKAWA
〒102-8177　東京都千代田区富士見2-13-3
0570-002-301（ナビダイヤル）
印刷・製本　株式会社広済堂ネクスト
ISBN 978-4-04-682320-5 C0093

企画　株式会社フロンティアワークス
担当編集　今井遼介／齋藤 傑／齊藤かれん(株式会社フロンティアワークス)
ブックデザイン　Pic/kel(鈴木佳成)
デザインフォーマット　ragtime
イラスト　黒井ススム

本シリーズは「小説家になろう」（https://syosetu.com/）初出の作品を加筆の上書籍化したものです。

この作品はフィクションです。実在の人物・団体・事件・地名・名称等とは一切関係ありません。